À PROPOS DE L'AUTRICE

Tombée dans les fresques et les frasques historiques dès son plus jeune âge, Penny Watson Webb a grandi entourée de héros, depuis les Chevaliers de la Table Ronde jusqu'à Surcouf le corsaire, en passant par Ivanhoé. Elle aime la petite histoire qui fait la grande Histoire, et adore remettre en lumière des périodes ou un patrimoine oubliés. Maman de trois filles, elle tient à leur faire découvrir la richesse du passé tout en leur laissant la liberté de rêver.

Le feu des forges

Collection : VICTORIA

HARPERCOLLINS FRANCE
83-85, boulevard Vincent-Auriol, 75646 PARIS CEDEX 13
Service Lectrices — Tél. : 01 45 82 47 47 - www.harlequin.fr
ISBN 978-2-2804-5030-0— ISSN 2493-013X

Composé et édité par HarperCollins France. Achevé d'imprimer en janvier 2021.

par CPI Black Print - Barcelone - Espagne

Dépôt légal : février 2021.

MIXTE
Papier issu de sources responsables
FSC® C159065

Pour limiter l'empreinte environnementale de ses livres, HarperCollins France s'engage à n'utiliser que du papier fabriqué à partir de bois provenant de forêts gérées durablement et de manière responsable.

PENNY WATSON WEBB

Le feu des forges

Victoria

HARLEQUIN

À Bibiche, à qui je souhaite de voir briller le soleil de nouveau. Avec toute mon affection.

Prologue

Norvège, 909, baie de Kragero

Rurik Ketilsson scrutait l'horizon, le corps presque renversé sur la poupe du drakkar. Le navire les ramenait, lui et ses compagnons, des Orcades et de Northumbrie, où ils avaient commercé. Ils avaient vendu leurs fourrures et leur artisanat à bon prix et revenaient plutôt satisfaits, le bateau chargé de présents et de souvenirs de voyage destinés à leurs familles.

Alors qu'ils approchaient de leur village, Rurik aperçut une épaisse fumée grise qui s'élevait derrière les arbres, tandis que le cri sinistre des corneilles emplissait la forêt. Ces messagers de mauvais augure semblaient colporter une funeste nouvelle à travers le fjord.

— Wulfric, il semblerait que nous ayons été attaqués ! rugit Rurik en appelant son jarl.

Depuis cinq ans, Wulfric, le jeune jarl, avait pris la suite de son père, et Rurik, qui appartenait à ce clan comme toute sa famille, respectait ce jeune homme aux avis pertinents et au sens des affaires particulièrement aiguisé.

— Accélérez la cadence ! cria Wulfric en regardant son fidèle compagnon revenir vers lui, le regard noir.

Le jarl connaissait Rurik depuis toujours, puisqu'en plus d'avoir été l'ami de son père, il avait été son propre maître d'armes. Rurik était une force de la nature, il était grand, et ses bras puissants, dénudés hiver comme été, présentaient les marques rituelles que seuls les Berserks avaient le droit d'exhiber. Bon nombre de légendes circulaient au sujet de ses exploits guerriers. Âgé de plus de trente ans, il faisait partie des plus expérimentés des combattants du fjord. Wulfric était fier de le compter parmi ses hommes. Les yeux bleus du géant fixaient les hommes du bord, comme s'ils cherchaient à réveiller leur instinct guerrier.

— Je n'entends aucun bruit, déclara alors un jeune homme blond à la carrure imposante.

— C'est sans doute parce qu'ils sont tous morts, répondit Rurik à celui qui n'était autre que son frère Sven.

— Inga, Jarlaug..., gémit Sven, en pensant aussitôt à sa belle-sœur et à son neveu.

Rurik, dont le visage s'était figé dans une grimace douloureuse, avait laissé chez lui pour entreprendre ce voyage une femme fiable et combative qui faisait la fierté du clan. Leur fils était sur le point de fêter son rite de passage : bientôt il allait quitter les femmes qui l'avaient jusque-là élevé et entrer pour de bon dans le monde des hommes. Pour fêter cela, Rurik avait choisi pour lui aux Orcades une épée de belle facture. Il était très fier de son achat, ainsi que du collier d'argent et d'améthyste destiné à sa femme, qui portait leur deuxième enfant. Inga était presque à terme et tout laissait présager que le bébé naîtrait dans les semaines à venir.

— Ce n'est pas possible qu'ils soient tous morts, coupa Wulfric, qui avait lui aussi une femme et un fils. Certains ont dû fuir vers l'intérieur des terres.

— Il est à espérer que les dieux t'aient entendu, lança Rurik en sautant dans l'eau et en courant vers le village à la recherche des siens.

Suivi de son frère et du reste des hommes de Wulfric, il découvrit les ruines de ce qu'avait été leur vie. Toutes les maisons avaient été incendiées, le *skalar* de Wulfric n'était plus qu'un amas de cendres et de bûches consumées.

— Non ! hurla le jeune jarl en découvrant les cadavres de sa femme et de son fils à demi carbonisés.

Laissant le jarl à sa douleur, Rurik courut jusqu'à sa maison, le souffle court et le cœur battant.

— Inga ! appela-t-il en faisant le tour du tas de cendres où fumaient encore les poutres effondrées de la toiture.

— Rurik…, dit Sven d'une voix à peine audible, en pointant du doigt les mâts qui servaient à sécher les poissons.

Inga, le regard rendu vitreux par la mort, tenait à bout de bras le cadavre d'un petit garçon. Rurik s'agenouilla auprès de la dépouille de sa femme et serra contre lui le corps sans vie de son fils. Il portait des marques défensives, comme si le garçonnet avait voulu arrêter de ses propres mains la lame qui l'avait transpercé.

— Jarlaug…, souffla Rurik, dévasté.

Entre les doigts de l'enfant, il trouva un morceau de tunique. Un tissu dont il reconnut la couleur verte au premier coup d'œil. Il sut à cet instant qui était responsable de ce carnage. Halfdan le Danois. Un homme cruel qui tuait sans distinction de sexe ni d'âge, et sans le moindre état d'âme. Ses méfaits étaient tristement connus dans toute la Norvège.

Tout à coup, une faible voix se fit entendre :

— Rurik…

Le guerrier, les yeux rouges de colère et le cœur battant

à tout rompre, chercha autour de lui et finit par découvrir le fils d'un voisin, le torse entaillé le long des côtes.

— Kolstein ! Tiens bon, je vais te sortir de là... Sven, viens m'aider !

Malheureusement, le jeune garçon était coincé sous une poutre de la charpente effondrée.

— Il saigne beaucoup, fit remarquer Sven, qui semblait durement ébranlé par le saccage de son village. Si on lève la poutre trop vite, cela pourrait lui être fatal.

— Tu préférerais peut-être le laisser là ? rétorqua Rurik. Pas de temps à perdre, aide-moi !

Ils soulevèrent la poutre massive et parvinrent à libérer le jeune garçon qui, aussitôt, regarda tout autour de lui, comme s'il était à la recherche d'autres survivants. Hélas, il n'en trouva pas : toute sa famille avait été massacrée. Il ne put retenir ses larmes, et Rurik dut le gifler pour qu'il reprenne ses esprits.

— Nous pleurerons et vengerons nos morts plus tard. Pour l'heure, j'ai besoin que tu répondes à mes questions.

Kolstein but un peu d'eau et raconta tout ce qu'il avait vu. C'étaient bien les Danois qui avaient ravagé leur village et pillé toutes leurs richesses. Avec sauvagerie, ils avaient exterminé tout le monde.

Lorsque l'enfant eut fini de parler, Rurik fit chauffer son épée au contact d'une poutre incandescente, puis une fois la lame rouge et brûlante, il l'appliqua directement sur la plaie du garçon. Celui-ci hurla et perdit connaissance, terrassé par la douleur et affaibli par tout le sang qu'il avait perdu.

— Il vivra, conclut le guerrier d'une voix éteinte, en portant de nouveau son regard sur les cadavres d'Inga et Jarlaug.

Horrifié, Sven lança un coup de pied à un rat qui accourait déjà. Il fallait vite brûler les corps avant que les bêtes sauvages et la vermine n'en fassent leur souper.

Rurik allongea les deux corps sans vie dans une position digne, l'un près de l'autre. Tout ce qu'il chérissait le plus au monde venait de lui être volé. Tel un serpent s'enroulant autour de sa proie, la haine s'empara rapidement de son cœur et de son esprit. Un goût de sang et de rage imprégnait sa bouche.

Halfdan allait payer pour Kragero.

Le soir même, Wulfric réunit le Thing, et l'assemblée vota une *feide* à l'unanimité.

Il fallut plusieurs jours pour récupérer, parmi les décombres, ce qui était sauvable, refaire le plein de vivres et dresser les bûchers funéraires. Tous les hommes de l'expédition, sans exception, avaient perdu des êtres chers et tous réclamaient vengeance.

Alors, ivres de rage, les hommes de Wulfric prirent la mer en direction du Danemark et mirent le cap sur les terres d'Halfdan. Là, aucun être vivant ne fut épargné. Même le bétail fut sacrifié. Partout, l'on raconta que l'enfer de Hell s'était abattu sur la terre des Danois et que les carcasses d'aigles de sang avaient nourri les corbeaux.

À peine apaisés par cette vengeance, les hommes de Wulfric, qui avaient tout perdu, devinrent mercenaires et écumèrent les côtes chrétiennes à la recherche de butin. Kolstein, que Rurik avait adopté, suivait le grand guerrier comme son ombre et, sous la tutelle de son mentor, il devint à son tour un bras armé et aguerri pour Wulfric.

Six lunes plus tard, les hommes de Wulfric débarquèrent aux Orcades pour piller le monastère situé sur l'île de Mainland. Ils connaissaient ces terres pour y avoir souvent commercé, et accostèrent avec beaucoup d'agilité dans une crique discrète en contrebas d'une falaise. Wulfric avait décidé d'attaquer le monastère par la mer. L'édifice était réputé imprenable, mais il en fallait plus pour décourager ses hommes. Le soir même, la bannière du loup à la mâchoire sanglante flotterait sur les ruines du monastère. Pourtant, une surprise de taille les attendait. Alors qu'ils s'apprêtaient à donner l'assaut, quelqu'un les attendait devant la porte du monastère, où les moines et les paysans s'étaient réfugiés.

— Te trouver ne fut pas une mince affaire, Wulfric Thorkelson ! lança l'homme qui mangeait une pomme au couteau, tranquillement assis sur un tonneau.

— Que fais-tu devant le monastère que je m'apprête à piller ? demanda Wulfric. Devant *mon* monastère ?

— Tu arrives trop tard, ses occupants viennent de vider leurs coffres pour moi.

Rurik s'avança à côté de son jarl.

— Qui es-tu ? demanda-t-il en brandissant sa hache. Es-tu fou pour t'opposer à nous, seul ? ajouta-t-il en regardant autour de lui et en ne voyant pas l'ombre d'un soldat.

— Je ne suis jamais seul, dit le chef de guerre en souriant.

Wulfric, comme Rurik, percevait bien une menace. Mais ils ne voyaient pas d'hommes en armes. Peut-être étaient-ils cachés en embuscade derrière les lourdes portes du monastère, prêts à intervenir au moindre signal de leur chef.

— Pour l'heure, tout porte pourtant à croire que tu l'es, dit Rurik en avançant vers cet insolent personnage qui barrait leur chemin.

— Je suis Rollon.

Ce nom suffit à faire réagir tous les guerriers de Wulfric.

Rurik siffla d'étonnement et baissa aussitôt sa hache, attendant les ordres de son jarl. Celui-ci laissa la parole à leur interlocuteur.

— Je sais ce que tu as fait aux Danois, Wulfric Thorkelson, reprit Rollon en crachant par terre la peau de la pomme.

— Nous avons vengé nos morts.

— Je le sais, répondit amicalement Rollon, en plongeant ses yeux d'aigle dans ceux de Wulfric. Et ce n'est certainement pas moi qui te reprocherais une telle vengeance, ajouta-t-il en riant. Non, si je te cherche partout depuis des lunes et des lunes, c'est pour te proposer une alliance.

Ce que Rollon voulait, c'était constituer la plus grosse flotte nordique jamais vue. Et, pour cela, il avait besoin que Wulfric et ses hommes rejoignent ses rangs. Ces derniers n'hésitèrent pas longtemps : attirés par cette vie d'aventure, ils acceptèrent, et placèrent leur bannière sous celle de Rollon.

La terreur des chrétiens prit le jeune jarl sous son aile et, ensemble, ils attaquèrent les côtes de Francie des années durant, emplissant leurs drakkars d'or et d'argent.

Un soir d'hiver, alors qu'il patrouillait avec Sven et Kolstein, Rurik débusqua un homme au crâne rasé et à la robe de bure qui venait vers eux sans donner l'impression de craindre la mort. L'homme les regardait droit dans les yeux et demanda à voir Rollon. Rurik éclata de rire devant cet homme qui n'était pas armé et qui demandait, ou plutôt exigeait, de rencontrer leur chef.

— Es-tu fou pour te promener ainsi le long de la côte ? demanda Rurik en le poussant avec le plat de sa hache. N'as-tu pas peur de nous ?

— Je suis envoyé par le roi Charles et par l'évêque de Sens.

— C'est sûrement un espion, tuons-le ! lança Sven, en levant déjà sa hache pour occire le moine.

Rurik intercepta le bras de son frère, qu'il repoussa violemment.

— C'est un émissaire, Sven, écoutons ce qu'il a à dire.

— Oui, mais c'est d'abord un chrétien, dit Kolstein en levant sa hache à son tour.

— Kolstein, ne t'avise pas de discuter mes ordres ! lança Rurik, furieux.

Sven et Kolstein se tinrent cois.

— Parle, moine, et tâche d'être convaincant, mon frère et mon fils semblent pressés de te découper en morceaux, dit Rurik avec un air carnassier.

— Ce message ne t'est pas destiné. C'est pourquoi je te demande de me mener jusqu'à Rollon.

Il émanait un calme étrange de cet homme désarmé à l'allure austère, et le regard clair et franc du moine éveilla la curiosité de Rurik. Il y avait chez lui du courage et une force assez magnétiques, deux qualités que les Vikings respectaient, même chez les moines.

— Tu ne sembles pas craindre nos haches.

— Je crains ce qui détruit l'âme, pas ce qui détruit le corps, répondit le moine avec sagesse.

— Je pourrais te tuer, insista Rurik, en faisant courir la pointe de sa dague sur le torse du moine.

— Tu le pourrais, en effet. Mais cela n'apporterait aucune réponse aux questions que tu te poses.

Le guerrier fut surpris par ces paroles et fronça les sourcils.

— Que sais-tu des questions que je me pose ?

— Tout homme cherche sa voie sur terre, même les

hommes du Nord. Aussi étrange que cela me paraisse, Dieu a de grands desseins pour vous en Francie.

— Mes dieux m'ont repris tout ce que je possédais, alors je doute que le tien se montre plus généreux, rétorqua Rurik, dont la rage causée par la disparition de ses terres et de sa famille ne s'était pas apaisée. La vision des corps sans vie d'Inga et Jarlaug le poursuivait dans ses cauchemars.

— Qu'as-tu perdu qu'Il ne puisse te rendre au centuple ?

— J'ai perdu ma femme et mes deux enfants, ma ferme, mes terres, mon bétail ! hurla-t-il, la voix étranglée par la colère.

— Alors, remercie Dieu, car il te réserve bien des surprises. Et si tu savais sa bonté à ton égard et à celui de ton peuple, tu chanterais ses louanges en cet instant.

Rurik se dit que cet homme était fou. Mais le moine continuait de le regarder droit dans les yeux sans faillir.

— Dis-moi, homme du Nord, que désires-tu le plus au monde ?

La question fut posée avec calme et sérénité. Les yeux perçants du moine scrutaient ceux du guerrier.

— Retrouver ma famille et pouvoir assurer ma descendance. Je doute que ton dieu soit assez puissant pour faire revenir les miens du royaume des morts…

— Détrompe-toi et réjouis-toi, car Dieu va répondre à tes prières.

— Je n'ai jamais prié le dieu des chrétiens ! s'exclama Rurik, furieux. Et n'attise pas ma colère, moine, car j'ai tué nombre de tes semblables.

Rurik poussa le messager du plat de son épée et le conduisit au campement où Rollon et ses jarls s'étaient installés. Malgré lui, Rurik avait été ébranlé par les paroles du moine. Il était facile de raviver la douleur d'une plaie qui n'était pas encore cicatrisée. Inga lui manquait, et son jeune fils Jarlaug aussi. Il avait déjà trente-six ans à présent et personne à qui léguer ses richesses et son sang.

Il se mit à rire soudain en pensant aux paroles du moine. Ainsi son dieu allait lui rendre au centuple ce qu'il avait perdu ? Cent femmes enceintes et cent fils ? Il risquait d'avoir des difficultés à nourrir toutes ces bouches. Et il lui faudrait une dizaine de chaumières pour loger tout ce petit monde. Décidément, les chrétiens plaçaient des espérances démesurées en leur dieu.

Rurik, après avoir fouillé le moine sans ménagement, le mena vers la tente qui servait de *skalar* aux jarls qui y tenaient conseil.

— Dis à Wulfric que j'ai avec moi un messager du roi Charles et de l'évêque de Sens, annonça Rurik au garde de l'entrée.

Celui-ci entra et revint accompagné de Wulfric, qui scruta le moine d'un regard suspicieux et franchement méprisant.

— Montre-moi ton message.

— J'ai reçu l'ordre de le remettre en main propre à Rollon.

— Je peux aussi te couper les mains, et les jeter sur la table, ainsi toi comme moi aurons eu ce que nous voulions.

Les yeux bleu glacier de Wulfric se plantèrent dans ceux du moine qui ne cilla pas.

— Tu perds ton temps, cet homme ne craint pas la mort, dit Rurik en regardant son jarl. Je l'ai déjà secoué.

— Il a l'air en un seul morceau pourtant..., répondit Wulfric avec une moue dubitative. Tu cognes plus dur d'ordinaire.

— Je crois que tu devrais le laisser entrer, ce qu'il a à dire semble intéressant.

Wulfric regarda tour à tour son ami puis le moine, puis posa la main sur le bras de celui qui lui avait appris le maniement des armes.

— Je te fais confiance, Rurik. Entre, moine, et tâche de ne pas abuser de la patience de Rollon. Elle est assez limitée, je te préviens.

Rurik regarda son jarl et le moine disparaître derrière le rideau de la tente et alla prendre place près du feu aux côtés de son frère Sven et d'un autre guerrier qu'il avait formé, Bjorn, dont la mère irlandaise avait été capturée et ramenée comme otage et esclave à Kragero. Wulfric, Sven et Bjorn étaient tous les trois des amis d'enfance. En se remémorant cette époque heureuse, Rurik laissa les souvenirs envahir son esprit. En ce temps-là, ils commerçaient et s'enrichissaient. Les dieux semblaient les protéger et les guider. Impressionné par sa force et son courage, le jarl Torkel, le père de Wulfric, lui avait confié son fils afin qu'il le forme au combat. Il avait accepté cet honneur et s'était occupé avec fierté de l'éducation guerrière des jeunes gens les plus prometteurs du village, dont Sven et Bjorn. Il s'adossa à une selle de cheval et soupira avec nostalgie.

— Tu crois que Rollon va accepter de passer un accord avec le roi Charles ? demanda Sven en tendant une corne d'hydromel à son frère aîné.

— Quoi qu'il advienne, compte sur Rollon pour tirer son épingle du jeu, dit Rurik en acceptant la corne et en buvant l'hydromel d'un trait.

— Tu penses que Rollon va en profiter pour demander plus que le Daneleg ?

Rurik regarda les visages de Sven et Bjorn tournés vers lui et se redressa pour leur expliquer ce qu'il supposait.

— Mettez-vous dans la peau d'un monarque qui souhaite maintenir la paix sur ses terres. Il est attaqué de façon récurrente par des Barbares…

— Des Barbares ?

— Les chrétiens nous voient comme des Barbares, expliqua Rurik, qui connaissait la susceptibilité de son cadet. Et avoue que nous leur donnons raison à chaque raid. Quelle serait la plus judicieuse des décisions à prendre ?

— À la place du roi, je lèverais une armée, je m'allierais avec tous mes voisins chrétiens et je terrasserais l'ennemi ? C'est évident non ?

— Es-tu sûr que ce soit la meilleure réponse ?

— Toi, tu proposerais une alliance aux « Barbares » ! coupa Bjorn.

— C'est une idée, oui, répondit Rurik, mais creuse encore. Quand ton ennemi te gêne comme une épine dans ta botte, comment faire pour qu'il quitte ta chaussure ?

Le silence était tombé sur le petit groupe qui réfléchissait, lorsque Wulfric sortit de la tente. Le visage grave, il vint vers eux.

— Charles veut nous rencontrer au plus vite et propose des terres à Rollon.

— Des colonies ? demanda Sven avec une lueur dans le regard.

— On pourrait s'installer sur la côte, lança Kolstein.

— Pas exactement, Kolstein, dit Wulfric en regardant le jeune guerrier qui accompagnait Rurik comme son ombre, Charles veut que Rollon devienne…

— Son frontalier, finit Rurik qui avait deviné. Afin

de garantir la paix en Neustrie et de repousser les autres clans du Nord et les Danois.

— Tu vois probablement juste, mon ami, commenta Wulfric. Le roi Charles veut nous rencontrer en la ville de St-Clair-sur-Epte la semaine prochaine. Rollon part avec une petite délégation, dont je ferai partie, tout comme Alaric Gunnarson.

— Rollon a toujours su s'entourer, fit Rurik qui connaissait bien Alaric.

— Rollon a déjà accepté les termes de l'accord ? demanda Sven, curieux.

— À l'heure qu'il est, il est sans doute en train de les revoir à son avantage, intervint Bjorn, une lueur malicieuse dans les yeux.

— On dirait que vous le connaissez aussi bien que moi ! lança Wulfric avec un sourire carnassier.

Rurik avait vu juste, le roi Charles voulait faire de Rollon son frontalier. Il fut décidé que tous les territoires allant de la Seine à l'Epte plus une partie de la Neustrie lui reviendraient. À présent que Rollon était officiellement comte de Rouen, les hommes du Nord avaient une terre : la Northmannie – ou Normandie. Les jarls de Rollon furent faits chevaliers, et ce fut avec fierté que Rurik vit son cadet recevoir l'accolade du roi. Wulfric reçut les terres de Lisieux, entre l'Orne et la Seine, et devint gardien du Sud, alors que Rollon régnait sur le Nord. Le reste des terres furent réparties entre les autres jarls et chacun, accompagné d'une délégation représentant l'autorité royale, alla introniser les nouveaux seigneurs de Normandie en lieu et place des anciens. La plupart des seigneuries se plièrent à ce changement, même à contrecœur, et se virent récompenser de leur loyauté par de vastes terres situées plus au sud. Mais certaines résistèrent et prirent les armes pour repousser les envahisseurs venus du Nord.

Chapitre 1

Lisieux, château du vicomte Cédric de L'Allier-Morel.

— Votre sœur désapprouve, et les gens du château, comme ceux du bourg, me regardent avec animosité, dit une femme aux formes pleines, tout en se lovant dans les bras du seigneur des lieux.

— Aigline est vierge et vouée à épouser Bertrand de Caen d'ici peu. Une fois mon irritante petite sœur mariée, nous pourrons nous voir à notre aise, dit Cédric de L'Allier-Morel en caressant le corps rond et chaud de sa maîtresse.

Jodelle connaissait bien l'affection que portait le jeune comte à sa sœur et sourit de cette pique. Il était vrai qu'Aigline était souvent dure, voire moralisatrice vis-à-vis de son aîné. Mais il y avait souvent de quoi, reconnut Jodelle en elle-même.

— Vous adorez votre sœur, et elle vous manquera, vous le savez.

— Tu es trop perspicace, cela en devient agaçant, Jodelle, dit Cédric dans un sourire, en posant la main sur le ventre arrondi de la femme qui partageait son lit depuis plus d'un an.

Soudain son visage s'assombrit, et Jodelle connaissait bien la raison de cette humeur chagrine.

— Tout ira bien pour nous, monseigneur.

— Je t'ai déjà dit de laisser tomber ce titre et de m'appeler par mon prénom, la gronda-t-il, tout en la prenant dans ses bras pour déposer des baisers ardents dans son cou velouté. J'aurais voulu que les choses se passent autrement.

— Elles se passent comme elles doivent se passer. Je n'ai jamais pensé que vous reconnaîtriez notre enfant ou que vous m'épouseriez. Je ne suis pas sotte, monseigneur, et je sais que votre oncle songe à un mariage pour vous. Et vous devez lui obéir.

— Je veillerai à ce que vous ne manquiez de rien, ni toi, ni cet enfant. Je... Je lui dirai la vérité, un jour.

Jodelle sourit et secoua la tête. Ses boucles rousses dansaient autour d'elle et ses lèvres charnues s'étirèrent dans un sourire charmeur.

— Rien ne vous y oblige, je l'élèverai seule, comme je l'ai fait pour Eulalie et Yvan.

— Mais tu étais mariée quand tu as eu tes deux premiers enfants.

— Oui j'ai été mariée, et veuve, deux fois. Il faut croire que je ne suis pas faite pour le mariage. Que ce soit avec Gontran ou Alois, les choses se sont mal terminées à chaque fois.

Jodelle s'étira comme un chat.

— Reste encore un peu avec moi, supplia Cédric qui la voyait se relever pour quitter sa couche.

— La forge ne va pas s'entretenir toute seule, monseigneur, je dois retourner travailler.

— Alors, jure-moi de revenir ce soir...

— Vous pourriez venir à la forge ce soir...

Jodelle préférait que leurs rencontres clandestines aient lieu ailleurs qu'au château.

— Crains-tu ma petite sœur ?

— Elle est la dame de ce comté, et je la respecte.

Cédric savait que sa maîtresse ne cherchait surtout pas à s'opposer à sa sœur. Jodelle était une femme à part, elle savait s'effacer et rester à sa place. C'est peut-être pour cela que leur liaison durait depuis aussi longtemps.

— Et pourtant, elle n'a pas été tendre avec toi.

— Elle ne fait que dire la vérité : nous pêchons par luxure, et mon enfant est un bâtard, qui naîtra dans le péché, par notre faute.

Cédric voyait comme une sorte de fatalité dans les yeux de Jodelle et cela lui déplaisait fortement. Jodelle faisait partie des vivants, des survivants. Elle avait perdu la quasi-totalité de sa famille, elle avait subi deux veuvages et tenait sa forge à bout de bras. Elle avait un caractère combatif et bien trempé. Elle n'était pas de celles qui se résignaient à la misère.

— Et c'est tout ce que cela te fait ? demanda le jeune vicomte en se redressant sur sa couche.

— Je suis réaliste, monseigneur. Vous et moi, cela ne pouvait pas bien finir. Nous le savions tous les deux. Peut-être moi un peu mieux que vous, car je suis plus âgée, et donc un peu plus expérimentée.

Jodelle avait plus de trente-trois ans et Cédric seulement vingt-cinq. Le jeune vicomte était tombé sous le charme de la forgeronne en un clin d'œil. Jodelle aimait les hommes vigoureux et son veuvage lui pesait. Elle était restée seule depuis trop longtemps, et les avances à peine masquées du jeune seigneur avaient eu vite fait de l'embraser.

— Oui, mais cela ne rend pas les choses plus faciles.

Surtout étant donné la nature des sentiments que je te porte. Je t'aime, Jodelle, j'ai essayé de te voir comme une passade, mais je mentirais en disant que je n'éprouve que du désir pour toi.

— C'est pourquoi il nous faut nous quitter. Vous ne devez pas nourrir de sentiments à mon égard.

Elle avait beaucoup de tendresse pour son jeune amant et se sentait merveilleusement bien en sa compagnie, mais le temps était venu de se séparer. Néanmoins, elle devait avouer qu'il lui manquerait terriblement.

— Adieu, Cédric, ajouta-t-elle en déposant un baiser sur les lèvres fermes de son amant.

— Je viendrai te rendre visite ce soir à la forge, répondit le seigneur des lieux en la retenant par le poignet, avant de déposer un baiser dans le creux de sa paume.

Jodelle sourit tout en priant pour que le jeune seigneur entende raison. Il était temps pour eux de rompre avant qu'un drame se noue. Elle quitta les appartements du vicomte en espérant ne croiser personne. Mais, malgré l'heure matinale, le château était déjà animé. Dans la grande salle, elle vit Dame Aigline et sa suivante Marielle qui allaient assister à la messe avant le déjeuner. Elle regarda la dame des lieux avec admiration. Jodelle ne comprenait pas pourquoi une aussi belle femme était toujours fille alors qu'elle avait déjà vingt ans. Dame Aigline était très belle, avec sa silhouette très fine, sa peau laiteuse et ses cheveux noirs comme la nuit. Et jeune. Elles étaient à l'opposé l'une de l'autre. Jodelle était charnelle, ronde, avec des formes généreuses, une bouche gourmande et sensuelle. Elle avait déjà deux enfants, une fille de quinze ans et un fils de dix ans. Et voilà qu'elle en attendait un autre : celui de Cédric. Elle arriverait à terme dans un mois, et cet enfant n'avait pas sa place dans ce château. Elle quitta les lieux en croisant le regard de la châtelaine et baissa les yeux malgré elle. Dame Aigline arrêta ses pas et Jodelle s'inclina pour saluer sa maîtresse.

— Il est bien tôt pour que tu sois au château afin de livrer une commande de ferronnerie ou de fer à cheval, fit remarquer la châtelaine sans agressivité, mais sans douceur non plus.

— N'ayez crainte, dame Aigline, je sais que je ne suis pas à ma place en ce lieu. Je m'apprête à aller voir mon frère car je réfléchis depuis longtemps déjà à quitter le bourg et à partir dans la famille de mon père à Rouen. Un de ses voisins possède une forge, et selon mon frère Jehan, il a perdu son épouse il y a trois ans.

— Et tu arriverais avec… trois enfants ?

— Il m'appartiendra de le convaincre de garder celui-ci, dit Jodelle en posant la main sur son ventre.

— Nous allons être en retard, ma cousine, dit Marielle qui avait peur que quelqu'un entende leur conversation.

— Je te suis, Marielle. Au revoir, Jodelle. Puisse Dieu t'accompagner.

Jodelle avait pris la décision de partir, mais avant cela elle voulait rassurer la châtelaine.

— Je ne demanderai jamais rien, madame, je veux juste ce qu'il y a de mieux pour votre frère.

Dame Aigline soupira et semblait préoccupée.

— Prends soin de toi et de tes enfants. Adieu, Jodelle. Le bourg va perdre un forgeron de grande qualité.

Jodelle prit la main de sa maîtresse et l'embrassa en signe de respect.

— Adieu, madame, je prierai pour vous.

— Merci Jodelle, fit la jeune fille, touchée, en partant vers la chapelle.

À pas lents, car l'enfant pesait dans son ventre, Jodelle descendit la petite route qui menait au bourg en contrebas du château, et entra dans le bourg au lieu de rentrer chez elle. Le temps des grands changements était arrivé pour elle, mais avant cela, elle avait besoin d'aller voir son frère.

— Bonjour, ma sœur, lança le chef de bourg en voyant la silhouette arrondie de Jodelle dans l'encadrement de la porte.

— J'ai décidé d'accepter ta proposition : je pars pour Rouen.

— À la bonne heure, soupira le chef de bourg, tout en prenant place sur un tabouret. Assieds-toi, veux-tu ? Qu'est-ce qui a pu te faire changer d'avis ?

— Ni les commérages ni les regards noirs du prêtre, dit Jodelle en riant.

— Alors, dis-moi.

— Peu importent mes raisons. Préviens ton ami que j'accepte son offre, s'il accepte mon enfant.

— Que dois-je lui dire ?

— Que ta sœur est une catin ou une veuve joyeuse ? jeta-t-elle insolemment.

— Jodelle ! s'insurgea Jehan, qui ne voulait pas entendre ce genre de propos chez lui.

— Je serai une bonne épouse s'il accepte mes enfants répondit-elle sérieusement. Le travail ne me fait pas peur, je sais tenir une maison et je connais les désirs des hommes.

— Jodelle…, la réprimanda Jehan une deuxième fois.

Le bourgmestre n'appréciait pas vraiment le franc-parler de sa sœur.

— Je sais que je porte un enfant illégitime. Inutile de me le rappeler tous les jours.

— Cet enfant s'en repentira tous les jours, fit une voix derrière elle.

La femme de Jehan était entrée et elle aussi arrivait à terme. Les deux femmes se fixèrent, et Jodelle savait que son frère ne prendrait pas son parti.

— Remercie le ciel qu'il ne t'ait pas pris ton mari. Moi j'ai connu cela, deux fois.

— Être la sœur de Jehan t'a protégée de la malveillance des gens, mais ne tente pas le diable.

— Alors, sois tranquille, Lise. Je suis venue accepter la proposition de Jehan. Je pars.

— Dieu soit loué, souffla Lise sans chercher à se cacher. Même Eulalie convient que c'est la meilleure solution.

— Laisse ma fille en dehors de cela, elle n'y est pour rien !

Jodelle était furieuse que sa belle-sœur tente de monter sa fille contre elle.

— Tu n'es pas un exemple pour ta fille, tu ferais mieux de nous la confier. Jehan est d'accord pour l'accueillir ici, je le lui ai déjà demandé. Et Marion se sentirait moins seule.

Marion était la petite sœur de Jodelle et Jehan, chez qui elle vivait depuis la mort de leurs parents. C'était une fille simple et rêveuse que certains traitaient d'attardée. Mais elle était simplement… différente.

— Comment oses-tu t'immiscer entre moi et mes enfants ? cria Jodelle, furieuse.

— Calmez-vous, il suffit ! coupa Jehan, agacé par cette dispute. L'aîné de Joseph le vannier est venu me parler d'Eulalie, il voulait savoir si tu serais d'accord pour qu'il demande sa main. Mais cela le gênait de devoir traiter avec une femme enceinte d'on ne sait qui… Alors c'est à moi qu'il s'est adressé, et je lui ai dit que je t'en parlerai.

— Ma fille est trop jeune pour se marier, l'interrompit Jodelle, en colère.

— Eulalie a quinze ans. Tu étais mariée à son âge.

— Oui, et je n'en garde pas un bon souvenir. La discussion est close.

— Jodelle…

— Et si Eulalie était d'accord pour rester chez nous et épouser le fils du vannier ? demanda Lise, qui avait décidément beaucoup de suite dans les idées.

Jodelle sentait son cœur sur le point de se briser de nouveau, mais elle ne voulait surtout pas être une entrave au bonheur de sa fille.

— Eulalie est assez grande pour faire ses propres choix. Écris à Rouen, Jehan. Je serai prête à partir dans une semaine. Avec ou sans Eulalie. Veux-tu que j'emmène Marion ?

— Marion est mieux ici, Jodelle. Tu la connais aussi bien que moi, elle aurait du mal à s'adapter à une nouvelle vie.

— D'accord, comme tu voudras.

Un rideau s'ouvrit et une ombre passa dans la lumière.

— Jodelle ? fit une jeune femme maigre, en avançant vers elle avec un sourire.

Jodelle serra sa sœur dans ses bras et l'embrassa tendrement. Elle éprouvait toujours une sorte de paix en sa compagnie, comme si la simplicité et l'innocence de Marion étaient capables d'effacer la peine et les chagrins.

— Bonjour, Marion, je suis heureuse de te voir, fit Jodelle en retirant une poussière des cheveux châtain de sa jeune sœur.

— Jehan m'a fabriqué une nouvelle poupée. Et Lise lui a confectionné une belle robe. Tu vois ?

— Elle est parfaite, dit Jodelle souriante, en regardant le jouet. Prends bien soin d'elle, demanda-t-elle à son frère en embrassant très fort sa sœur une deuxième fois.

— Pourquoi pleures-tu, Jodelle ? Ne sois pas triste. Je n'aime pas quand tu es triste.

— Je ne suis pas triste, Marion, juste un peu fatiguée.

— Tout ira bien, Jodelle. Un ange gardien veillera sur toi et ton bébé. Il ne faut pas avoir peur.

Jodelle sourit doucement. Les propos de Marion étaient bien souvent énigmatiques, mais il était impossible de ne pas être touché par sa bienveillance.

— Va jouer avec les enfants, ma chérie.

— D'accord, dit Marion en sortant de la maison.

— Au revoir, lança Jodelle, en s'en allant, le cœur noué.

Elle sentit l'enfant de Cédric tressauter dans son ventre et eut envie de pleurer. Mais ce n'était ni le lieu ni le moment. Elle devait partir et recommencer une nouvelle vie, loin de Lisieux. Pour cela, il fallait qu'elle se montre courageuse.

Lorsqu'elle arriva chez elle, elle vit sa fille qui étendait du linge au-dehors.

— Tu n'as pas dormi ici, mère ?

— Non, j'étais au château.

— Ah…

— Épargne-moi cet air réprobateur, on dirait ta tante Lise. D'ailleurs, je viens de chez Jehan et, d'après ce qu'il m'a appris, tu souhaiterais rester à Lisieux si je prenais la décision de partir à Rouen.

La jeune fille rougit violemment et battit des cils.

— Tu veux épouser le fils du vannier ? demanda Jodelle en épiant les réactions de sa fille.

— Tante Lise dit que ce serait bien pour moi.

Jodelle soupira et entra dans la maison, suivie d'Eulalie. Son fils Yvan était en train de mettre du bois dans la cheminée. Il était en retard chez Simon, où il faisait son apprentissage. Simon était l'intendant du château et le père de Perrine, la guérisseuse du bourg. C'était un maître sévère mais juste et Yvan ne pouvait pas espérer meilleure place. Jodelle avait beau faire la fière et l'indépendante, élever des enfants seule n'était pas chose facile.

— Dépêche-toi, Yvan, Simon va te punir si tu es en retard.

— Nous allons vérifier les réserves de laine et de grain avec Dame Aigline ce matin, puis-je prendre la jument grise ?

— Oui, tu peux. Va vite, mon fils, dit Jodelle en embrassant Yvan sur la joue. Eulalie, assieds-toi.

— Je ne veux pas me fâcher avec toi, mère, commença l'adolescence, raide et immobile.

— Ni moi avec toi. Je sais que je vous ai placés dans une situation difficile, dont je souffre aussi parfois. Je veux juste que tu saches que tu es libre de rester à Lisieux si c'est ce que tu souhaites. Mais si tu ne veux pas du vannier, tu peux venir à Rouen et tout recommencer avec moi.

Eulalie retira le fichu crème qui retenait ses boucles rousses et but un peu d'eau.

— Cet homme ne voudra pas de ton enfant. Du moins c'est ce que tante Lise dit.

— S'il me veut, ce sera avec cet enfant.

— Dis-moi qui est le père…

— Je ne peux pas, Eulalie, tu le sais bien.

— Lise dit que si tu te tais, c'est que le père de ton futur enfant doit être un homme marié ou pire encore ! Moi je ne sais plus qui je dois écouter. Je souffre de ton silence, alors que nous parlions de tout avant... Et tante Lise me harcèle de questions. Elle est même allée jusqu'à prétendre que le père était messire Cédric !

Jodelle ricana, reconnaissant bien là son incorrigible belle-sœur.

— Si tu éprouves de la honte à vivre à mes côtés, ou si la venue de cet enfant te gêne, alors il vaudrait sans doute mieux que tu restes à Lisieux.

— Mais...

Les yeux d'Eulalie s'emplirent de larmes, mais Jodelle tint bon. Ce n'était pas à elle de capituler.

— Je ne te chasse pas, ma chérie. Tu es ma fille et tu seras toujours dans mon cœur et dans mes prières. Mais je n'abandonnerai jamais mon enfant ! Je suis sa mère et il est fait de mon sang et ma chair, un point c'est tout.

Jodelle vit les larmes monter aux yeux de sa fille et s'en voulut une fois de plus pour son franc-parler. L'air bouleversé, Eulalie sortit de la maison et Jodelle tenta de se calmer en pétrissant son pain. Bientôt, des voix de femmes parvinrent à ses oreilles, dont celle, cristalline, de Perrine, la guérisseuse.

— Bonjour Jodelle, dit la jeune femme, joyeuse. Je suis passée voir si tout allait bien.

— Je vais bien.

Mais Perrine sembla tout de suite comprendre que Jodelle était nerveuse et crispée.

— Tu as besoin de quelque chose ?

— Qu'on me laisse en paix.

Jodelle vit les jolis traits de Perrine se décomposer, et regretta tout de suite ses paroles.

— Pardonne-moi, Perrine, je ne voulais pas être méchante. Je suis juste…

— La naissance approche, il est normal que tu sois un peu irascible, dit la guérisseuse, compréhensive.

— Je pars pour Rouen la semaine prochaine, déclara Jodelle à brûle-pourpoint.

Perrine la regarda avec inquiétude. Elle connaissait Jodelle depuis toujours, et elles étaient proches.

— Tu n'auras peut-être pas accouché la semaine prochaine…

— Examine-moi, et nous verrons si cet enfant veut se décider un jour à naître et à me rendre mon ventre et mon dos. Je n'en peux plus, mais après tout, il serait peut-être souhaitable qu'il naisse à Rouen, loin de tout cela, dit Jodelle avec un geste de la main fataliste.

Perrine examina Jodelle et ne constata aucune anomalie, le bébé était bien positionné et pour l'heure il ne semblait pas décidé à venir au monde.

— Tes autres enfants sont nés assez tardivement. Il est probable que celui-ci fasse de même. Tu veux vraiment partir ?

— Ici, les choses deviennent de plus en plus compliquées. Le plus simple est que je remarie et surtout que je quitte le bourg. Trop de gens pâtissent de mes erreurs.

Jodelle se redressa et but un peu d'eau, les yeux dans le vague.

— C'est surtout ton silence qui attise les questions.

Perrine était une bonne âme qui ne jugeait pas son prochain, elle ne s'était jamais montrée curieuse ou indiscrète. Et Jodelle appréciait sa discrétion.

— Je sais, mais cela ne changerait rien à ma situation si les gens savaient qui est le père de cet enfant, alors le débat est clos.

Elles bavardèrent de choses et d'autres, et Perrine lui promit de repasser tous les deux jours à partir de ce moment afin de surveiller de près la future mère.

Jodelle alla entretenir sa forge et regarda les maigres commandes de ces dernières semaines. Sa grossesse avait aussi des conséquences fâcheuses sur ses revenus. Un bon nombre des bourgeois ne voulait pas avoir affaire à une pécheresse. Heureusement, grâce à Jehan, elle avait conservé toutes les commandes et réparations qui concernaient les fours, les moulins, les guets et autres charrues et chariots du château. La forge se situait non loin de la maison, c'était une bâtisse de moindre importance, mais avec une cheminée énorme équipée d'un soufflet qui attisait les flammes du foyer. Jodelle enfila un tablier et des gants de peaux épais et commença à travailler les cercles des tonneaux que lui avait commandés Simon, l'intendant du château. L'ouvrage lui fit quelque peu oublier ses soucis. Les coups de marteaux sur l'enclume où elle formatait ces cercles résonnaient en cadence dans sa tête et le côté répétitif de ses tâches l'apaisa un peu. Elle s'autorisa une courte pause en fin de matinée. C'était trop de travail pour une femme seule, enceinte de surcroît. Elle appréhendait son départ autant que la réponse du forgeron de Rouen.

Soudain, Eulalie fit irruption dans la forge.

— Mère, j'ai pris ma décision, dit-elle, tout en tordant ses mains.

— Alors, si c'est bien ta décision, je la respecterai.

— C'est ma décision, mère. J'aime ce bourg, je suis

bien ici. Je ne sais pas si j'épouserai le fils du vannier, mais je veux bien le rencontrer. Et je serai là pour Yvan aussi.

— Yvan ?

— Sa place est au château avec Simon, tu ne pourras pas lui trouver meilleur travail à Rouen.

Jodelle se leva, repoussa le creuset de métal en fusion et reprit son ouvrage. Les coups de marteau façonnaient le métal avec précision. Jodelle était douée pour cela. Elle avait appris le métier avec son père dont, à l'âge de quinze ans, elle avait épousé l'un des apprentis. Peu de temps après, sa famille avait été décimée par la maladie, et elle avait perdu ses parents et un jeune frère. Seuls Jehan, Marion et elle-même avaient survécu. Elle avait conservé la forge de son père, ce qui constituait une belle dot. Mais son premier mari, Gontran, buvait et s'était souvent montré violent. Il était mort noyé suite à une chute dans la rivière au retour de la taverne. Deux ans plus tard, elle avait épousé Alois, un des soldats du château, qui, lui, avait péri sous les coups d'épée des Bretons quelques années plus tôt.

— Tu ne dis rien ?

— Il n'y a rien à dire. Ta tante semble avoir pensé chaque détail de mon départ à notre place.

Eulalie se tenait droite et se tourna vers la porte.

— J'ai terminé mes corvées et le pain est sur la table. La soupe est prête aussi. Je vais au bourg.

— Tu as déjeuné ?

— Tu semblais absorbée par ton travail, alors je n'ai pas voulu te déranger.

— Reviens avec Yvan pour le souper. Sauf si tu préfères aller dormir ailleurs.

Jodelle regretta la sécheresse de son ton, mais elle ne pouvait cacher son ressentiment. Elle trouvait les siens ingrats et injustes vis-à-vis d'elle. N'avait-elle pas été une épouse au-dessus de tout soupçon durant les années où elle avait été mariée ? N'était-elle pas une mère courageuse et aimante pour ses deux enfants ? La colère se mêlait à son chagrin. Elle en voulait à tout le monde. Et à sa fille aussi...

— Il y a grandes lessives au château demain, alors il serait plus pratique que je couche chez Simon avec Yvan.

Eulalie se dirigea vers la porte et l'ouvrit lentement, puis elle regarda sa mère.

— Tu ne me détestes pas ?

— Non. J'éprouve beaucoup de choses à ton égard, mais certes pas de la haine, Eulalie.

Jodelle répondit honnêtement, mais sans joie.

La jeune fille partit d'un air triste et décontenancé, et Jodelle se lança à corps perdu dans le travail malgré son dos douloureux et sa fatigue.

Au cours de l'après-midi, elle entendit des chevaux hennir et pensa que ce devait être des hommes du château venus chercher la commande pour les tonneaux. Elle avait pris du retard dans son travail et sortit de la forge dans l'intention de demander un délai. Mais elle vit des cavaliers d'un tout autre genre passer devant chez elle. Un homme portant les couleurs du roi et un autre vêtu comme un barbare portant un étendard rouge en forme de dragon sur un fond or. Que pouvait bien vouloir cette étrange délégation ? Cédric attendait-il des émissaires ? Il ne lui avait rien dit ce matin...

Elle fut tentée de se rendre au bourg pour voir si quelqu'un savait quelque chose, mais se reprit et resta chez elle. Ce qui se passait à L'Allier-Morel ne la regardait plus. En fin d'après-midi, elle sentit son ventre se durcir à plusieurs reprises et dut s'allonger un peu. Elle avait trop travaillé et se faisait rappeler à l'ordre. Cette journée avait été extrêmement éprouvante. Quitter Cédric lui avait demandé du courage, laisser partir Eulalie encore plus. Et maintenant elle devait aussi se séparer d'Yvan ?

— Seigneur, quel prix devrai-je encore payer pour donner la vie à cet enfant ? demanda-t-elle en se laissant glisser sur un siège.

Elle se sentait perdue et triste.

Elle posa ses mains fatiguées sur son ventre rond et se mit à prier.

— Je ne t'abandonnerai jamais, mon enfant, dit-elle, émue.

Le soleil déclinait à l'horizon, et Jodelle décida dc se coucher tôt pour être en meilleure forme le lendemain. Elle alla chercher de l'eau au bord de la rivière et revint chez elle pour faire sa toilette. Dévêtue devant la cheminée elle regardait son corps prêt à donner la vie une troisième fois. Étant beaucoup plus âgée que les fois précédentes, elle ne pouvait s'empêcher de s'inquiéter. Si elle mourait en couches, qui prendrait soin de son bébé ? Elle enfila une chemise propre et une grande jupe qu'elle resserra sous sa poitrine ainsi qu'une paire de bas de laine, qu'elle noua au-dessus de ses genoux. Une fois sa toilette achevée, elle brossa ses longs cheveux bouclés et se saisit d'un bonnet bleu, quand elle entendit des voix au-dehors. Elle se leva et se précipita dehors dès qu'elle reconnut la voix de ses enfants. Venant vers elle, Eulalie et Yvan arrivaient à grands pas, l'air bouleversé.

— Allez-vous bien ? s'inquiéta Jodelle, en serrant ses enfants contre elle.

— Oui, nous allons bien, mère. Messire Cédric a reçu des émissaires et…

— Je les ai vus passer cet après-midi.

— Il a tué le Viking, il a planté sa francisque dans son crâne ! Tu aurais dû voir cela !

Yvan faisait des bonds et mimait le mouvement de la hache de Cédric.

— Tu as assisté à cela ? demanda Jodelle, effarée.

— De loin seulement, dit Yvan en voyant l'air préoccupé de sa mère. J'étais avec Simon. Il m'a dit de sortir de la pièce…, bougonna le garçon.

— Heureusement ! rétorqua sa mère, les poings sur les hanches. Et messire Cédric ?

— Lui et Dame Aigline se sont violemment querellés. Elle était furieuse qu'il ait fait cela, dit Eulalie, nerveuse. Elle a dit qu'il n'aurait pas dû parler à la place de son oncle.

— Mais de quoi parlez-vous à la fin ?

— Le roi a donné nos terres aux hommes du Nord, souffla la jeune fille d'une voix blanche.

Le cœur de Jodelle s'arrêta un instant de battre.

— Que dis-tu ? Non, non tu te trompes forcément, c'est ridicule ! Ce sont des païens, et ils ont tué tant des nôtres, le roi ne peut pas faire une chose pareille.

— L'émissaire du roi s'est montré très clair : Charles donne notre région aux hommes de Rollon pour qu'ils nous servent de frontaliers. En échange, ils s'engagent à défendre l'embouchure de la Seine des attaques et des mercenaires.

Eulalie semblait blanche et froide comme la neige et Jodelle comprenait fort bien. Le père de sa fille avait péri sous leurs coups.

— Toutes les familles nobles sont délogées et se voient

offrir de nouvelles terres ailleurs. Les serfs sont contraints de rester sur place et les hommes libres peuvent choisir de rester ou de partir. Mais le roi les incite à composer avec les nouveaux maîtres. Et toi mère, vas-tu rester ou partir ?

— Messire Cédric n'acceptera jamais de livrer L'Allier-Morel aux hommes du Nord…, pensa Jodelle à voix haute, en s'agitant.

Elle sentit l'enfant qu'elle portait bouger avec vigueur. Le petit ressentait son énervement et elle essaya de se calmer.

— Il a dit qu'il préparait la guerre et qu'il allait demander à Bertrand de Caen de venir lui prêter main-forte, répondit Eulalie, toujours aux cent coups.

— La guerre ? Savez-vous quand les hommes de Rollon doivent venir prendre possession de L'Allier-Morel ?

— Pas avant la fin du mois, dit Eulalie, inquiète.

— Alors, partons pour Rouen, tous ensemble, trancha Jodelle en essayant de trouver un moyen de préserver toute sa famille.

— Rollon possède Rouen à présent, répondit Eulalie en baissant la tête. Dame Aigline veut tout le monde au bourg demain, Jehan et Simon donneront les consignes pour organiser les grottes. Nous sommes venus te l'apprendre. Et puis nous ne voulions pas te laisser seule. Pardonne-moi, mère, je n'aurais pas dû écouter tante Lise, je veux rester avec toi !

Eulalie se jeta dans les bras de sa mère et Jodelle la serra contre elle une nouvelle fois.

— C'est gentil à vous, mes enfants. Vous êtes ce qui m'est le plus cher au monde : venez près de moi, et prions pour que notre seigneur trouve un accord avec le roi. La guerre n'est souhaitable pour personne.

Des bruits de pas se firent entendre au dehors et Jodelle

s'arma d'un tisonnier. Elle posa un doigt sur ses lèvres pour intimer à ses enfants l'ordre de ne pas faire de bruit.

— Jodelle ?

C'était Jehan, comprit la future mère qui, rassurée, reposa son tisonnier.

Le bourgmestre entra et regarda sa sœur et ses neveux qui semblaient inquiets.

— Est-ce que tout le monde va bien ?

— Oui, juste un peu de nervosité, je crois.

— Cela peut se comprendre. Je viens de la part de notre dame. Je sais que tu veux partir, Jodelle, mais ici tu es notre seul forgeron, et messire Cédric aura besoin de toi pour ses armes.

Un silence pesant s'empara de la famille, et Jodelle eut besoin de temps pour prendre une décision qui risquait d'avoir des conséquences sur sa famille comme sur le bourg.

— Je ferai mon devoir, Jehan. Nous quitterons Lisieux quand nos soldats seront correctement armés.

Visiblement sa décision soulagea Jehan. Jodelle était le seul forgeron à des lieues à la ronde.

— Galibert a dressé la liste de ce dont il a besoin.

— Il viendra ?

— Il passera demain t'expliquer ce qu'il veut. J'ai confiance en Dame Aigline, elle saura nous indiquer la marche à suivre. Elle a su nous protéger il y a trois ans.

— Au prix de certaines vies, ne put s'empêcher d'ajouter Jodelle.

— Tu lui imputes la mort d'Alois ? demanda Jehan en prenant sa sœur par les épaules.

— Non. Alois a fait son devoir, et Dieu a voulu le rappeler à lui. Je dis juste que chaque attaque nous prend des vies. Qu'est-ce qui nous dit que ce ne seront pas les nôtres cette fois-ci, ou celles de nos enfants ?

— Je peux rester avec vous cette nuit si tu veux, proposa gentiment Jehan qui voyait bien que Jodelle ne possédait pas sa sérénité habituelle.

— Pour que Lise te reproche de la délaisser pour ta vilaine petite sœur ? fit-elle avec un sourire mesquin.

— Toi et Marion m'êtes précieuses, le sais-tu ?

Le bourgmestre n'était pas homme à montrer ses sentiments, et Jodelle vint l'embrasser affectueusement.

— Je m'en sortirai, Jehan.

— Tu t'en sors toujours, dit le chef du bourg dans un sourire, en caressant la joue de sa sœur. Il n'empêche que j'aurais dû être plus présent pour toi, ajouta-t-il en regardant le ventre de Jodelle.

— J'assumerai cet enfant, Jehan, n'en déplaise aux âmes pures et sensibles.

Même si ce qu'avait fait Jodelle était moralement condamnable, Jehan devait avouer qu'il était fier de sa sœur.

Dis à Galibert que je serai prête demain matin, poursuivit-elle. Qu'il me prête des serfs s'il veut que le travail aille plus vite, je ne suis plus aussi rapide qu'avant.

— Je transmettrai. Bonne nuit, Jodelle, bonne nuit, les enfants.

Cette nuit-là, dans la maison de la forge, toute la famille dormit ensemble. Lovés les uns contre les autres, Jodelle et ses enfants prièrent longuement et sombrèrent dans le sommeil l'esprit plein de doutes et de craintes.

Jodelle se leva aux aurores et réveilla ses enfants. Ils devaient aller au bourg et aider à organiser les défenses. Il était sûr que la forge serait prise d'assaut par tous les soldats souhaitant faire vérifier ou réparer leur équipement.

Chaque membre de la communauté pourrait se révéler utile à la survie des autres. Dame Aigline avait raison, il fallait organiser les défenses au plus vite.

— Yvan, va aider Simon du mieux que tu peux. Eulalie, ils auront besoin de ton aide aussi, va proposer tes bras à Jehan.

— Et toi ? Tu ne viens pas ? demanda l'adolescente, inquiète de laisser sa mère seule à la forge.

— Les hommes vont avoir besoin d'armes. La forge doit fonctionner en continu. Je vais être accablée de travail.

Eulalie et Yvan étaient inquiets, et avaient peur de la tournure possible des événements.

— Écoutez, les grottes ont toujours été nos meilleures alliées, faites confiance à Dame Aigline : elle sait ce qu'elle fait. Grâce à elle, nous n'avons pas eu de pertes lors des dernières attaques bretonnes. Prions Dieu pour qu'il en soit de même avec ces Vikings. Nous n'avons que quelques jours si ce que vous dites est juste, alors ne perdons pas de temps.

Eulalie embrassa sa mère et Yvan la serra fort contre lui, puis les enfants partirent aider au bourg, conformément aux consignes de la châtelaine.

Il fallut trois jours pour transporter de quoi tenir deux semaines. Simon et Jehan aidèrent Dame Aigline et coordonnèrent les différentes tâches. Perrine avait installé une maladrerie de fortune dans une des cavités et préparé toutes les potions et les onguents dont elle pourrait avoir besoin. Elle était surtout inquiète pour les femmes enceintes et les enfants ; il y avait par ailleurs plusieurs bourgeois très âgés et en mauvaise santé qu'il faudrait installer avec précaution.

Dame Aigline laissa à Cédric et à son capitaine Galibert

le soin de préparer la défense du château. Leur garnison était puissante, et ils attendaient les troupes de Bertrand de Caen, mais ils ignoraient la taille de l'ost que Rollon enverrait sur Lisieux. Combien seraient les combattants ? Par où arriveraient-ils ?

La châtelaine essaya à plusieurs reprises de persuader son frère de trouver une solution diplomatique, mais celui-ci ne décolérait pas, et la fureur qui dévorait son cœur le rendait sourd à toute raison. Même le chapelain du château, en essayant de le convaincre, s'était heurté à un mur.

Le dernier jour d'installation, Aigline partit à cheval et laissa Jehan et Simon régler les derniers détails. Les éclaireurs devaient signaler le moindre mouvement de troupes afin que les bourgeois puissent aller trouver refuge loin de la bataille. Mais pour l'heure personne n'avait de leurs nouvelles. Jodelle battait le fer pour fournir assez d'épées et de pointes de flèches. Cédric avait envoyé des hommes aux quatre coins du comté ramasser tout ce qu'ils pouvaient trouver de fer et d'acier afin de fournir le métal nécessaire à la forge de Jodelle. Quatre serfs travaillaient sous ses ordres à plein temps pour approvisionner les salles d'armes et les archers du château.

— Ravivez le feu, prenez le soufflet. Et toi, arrondis ton geste pour faire tes pointes de flèches. Comme ceci, expliqua la forgeronne en montrant le bon mouvement.

— Bien, maîtresse Jodelle, dit le jeune homme en répétant le geste jusqu'à le maîtriser.

— Dame Aigline arrive, maîtresse, lui fit remarquer un autre.

Jodelle se retourna et vit la dame de L'Allier-Morel

venir à elle. Elle s'essuya le front avec un linge humide et sortit de sa forge.

— Le bonjour à toi, Jodelle.

— Que puis-je faire pour vous, dame Aigline ?

— Je n'arrive pas à raisonner mon frère. Cédric ne veut pas écouter notre oncle non plus.

— Et vous pensez qu'il m'écoutera ? demanda Jodelle en écarquillant les yeux. Je n'ai aucune emprise sur les décisions de votre frère.

— Je crois qu'il éprouve de sincères sentiments à ton égard et… l'enfant que tu portes est le sien. Vos vies comptent pour lui.

— Comme la vôtre, madame. Cédric… messire Cédric, se reprit-elle en baissant la tête, a la plus haute opinion de vous et de vos avis éclairés.

— Alors, aide-moi à lui faire entendre raison.

— Je veux bien vous accompagner, madame. Mais s'il ne prend pas vos avis en compte, les miens n'auront aucun effet.

Dame Aigline scruta le visage de la maîtresse de son frère.

— Il t'aime, je le sais. Et toi, l'aimes-tu ?

— C'est le seigneur du comté, et je suis forgeronne. C'est la seule réponse que je peux vous donner.

— Tu es plus lucide que lui alors, dit Aigline sur un ton un peu défaitiste. Essayons tout de même. Je veux tout tenter.

— Avons-nous des nouvelles des éclaireurs ?

— Rien pour le moment : toutes nos patrouilles reviennent bredouilles. L'ennemi semble être encore loin. Aidez maîtresse Jodelle à monter à cheval, ordonna Dame Aigline aux serfs.

Ils sellèrent la jument grise de la forge et hissèrent la

forgeronne sur sa monture. Les deux femmes partirent au pas vers le château. Jodelle fut reconnaissante à Aigline de ne pas forcer l'allure. Monter à cheval enceinte de huit mois était déjà un exercice périlleux en soi. Elles arrivèrent dans la cour, et le fidèle Galibert vint l'aider à démonter après en avoir fait de même avec Dame Aigline. Les deux femmes entrèrent dans la grande salle, et Jodelle vit Cédric qui envoyait un courrier à Caen, d'où les renforts n'arrivaient toujours pas.

— Pourquoi l'as-tu amenée ici ? s'emporta Cédric, en voyant sa sœur accompagnée de Jodelle.

— Accepteras-tu d'écouter ce qu'elle a à te dire ?

Cédric regarda Jodelle sévèrement.

— Alors, qu'elle soit directe et concise ; comme tu le vois j'ai beaucoup de travail, dit sèchement Cédric.

— J'aimerais autant ne pas m'entretenir avec vous au milieu de la grande salle. Si vous acceptiez de venir à la chapelle…, proposa Jodelle en regardant Cédric avec douceur.

— Bien, je t'accorde dix minutes, coupa Cédric, en la prenant par le bras et en la traînant derrière lui.

L'espace d'un instant, la dame du château regretta d'avoir fait venir Jodelle. Cédric avait vraiment l'air contrarié et elle craignait qu'il ne retourne sa colère contre la forgeronne, mais elle se raisonna.

Une fois les portes de la chapelle refermées derrière eux, il continua de regarder Jodelle avec sévérité, puis soudain son visage se détendit, et il soupira, visiblement préoccupé et fatigué. Puis il l'attira à lui et l'embrassa à pleine bouche.

— Nous sommes dans une chapelle, le reprit Jodelle

en regardant autour d'elle, pour savoir si un sacristain ou quelqu'un d'autre les avait surpris.

— Tu n'as pas besoin de parler, Jodelle. Je sais que tu vas me dire que je fais fausse route. Comme Aigline, qui voudrait que je cède au roi.

— Je comprends votre colère et que vous vous sentiez abandonné par le roi. Je comprends votre rage et votre envie de vous battre jusqu'au bout, s'il le faut. Mais je comprends également que votre sœur veuille épargner le plus de vies possible. Nos vies, entre autres.

— Je sais que ma décision est la bonne, Jodelle, dit Cédric prenant le visage de sa maîtresse entre ses mains. Je voudrais que les choses soient différentes, que nos chemins ne se soient pas croisés en de pareilles circonstances. Et pourtant je ne regrette pas une seconde passée avec toi.

— Nous pourrions aussi voir ce que le roi vous propose et partir vers ces terres d'Anjou… ensemble, tenta-t-elle de le persuader.

— J'y ai pensé, et cette possibilité m'obsède chaque seconde.

Cédric posa son front contre celui de Jodelle et ferma les yeux, mais après quelques secondes, il s'éloigna d'elle.

— Mais L'Allier-Morel est mon donjon. C'est ma terre et celle de mes aïeux. Aucune décision royale ne changera cela.

Il y avait tant d'ardeur et de force de conviction dans sa voix que Jodelle sut que toute tentative de le faire fléchir serait vaine.

— Alors je prierai pour vous, Cédric.

— Ce ne sont pas de tes prières dont j'ai besoin, Jodelle, mais de cette fougue et de cette force qu'il y a en toi.

— Alors mes prières seront en supplément, murmura la future mère en souriant.

Elle allait s'éclipser quand deux bras forts la saisirent et la ramenèrent vers Cédric.

— Je veux connaître cet enfant. Après la bataille, j'annoncerai à tous que ton enfant est le mien et que je le reconnais comme tel.

Jodelle posa ses mains sur le large torse de son amant et le regarda, les sourcils froncés.

— Non, je vous en prie, votre oncle a déjà engagé une alliance avec une seigneurie bretonne ! Et j'ai promis à votre sœur de ne jamais rien demander. Cédric, je vous en prie, je veux ce qu'il a de mieux pour vous, et ce n'est pas moi.

Il était inutile de se bercer d'illusions, cette union était condamnée d'avance. Et jamais l'évêque de Lisieux ni le roi n'autoriseraient pareille mésalliance. Cédric était-il fou ou désespéré pour envisager une chose pareille ?

— Ma décision est prise, Jodelle, je reconnaîtrai cet enfant et je t'épouserai.

— Vous faites fausse route, messire, dit Jodelle en secouant la tête avec une moue dépitée. Je ne vous épouserai pas, Cédric. Nous ne sommes pas maîtres de nos destinées, et vous, nobles, moins que nous autres, d'une certaine façon. Vous avez des devoirs auxquels vous ne pouvez pas vous soustraire.

— Être ma maîtresse ne t'autorise pas à me manquer de respect, la coupa Cédric, furieux.

— Être notre maître ne vous autorise pas à mettre nos vies en danger par orgueil. Si vos gens vous importent peu, pensez au moins à votre sœur. Si ces hommes du Nord percent vos lignes et atteignent L'Allier-Morel, quel sera son sort ? Les vainqueurs ne sont guère cléments envers les filles et femmes des vaincus, ils vont la…

— Je ne laisserai pas ces Barbares dénués de conscience et de morale poser le pied sur notre sol !

— Puisse Dieu vous entendre. Et avoir pitié de nous, dit Jodelle en s'éloignant tristement. Adieu Cédric, je prierai pour vous.

— Promets-moi de te cacher et de protéger ta vie… et celle de notre enfant.

— Je vous le promets.

Elle leva un regard empli de peine et de tendresse vers celui dont elle partageait le lit depuis plus d'un an.

— Je t'aime, Jodelle, ajouta-t-il avant que la porte de la chapelle ne se referme.

Une fois arrivée dans la cour Jodelle accueillit avec soulagement la bourrasque d'air frais qui balaya son visage et elle essuya ses larmes d'un revers de manche rageur. Une ombre masqua le soleil : c'était Dame Aigline qui était venue aux nouvelles, désespérée.

— Je vous avais dit qu'il ne m'écouterait pas. Je n'aurais jamais dû venir, confia Jodelle entre deux sanglots.

— S'est-il montré violent avec toi ? s'inquiéta la châtelaine.

— Non, mais il ne veut rien entendre. Néanmoins, ne vous inquiétez pas, dame Aigline : comme je vous l'ai dit, je ne demande rien. Et je partirai avec mes enfants loin d'ici pour ne pas vous causer de tracas.

— Je suis désolée, Jodelle, je n'ai jamais éprouvé la moindre haine envers toi.

La jeune femme semblait sincèrement contrite.

— Ni moi envers vous, madame. Vous êtes une femme de bien, et je suis fière de vous avoir comme châtelaine. Les gens auront besoin de vous…

— Ces Barbares ne sont pas encore là.

— Avons-nous une idée de la distance qui les sépare de nous ?

— Selon nos sources, ils ne devraient pas être sur nos terres avant la semaine prochaine, voire la suivante.

— Je partirai dans deux jours, j'ai presque fini mon travail à la forge.

— Merci de nous aider, Jodelle, malgré tout. Je prierai pour toi.

— Dieu vous garde, madame. Adieu.

Jodelle fut hissée sur sa monture par un garde, et son regard se porta vers la chapelle d'où Cédric n'était toujours pas sorti. Il était probable qu'elle ne le revoie jamais et son cœur se serra.

— Je veillerai sur lui, dit la châtelaine qui semblait avoir lu dans ses pensées.

Jodelle hocha la tête et partit vers sa forge. Elle passa la grande porte, l'esprit empli de pensées inquiétantes. Elle imaginait les hordes de diables venues du Nord envahir leur château. L'Allier-Morel serait le théâtre de combats acharnés dont il n'était pas certain qu'il sorte vainqueur. C'était une forteresse de grande taille, avec quatre tours s'élevant à chaque point cardinal, et une muraille épaisse. Le donjon, massif, trônait au milieu de la cour intérieure. Il y avait une tour des dames dans laquelle la sœur de Cédric, sa cousine et sa vieille servante Claire logeaient à l'abri du tumulte de la grande salle et des quartiers des hommes d'armes. Tout semblait paisible en cet instant malgré les bouillonnements des cœurs et des esprits échauffés. Mais ce calme était relatif et ne durerait certainement pas longtemps. Jodelle s'en retourna chez elle et travailla d'arrache-pied avec les serfs mis à sa disposition. Plus vite les réserves seraient constituées, plus vite elle pourrait quitter Lisieux et mettre à l'abri les siens.

Restait à savoir où aller.

Dans la pénombre de la sacristie, Cédric prit une plume et rédigea un courrier à l'attention de Bertrand de Caen, son allié. Il rédigea son testament, et scella ainsi ses volontés concernant l'avenir d'Aigline et celui de Jodelle, ainsi que celui de l'enfant qu'elle portait. Il avait le fol espoir que, après avoir terrassé ces envoyés du diable, il pourrait avoir le choix d'épouser la femme qu'il aimait et voir grandir leurs enfants. Il leva les yeux vers un vitrail et imagina des enfants aux cheveux roux comme ceux de Jodelle, jouant et riant dans les jardins du château. Cédric aspirait à cette vie simple, entouré des gens qu'il aimait. Jodelle serait son choix.

Moins d'une heure plus tard, un cavalier quittait le château avec pour mission de remettre le courrier en main propre au seigneur de Caen.

Chapitre 2

Embouchure de la Seine, le jour même

Trois drakkars chargés d'une centaine d'hommes remontaient la côte. Les vagues soulevées par les vents claquaient sur la coque des navires et éclaboussaient parfois les hommes alignés sur les bancs de rames. En cadence régulière et rapide, les hommes soulevaient et plongeaient les grandes rames dans les vagues mouvantes d'une mer agitée. Le premier navire, dirigé par Wulfric, montrait la route à suivre aux deux autres, menés par Sven et Bjorn, que le jarl avait choisis comme capitaines. Wulfric avait demandé à Rurik de venir à son bord pour étudier les voies d'assaut possibles.

— On ne peut accoster que plus haut ou plus bas ; le mieux serait d'aborder par le côté nord, en amont. Au sud et à l'ouest, il y a des forêts. En s'y faufilant à la faveur de la nuit, on pourrait peut-être approcher sans se faire remarquer.

— Ils nous attendent de toute façon, fit remarquer Wulfric, en haussant les épaules. Une attaque directe me semble de ce fait plus appropriée. Nous allons les assaillir de tous côtés, y compris par la rivière, là où ils ne nous attendent pas.

— On peut remonter la Touques jusqu'à Lisieux…, dit Rurik, en admirant l'audace de son jarl.

— Et tu mèneras cette attaque avec ton frère. Sven et toi vous nous appuierez par la rivière, tandis qu'avec Bjorn, j'attaquerai par les terres. Il est à prévoir qu'ils nous verront sortir des bois et qu'ils lanceront le gros de leurs forces vers l'est du château, et Sven et toi les surprendrez par le nord-ouest.

— Bien pensé, dit le guerrier souriant, en s'adossant au bastingage. Les tours ne sont pas accessibles par le fleuve ?

— Il va falloir grimper…, avoua Wulfric, qui savait que l'exercice serait périlleux.

— Nous serons à la merci de leurs archers, comprit Rurik, tout en jouant avec le pendentif en argent qu'il portait autour d'une lourde chaîne. Mais tu peux compter sur nous.

— Je le sais, répondit seulement le jarl. Je te donnerai des terres, Rurik, tu les as bien méritées.

— Ne vendons pas la peau de l'ours avant de l'avoir tué. Nous avons une forteresse à prendre avant de crier victoire.

— Ce château est à moi.

Le ton ferme de Wulfric fit sourire Rurik, qui savait que son jarl était avide de revanche sur la vie et le destin.

— Et prends une épouse. Tu auras le choix : tu fais partie de mes meilleurs hommes. Tu pourras choisir la maison et la femme que tu veux pour implanter ta lignée.

— Je saurai te le rappeler en temps voulu, lança joyeusement Rurik, qui savait que son jarl tiendrait ses promesses. Mais pour l'instant, songeons à notre attaque.

Laisse Sven approcher, je vais monter à son bord, et nous bifurquerons au nord pour entrer dans la Touques.

Wulfric ralentit la cadence des rameurs et baissa un peu la voile pour ralentir son drakkar afin que le bateau de Sven puisse approcher à quelques mètres. Rurik cria pour qu'on lui jette un cordage et plongea dans les flots. Il nagea vigoureusement, puis fut hissé avec force sur le bastingage du navire de Sven.

— Content que tu sois de retour, dit Kolstein, en approchant avec un linge sec.

— Nous avons des ordres, mon frère, lança Rurik à son cadet, en acceptant le linge pour se sécher un peu.

Il se frotta le visage et les cheveux puis montra le nord-ouest du doigt.

— Nous devons remonter la Touques jusqu'à Lisieux pour pouvoir les prendre à revers.

— Ce Franc va regretter de ne pas avoir obéi à son roi, dit Sven avec un sourire carnassier.

— La Touques n'est pas navigable sur toute sa longueur. Il nous faudra porter le navire sur certains tronçons. Et sûrement abattre les mâts pour passer certains ponts.

— Aux Barbares du Nord, rien d'impossible, ricana Sven qui trouvait que Wulfric avait eu une idée aussi ingénieuse que discutable.

— Attends la suite, mon frère. La tour Nord se trouve à flanc de rivière, sur un amas rocheux à pic.

— Et alors, Wulfric nous attendra forcément en contrebas, non ?

— Pourquoi ? L'idée d'escalader une tour de plusieurs dizaines de mètres te fait peur ?

— Je vais tuer Wulfric…, grogna Sven, en comprenant enfin le plan de son jarl. C'est du suicide !

— Oui, c'est possible, mais je me sens d'humeur héroïque aujourd'hui. Crois-moi sur parole, nous vaincrons. Wulfric m'a promis une terre, une maison et une femme, dit Rurik à son frère. Je n'aurai qu'à choisir, a-t-il dit !

— Alors, tâchons de rester en vie. Ah, au fait, Wulfric se réserve le maître des lieux, « messire » Cédric. Interdit de le tuer. Et nous devons veiller à ce que sa sœur ne soit pas tuée ni blessée. Il faut surtout qu'il ne lui arrive rien de fâcheux…

— Que d'exigences ! souligna Rurik, moqueur, avant de donner des ordres pour que les hommes changent de direction. Tu es en âge d'avoir des enfants, Sven, tâche de trouver une jolie Franque avec qui tu pourras vivre heureux et avoir beaucoup d'enfants.

— Rien ne presse, mais je compte bien m'installer à Lisieux avec Wulfric.

— Je compte bien faire mes preuves moi aussi, intervint Kolstein qui voulait faire la fierté de celui qui l'avait adopté.

— Tu es un bon guerrier, Kolstein. Cette bataille te permettra de mettre tes techniques de combat à rude épreuve. Mais tu en es capable. Et tu auras toujours une place chez moi, tu hériteras de mes biens comme les autres enfants que j'aurai peut-être.

Kolstein resta silencieux puis demanda à Rurik s'il pouvait porter son nom. Le guerrier en fut très flatté, mais se contenta de répondre par un signe de tête et une sorte de grognement qui se voulait affirmatif.

— Kolstein Rurikson, va donc prendre un tour de rames au lieu de bayer aux corneilles, finit par dire le guerrier.

— À tes ordres, père.

Kolstein se leva et alla relever un guerrier qui ramait depuis le quart précédent. Il était maintenant un jeune homme de dix-huit ans plein de vie et de promesses, aux cheveux châtains et aux yeux bleus comme la mer. Et si Rurik cachait son contentement sous des airs bourrus, il était fier de devenir le père de ce garçon. Avec l'entraînement et la vie dure que menaient les mercenaires, ses épaules s'étaient élargies et sa musculature s'était bien développée.

Le drakkar se dirigea sur les eaux plus calmes de la Touques et quitta la mer pour la rivière. Les arbres bordaient les rivages et des nuées d'oiseaux s'envolèrent sur le passage des navires. Des troupeaux de moutons paissaient dans les prés et, à en juger par les nombreux champs de blé et d'avoine dont les épis encore verts jouaient avec le vent, la terre semblait fertile. Ici, les hivers seraient bien moins rudes qu'en Norvège. C'était une nouvelle chance que leur offraient les dieux. Rurik laissa son esprit vagabonder un instant et ses pensées se tournèrent d'elles-mêmes vers sa famille défunte. Il ne se passait pas une journée ou une nuit sans qu'il imagine sa femme et son fils aux prises avec les Danois. Il pouvait imaginer la terreur qui les avait habités lorsqu'ils avaient vu débarquer ces envahisseurs sur leurs côtes. Il repensa aux blessures défensives qui marquaient les bras de son jeune fils. Il avait essayé de protéger sa mère au péril de sa vie. Et bientôt, ce serait eux les envahisseurs venus terrasser un château et son seigneur. Wulfric avait été très clair : les bourgeois ne devaient pas être inquiétés. Cependant, si un Franc prenait les armes, il mettrait sa vie en péril.

Rurik enfila des vêtements secs et positionna son bouclier sur le bastingage à côté de celui des autres guerriers. Sa tunique de laine brune brodée de noir aux emmanchures et à l'encolure laissait voir ses bras marqués de cicatrices et d'entrelacs tatoués à l'encre noire. Par-dessus, il portait une veste sans manches de cuir noir cloutée qui lui servait d'armure. Une large ceinture de cuir brun maintenait l'ensemble en place, tandis que ses jambes puissantes étaient protégées par une culotte de cuir noir assez large qui s'enfonçait dans des bottes. Aux poignets, Rurik portait de larges bracelets en cuir et métal précieux dans lesquels se reflétait la lumière du soleil. Il toucha le pendentif qu'il portait sur le cœur et le rangea sous sa tunique.

— Rollon a demandé que nous n'exhibions pas les symboles de nos dieux. Nous sommes censés être chrétiens à partir de maintenant.

Sven, qui était venu prendre place à ses côtés, regardait son bracelet, représentant sa fidélité à Odin, avec un air dubitatif.

— Les chrétiens ont coutume de dire que Rome ne s'est pas faite en un jour. Sage réflexion. En ce qui me concerne, je reste ce que je suis. Mais mes fils, eux, seront chrétiens puisqu'il en a été décidé ainsi.

— Rollon sera baptisé. Et ses jarls avec lui.

— Je ne suis pas jarl. Mais toi, oui. Avec un peu de chance, ce baptême te permettra d'être mieux accepté par les Francs.

— Tu devrais te convertir toi aussi.

Rurik pardonnait à Sven son insistance. Cependant il souhaitait mettre les choses au clair.

— Je servirai Wulfric jusqu'en enfer, mais je suis plus tenté par le Walhalla que par le paradis des chrétiens.

— Tu n'as jamais sacrifié aux dieux, fit remarquer Sven avec amusement, pour se moquer de la soudaine piété de son aîné. Et tu taquinais notre *völva* sans cesse.

— Eh bien j'aurai peut-être dû me montrer plus pieux, soupira-t-il, amer. Les dieux nous ont abandonnés à Kragero, et j'ai perdu ma femme et mes deux enfants. Notre *völva* m'avait dit que je serais puni pour mon manque de foi. Elle ne s'était pas trompée.

— Tu n'as plus qu'à espérer que le dieu des chrétiens se montre moins rancunier, mon frère.

— J'ai pillé des monastères et tué des chrétiens. Je ne suis pas sûr que ce dieu soit enchanté de nous voir débarquer au milieu de ses fidèles, pensa Rurik à voix haute, tout en grimaçant.

— Tu penses encore à ce qu'a dit ce moine, cet émissaire que nous avons intercepté ?

— Je n'en sais rien, avoua sincèrement Rurik. Je vieillis, j'ai trente-six ans et cette deuxième chance qui m'est offerte ne se représentera peut-être pas de sitôt. Je ne veux pas quitter ce monde sans descendance. Mais Kolstein n'a pas à être jaloux, j'ai toujours été clair à ce sujet.

— Tu pourras choisir ton clan à Lisieux. Et engendrer des enfants de ton sang. Tu sais que je défendrai toujours les tiens.

— Des fils de Ketill, il ne reste que nous, Sven.

Le jeune homme regarda son aîné avec sérieux. Il respectait la pudeur de Rurik. Mais il savait que la blessure causée par la perte de sa famille était loin d'être refermée.

Sven attacha ses cheveux blonds en arrière et passa une main nerveuse sur sa courte barbe. Ses yeux verts perçants scrutaient le rivage. Il était à prévoir que des paysans les apercevraient et donneraient l'alerte. Deux archers positionnés à bâbord et à tribord étaient prêts à transpercer de leurs flèches toute personne qui annoncerait leur venue trop tôt. L'effet de surprise était primordial dans leur entreprise.

Néanmoins, ils remontèrent la rivière sans rencontrer

âme qui vive jusqu'aux abords de Pont-l'Évêque, où ils virent un monastère entouré de prairies dans lesquelles des bovins paissaient tranquillement.

— Il va nous falloir défendre ces terres à partir de maintenant.

— Je préférerais les piller, commenta Rurik, en se penchant pour voir si le bateau pouvait avancer sans crainte.

Pour l'heure le fond très plat du drakkar permettait de naviguer, mais Rurik savait que bientôt il leur faudrait ruser pour avancer. Quelques lieues après Pont-L'Évêque, le drakkar achoppa sur un banc de sable et de pierres. Agile, Sven sauta dans l'eau et prit la mesure de la difficulté.

— On va devoir porter le bateau jusqu'en bas ! cria-t-il à son frère.

— Les arbres vont nous gêner. Regarde le chemin en haut du sentier, on ferait mieux de le hisser jusque-là et de le redescendre dès que la rivière redeviendra plus profonde.

Ils sautèrent de leur navire et le poussèrent sur le rivage pour l'échouer. Puis, à l'aide de rondins couchés et de cordages, les hommes hissèrent leur drakkar à bout de bras.

— Par l'enfer de Hell ! Wulfric devra faire en sorte que cette maudite rivière soit navigable de la mer à Lisieux !

Sven et ses hommes firent avancer le bateau sur le sentier en le faisant rouler sur des rondins. Mètre après mètre. Le soir même, ils purent le remettre à l'eau. Mais ils décidèrent de passer la nuit à cet endroit, dissimulés par les grands arbres, et de repartir le lendemain matin.

À l'aube, ils s'embarquèrent de nouveau, et, enfin, Lisieux apparut, puis, en hauteur, L'Allier-Morel. Wulfric n'avait pas menti : la forteresse était imposante. La tour

Nord dominait la rivière et Sven fit arrêter le bateau. Rurik se glissa sous les arbres pour dresser un état des lieux et essaya de trouver une faille dans la bâtisse, mais il fallait avouer que ces Francs savaient bâtir des châteaux comme personne. Il serait impossible à une trentaine d'hommes d'escalader cette tour.

— Sven, tu devrais rejoindre Wulfric et Rollon avec tes hommes. Laisse-moi Kolstein et huit à dix guerriers. Nous vous ouvrirons les portes.

— Es-tu sûr ?

— Nous y arriverons, acquiesça-t-il. Regarde au nord lors de l'assaut et fais en sorte de détourner l'attention de nos ennemis vers le sud. Es-tu prêt, Kolstein ?

Le jeune guerrier hocha la tête et descendit du drakkar à son tour pour se cacher sous les feuillages des arbres avec les guerriers qui escaladeraient la façade dangereuse de la tour.

Pendant ce temps, Sven et le reste de la troupe contournèrent la forêt et retrouvèrent les forces de Wulfric et Rollon, qui attendaient de donner l'assaut.

Tout à coup, un coup de corne retentit, suivi de plusieurs autres, et une clameur guerrière enflamma les alentours. Les hommes du Nord venaient conquérir leurs biens à la pointe de leurs épées et au tranchant de leurs haches. Dans la lumière blanche de l'aube, les premiers rangs, menés par Wulfric et Rollon, avancèrent face au château. Aussitôt le signal donné, Rurik commença son ascension. Les parois de la tour étaient irrégulières, certaines pierres s'étaient désolidarisées, et Rurik repéra tout de suite les points d'appui dont ils auraient besoin pour grimper. Il serra son bouclier sur son dos et dégaina un poignard qu'il glissa entre ses dents. Il fit signe aux autres de le suivre.

Alors que la cloche de la chapelle sonnait le tocsin et que les habitants du château étaient tirés du lit par les cris rageurs des guerriers du Nord, Rurik jeta un regard aux hommes qui le suivaient.

Jodelle ouvrit les yeux, tirée du sommeil par son fils qui la secouait de toutes ses forces.

— Mère, lève-toi, j'entends le tocsin !

— Quoi ? Le tocsin ? Non, pas déjà ! Ils ne devaient pas arriver avant plusieurs jours, se lamenta-t-elle, paniquée, en prenant quelques affaires à la hâte.

Son ventre se contracta douloureusement et elle dut faire une pause.

— Tu nc vas pas accoucher maintenant ? s'inquiéta Yvan.

Jodelle regarda les yeux effarés de son fils et caressa ses cheveux châtain cuivré en bataille.

— Jehan va emmener Eulalie aux grottes, dit-elle à haute voix comme pour s'en persuader. Allons-y. Vite.

— J'ai peur, avoua Yvan, honteux.

— Moi aussi, mon chéri. J'ai très peur pour vous et pour le bébé aussi. Mais nous serons plus forts ensemble, d'accord ? Pour le moment la seule chose à faire est de quitter le bourg et d'aller nous cacher.

— Et le château ?

— Puisse Dieu leur venir en aide, dit seulement Jodelle en pensant à Cédric avec inquiétude. Seigneur, ayez pitié de nous, souffla-t-elle dans une prière, avant de sortir de chez elle.

Elle passa par la forge et prit deux grands poignards qu'elle attacha à sa ceinture.

Rurik entama son ascension, et ses hommes le suivirent un à un. Une fois arrivés au niveau des créneaux de la tour, ils attrapèrent la corde et le grappin qu'ils portaient à la ceinture. La suite de leur ascension allait être encore plus périlleuse. Il fallait que le grappin se positionne correctement, puis vérifier l'accroche et se jeter sur la corde pour se hisser plus haut. La tour devait abriter certains soldats laissés en arrière au cas où. Rurik espérait que Wulfric et Rollon attireraient suffisamment l'attention des Francs. Se retournant pour évaluer la hauteur qu'ils avaient déjà gravie, Rurik distingua des bourgeois qui fuyaient en amont de la rivière. Ils auraient tôt fait de les retrouver et de les ramener. Mais pour l'heure ils devaient progresser et arriver à leurs fins. D'un mouvement souple, Rurik se balança et réussi à trouver un point d'appui pour son pied droit, avant de retrouver son équilibre. Ils ne devaient pas faire de bruit et ne pas être démasqués pour ménager l'effet de surprise et permettre aux cavaliers de pénétrer dans l'enceinte du château. Arrivé sous les mâchicoulis, il se retourna et porta son regard sur les prés et les bois qui s'étendaient au loin. Il aperçut des fuyards – hommes, femmes et enfants – qui couraient sur un chemin de terre en direction du nord-ouest. C'étaient sûrement les bourgeois qui essayaient de fuir la bataille. Rurik remarqua qu'ils ne s'égaillaient pas de façon anarchique, mais qu'ils se dirigeaient avec discipline vers un endroit précis tous ensemble. Ils devaient avoir une cachette en forêt, dans une vallée isolée, ou encore sur une colline possédant un fort. Les hommes de Bertrand de Caen les attendaient peut-être pour une seconde vague d'attaque. Il faudrait éclaircir ce point, et vite. Peut-être s'agissait-il de grottes, s'interrogea-t-il en se souvenant de cavités naturelles qui bordaient la rivière en amont de Lisieux.

Un cognement sourd résonna à plusieurs reprises, en cadence lente, mais régulière : les hommes de Rollon maniaient le bélier. Rurik reprit son ascension. Il fallait se hâter. Les guerriers avaient entrepris de forcer les portes de L'Allier-Morel. Dans un dernier effort, Rurik réussit à se hisser dans la tour et brisa les cervicales du garde qui se trouvait devant lui. Un second le regarda comme un fantôme venu de nulle part et s'en alla rejoindre ses ancêtres, une lame en travers de la gorge. Rurik le garda contre lui, une main sur la bouche, jusqu'à ce que la vie le quitte définitivement et déposa le corps inerte du soldat sur le sol. Kolstein entra à son tour, suivi des autres guerriers. De leur position, ils voyaient tout l'intérieur du château. Rurik remarqua immédiatement un archer, vêtu de noir et encapuchonné comme un spectre, qui décochait ses flèches avec une rapidité surprenante. Il était certain qu'il visait les hommes du bélier et allait ralentir l'attaque de Rollon et Wulfric.

— Il faut que nous fassions diversion pour descendre sans être vu.

— Regarde, en bas, il y a des charrettes de foin, près des chaumières.

— Tu penses pouvoir les atteindre ? demanda Rurik, qui trouvait la distance tout de même ambitieuse.

— Tu doutes de moi ?

Rurik sourit en voyant le défi et l'ardeur martiale qui brillaient dans les yeux de son fils adoptif.

— Eh bien, voyons cela, dit-il en lui laissant la place.

Le jeune homme saisit une flèche, la trempa dans la poix de la tour et l'enflamma à la torche. Il prit le temps d'ajuster sa position, se plaça de biais, banda son arc et ouvrit les yeux, fixant son objectif avec patience. Il inspira, bloqua l'air dans ses poumons puis décocha sa flèche en expirant lentement.

Telle une étoile filante, la flèche enflammée traversa le ciel du matin dans une courbe parfaite et se ficha dans le foin d'une des charrettes qui prit feu aussi tôt. Se propageant rapidement, le feu rampa et atteignit une première masure avant que les soldats francs réagissent. Une fumée épaisse s'éleva. Rurik attendit que les soldats se dirigent vers le puits avant de donner le signal. Ils descendirent de la tour doucement sans rencontrer de soldats. Seuls les deux gardes de la cour postés devant la porte de la tour leur firent barrage, mais comme leurs camarades, ils trouvèrent la mort en se frottant au tranchant des lames des hommes du Nord.

Ils se cachèrent en approchant le plus près possible des portes. Rurik, qui était le meilleur grimpeur, escalada la herse pour déverrouiller le mécanisme, mais les Francs se ruèrent sur eux avec force. Les coups d'épée les firent reculer, il n'était qu'une poignée d'hommes contre une garnison entière. Deux des hommes de Rurik tombèrent au sol et Kolstein manqua recevoir un coup fatal, mais ce fut finalement lui qui ôta la vie de son adversaire.

— Vas-y, Rurik ! Ils sont besoin de nous !

Rurik se jeta sur deux autres hommes venus en renfort et les tua. Puis, avec Kolstein qui était heureusement toujours sauf, ils remontèrent sur la herse et réussirent à sectionner les cordages qui retenaient le pont-levis. Dans un bruit métallique de chaînes, le pont-levis descendit doucement, libérant le passage au bélier qui, à présent, attaquait la herse. Mais le rideau de fer semblait quasiment indestructible, il fallait donc le hisser pour que le bélier puisse éventrer les portes.

Si Wulfric et Rollon n'entraient pas très vite, ils seraient morts sous peu. Les Francs paraissaient déterminés à les exterminer. Mais Rurik n'était pas décidé à mourir aujourd'hui. Il hissa Kolstein sur un rebord de pierres et ils grimpèrent encore plus haut à la force de leurs bras. Les flèches fusaient autour d'eux et une d'elles se planta dans l'épaule de Rurik. Rurik faillit lâcher prise, mais, ignorant la douleur, il reprit sa progression jusqu'à se hisser sur le bord.

Avec un grognement d'ours, Rurik cassa la flèche sans l'arracher pour autant, redoutant de saigner davantage.

— C'est ce corbeau de malheur qui t'a touché, dit Kolstein en sortant une flèche à son tour.

Le jeune homme visa l'archer sur la tour Sud et tira. La flèche fut repoussée par un bouclier protecteur brandi au dernier moment.

— Fils de Loki, j'aurai ta peau !

— Laisse cet archer, nous avons de la compagnie.

Rurik sortit ses haches. Son bras gauche le lançait, mais il savait qu'il ne pouvait pas baisser la garde.

C'était tuer ou se faire tuer.

Et en cet instant, Rurik pensa à sa rencontre avec le moine. Le dieu des chrétiens tiendrait-il ses promesses ?

Trois soldats de L'Allier-Morel se ruèrent sur eux, mais Rurik fit tournoyer ses haches avec vigueur. Le sang des Francs teinta bientôt les lames acérées. Soudain, un bruit fracassant fit trembler la muraille, et les portes cédèrent sous l'assaut vigoureux des Vikings. Des hurlements hargneux envahirent la cour, et la bataille fit rage. Depuis leur promontoire, Rurik et Kolstein regardaient, satisfaits, les hordes de Rollon prendre le château.

— Allez, viens, mon fils, nous n'allons pas les laisser s'amuser sans nous.

Kolstein regarda la blessure de Rurik et plongea son regard brun dans les yeux azur de son père.

— Ce n'est rien, Kolstein. Nous nous en occuperons plus tard, assura-t-il.

— Comme tu voudras, acquiesça le jeune homme. Tiens, regarde, Sven est en bas.

— Allons-y.

Ils regagnèrent la cour par les escaliers des remparts et se jetèrent dans la bataille. Wulfric était aux prises avec le maître des lieux, et aucun des deux ne semblait vouloir laisser l'avantage à l'autre. Cédric se battait pour ses terres, et Wulfric pour la conquête de celles-ci. Les hommes s'affrontaient avec rage. La hache de Wulfric frappait sans relâche, et l'épée de Cédric ne lui cédait pas un pouce de terrain. Les coups s'enchaînaient avec une violence inouïe, Cédric toucha son adversaire au bras, le faisant reculer. Le châtelain, sentant qu'il prenait l'avantage, se rua vers l'ennemi, l'épée en avant pour le pourfendre, mais le Viking pivota et planta sa hache dans ses côtes. La violence du coup projeta Cédric au sol. Le châtelain s'écroula sur les pavés déjà rougis par son sang, accompagné par le bruit métallique de son armure. La volonté du roi Charles et celle de Dieu semblaient concorder.

Bientôt, les Francs, submergés par le nombre, se rendirent, après que Wulfric eut terrassé Cédric.

Les Vikings s'emparaient des derniers lieux encore tenus par les Francs. Rurik et Kolstein qui se tenaient près de la tour Nord virent un de leurs hommes s'emparer d'une silhouette encapuchonnée. L'archer noir était une femme ! Tous s'approchèrent pour voir le visage de la personne qui avait décimé tant des leurs. Partagés entre admiration et soif de vengeance, les hommes du Nord ne savaient comment réagir.

La femme se jeta près du corps de Cédric qui agonisait. Wulfric les regardait avec attention, la hache à la main. Rurik s'approcha pour regarder l'homme qui avait défié son roi et mis ainsi les siens en péril. L'archer lui retira son heaume et Rurik découvrit un visage jeune et plutôt avenant. Ses cheveux étaient noirs comme la nuit et ses yeux sombres frangés de longs cils. Du sang coulait de sa bouche : il se mourait.

— Jodelle…, soupira-t-il. Dis-lui que je suis désolé. Je voulais autre chose pour elle et son enfant… Je l'aime. Je les aime. Promets-moi de veiller sur eux. Pardonne-moi, Aigline, mais j'ai… C'est Bertrand qui a…

— Je te pardonne, pleurait l'archer tout en tenant la main du mourant jusqu'à ce qu'il rende l'âme.

Rurik se sentait de trop. Écouter les dernières paroles d'un mort, c'était entrer dans ses pensées les plus intimes. On ne ment jamais face à la mort.

— Qui es-tu ? demanda Wulfric en redressant l'archer sans ménagement.

— Je suis Aigline de L'Allier-Morel, répondit-elle, froide comme la glace malgré son chagrin.

Wulfric la garda prisonnière de son étreinte d'acier et retira son casque pour la dévisager, ce qui lui procura une certaine satisfaction. Il ne fallait pas être devin pour comprendre que la jeune châtelaine plaisait au vainqueur. Rurik sentit sa blessure qui le lançait et haussa les sourcils en avisant la frêle créature responsable de celle-ci.

— Une chose est sûre, elle sait viser et atteindre son but, dit Rurik, narquois.

— Si j'avais si bien visé, ce n'est pas votre épaule que j'aurais atteinte, mais votre cœur.

— Il devait y avoir du vent, lança Rurik sur un ton moqueur, en la regardant, les poings sur les hanches. Joli tir, madame, conclut-il néanmoins.

— Tu es blessé ? demanda Wulfric, en lâchant sa captive et en avisant l'épaule de son ami. Elle ne t'a pas épargné.

— Et pourtant j'ai manqué mon coup, dit Aigline, amère. Vous avez réussi à ouvrir les portes…

— De la tour où vous vous trouviez, un tel tir n'en reste pas moins un exploit, madame, dit respectueusement Rurik.

— Enfermez-la avec les autres, rugit Wulfric.

Les habitants du château furent confinés dans la grande salle, et des gardes furent postés aux entrées. Une fois l'état des lieux faits, Wulfric appela ses lieutenants, et Sven et Bjorn lui firent leurs rapports. Une heure plus tard, alors que les hommes avaient tous pris leur poste et avaient bu et mangé, un certain calme gagna la cour et les remparts. Les corps étaient charriés pêle-mêle sur des charrettes et déposés à l'extérieur. Les hommes rinçaient la cour à grande eau pour éviter toute contamination.

— Où sont les bourgeois ? Les masures sont vides alentour.

— Allez chercher ma future épouse, l'ex-maîtresse des lieux, ricana Wulfric. Nous allons la secouer… un peu.

— Elle semble avoir du caractère, plaisanta Rollon. Belle et rebelle, voilà qui te promet des jours passionnants. Quoi que peu reposants…, ajouta le nouveau duc de Normandie en s'esclaffant.

— Elle va vite apprendre qui est le maître, conclut Wulfric, sèchement.

— Tu as raison, bien sûr. Mais attention à ne pas trop la brusquer. D'après ce que j'ai cru comprendre, cette archère hors pair est respectée des siens et des bourgeois tout particulièrement. Il te faudra son appui pour prendre possession de…

— J'ai pris possession des lieux, me semble-t-il, coupa Wulfric avec orgueil.

— Cela ne suffit pas pour s'y implanter. Ne commets pas les mêmes erreurs que moi, Wulfric. C'est grâce à Poppa que j'ai pu conserver Lisieux. Ne sous-estime pas non plus l'importance de l'évêque. L'oncle de ta future femme est un pion capital dans ton jeu de *tafl*.

— Je suivrai tes conseils. Tant que la belle dame demeure obéissante…

Rurik fut tenté de rire en voyant les foudres et les éclairs haineux lancés par les prunelles de la châtelaine, qui était arrivée, encadrée par deux soldats.

— Où sont les habitants ? attaqua Wulfric sans attendre.

— Je ne sais pas.

— Vous mentez mal…

Rurik regarda la jeune femme, qui semblait frêle au milieu de tous ces hommes armés. Et pourtant, on pouvait lui reconnaître une certaine forme de courage et de défi. Elle fixait Wulfric droit dans les yeux et semblait ne pas craindre pour sa vie.

— Si vous ne me dites rien, ils en paieront le prix.

Ce mensonge eut l'effet escompté. La jeune femme ouvrit une bouche affolée et baissa les yeux pour échapper au regard scrutateur du vainqueur. Mais elle resta silencieuse.

Rurik se décida à intervenir. Il était certain que la jeune

femme savait pertinemment où se cachaient les bourgeois, et il fallait qu'elle avoue au plus vite.

— En remontant la Touques, nous avons vu des grottes. C'est une cachette idéale. D'autant plus que j'ai aperçu un long cortège de bourgeois prendre cette direction.

Aigline de L'Allier-Morel rougit malgré elle, et Wulfric attrapa son bras.

— Ils sont là-bas ?

— Vous voulez les tuer ? demanda-t-elle d'une voix blanche, sans pour autant baisser le regard. Ne comptez pas sur moi pour vous les livrer sur un plateau.

— Nous avons l'habitude de couper un pied aux fuyards, ou bien un bras, selon l'humeur, fit Rurik, amusé du jeu de regards qui s'était installé entre son jarl et la jeune femme. Mais nous nous contenterons de prendre les chaumières qui nous conviennent. Et les femmes qui nous conviennent.

— Seigneur…, souffla la châtelaine, choquée.

— Mais si vous vous montrez coopérative, nous nous montrerons cléments. Je suis venu prendre possession de ces terres au nom de votre roi et de Rollon. Protéger la vie des gens de Lisieux ne dépend que de vous… Dites-moi où ils sont et tous ceux qui se rendront ne craindront rien, promit Wulfric.

Le joli visage de la noble dame se décontracta très légèrement.

— Si vous tenez parole, je vous en serai reconnaissante.

— Demain, nous annoncerons officiellement les choses, afin que chacun des hommes vivants sur mes terres comprenne que Rollon est duc de Normandie par la volonté du roi, et que je suis le maître céans. Quant à vous, madame, veillez à ce qu'un banquet de victoire soit servi à mes hommes ce soir. Je vais quant à moi prendre place dans ma grande salle dès à présent. Une dernière chose, Aigline de L'Allier-Morel : sachez que je tiens toujours parole.

La châtelaine se tenait droite, et Rurik était certain que, si elle avait pu tuer Wulfric, elle l'aurait fait séance tenante. Le menton levé et le regard hautain, elle fit demi-tour et regagna le donjon, entourée de deux gardes.

— Je crains fort que mes plaisanteries ne soient pas du goût de cette gente dame, lança Rurik en riant, une fois Aigline hors de vue.

— Elle vient de perdre son frère, je crois qu'elle n'est pas près de se montrer d'humeur joyeuse en notre compagnie...

Wulfric gardait les yeux rivés sur les portes du donjon qui venaient de se refermer.

— C'est une belle femme, Wulfric. Mais ne t'inquiète pas, le temps sera ton meilleur allié.

— Nous ne pouvons pas nous permettre de prendre notre temps. À défaut d'être acceptés, il nous faudra nous imposer.

— Les femmes ne sont pas des citadelles à conquérir, Wulfric, mais des alliées, pour peu que l'on sache les prendre.

— Épargne-moi tes grandes leçons. Va plutôt chercher les bourgeois dans ces grottes, et ramène-les chez eux... Je te confie le bourg, assure-toi que tout se passe bien. Mais, tu es blessé ! s'exclama-t-il en voyant le dos de son compagnon qui s'était tourné. Es-tu sûr de pouvoir faire ce que je te demande ? Cela semble sérieux tout de même.

— C'est ta femme..., lança Rurik, taquin. Heureusement pour moi la flèche a perdu de la vitesse avant de m'atteindre. Vu la précision du tir, je n'aurais eu aucune chance si j'avais été plus près. Mais mon épaule s'en remettra, et mon orgueil aussi.

Rurik éclata de rire devant l'air contrarié de son jarl. Avant que la paix ne s'installe au château, il y aurait certainement de nombreuses altercations entre le jarl et sa dame. Mais la paix viendrait-elle seulement ? Ces deux-là pourraient-ils s'entendre un jour ? Rurik rit sous cape en se demandant qui, des deux, serait le plus à plaindre.

— Et tâche de trouver une femme assez folle pour t'épouser ! lança Wulfric alors que Rurik s'éloignait.

— Je ne compte pas lui demander son avis non plus. Aucun d'entre nous ne sera le bienvenu avant longtemps de toute façon. Alors autant être à la hauteur de notre réputation, grommela Rurik en levant le bras pour appeler à sa suite la vingtaine d'hommes qui les écoutaient. Et les récalcitrants, au fait, qu'en fait-on ?

— Sois intraitable.

— Jusqu'à quel point ?

— Est-il nécessaire de préciser ? demanda Wulfric avec un sourire carnassier.

— Je tâcherai d'en épargner quelques-uns, un bourg mort n'est pas très intéressant à diriger.

Rurik se tourna vers les hommes qu'il avait choisis pour ramener les bourgeois chez eux.

— Personne ne touche aux femmes ! Nous les regrouperons toutes sur la place du bourg et chacun choisira sa compagne parmi les filles à marier et les veuves ! lança-t-il à la cantonade.

Un cri guerrier et vainqueur suivit cette annonce et les guerriers suivirent Rurik.

Avant qu'il ne passe les portes de la forteresse, Wulfric le rappela.

— Et toi, Rurik, que veux-tu pour toi ? demanda-t-il.

— La forge, évidemment.

— Tu ne veux pas autre chose ? Pour une fois que t'est offerte la possibilité de changer de vie.

— J'ai toujours eu une forge. Je suis fils de forgeron et je veux la forge de Lisieux. Et une femme. Est-ce assez clair ?

— Très clair, dit Kolstein en souriant, lui qui savait que son mentor avait l'acier et le feu dans le sang. Mais tu ferais également un bon chef de bourg.

— Nous en reparlerons en temps voulu.

Lorsque Rurik et ses hommes arrivèrent au bord de la Touques, ils se disposèrent en formation.

— Crois-tu que des soldats sont avec eux ? demanda Kolstein.

— C'est probable, répondit Rurik. N'oublie pas que Bertrand de Caen est leur allié, et son ost est conséquent. Aucune pitié pour les hommes d'armes, n'épargnez que les bourgeois. Tâchez de contenir ceux qui résistent : nous venons pour nous installer, pas pour dévaster une contrée. Kolstein ?

— Oui ?

— Tu es en âge d'avoir des fils. Il serait bon que tu trouves une fille à ta convenance, proposa Rurik.

— J'y penserai, répondit le jeune homme en se plaçant en retrait.

Les rives de la Touques étaient couvertes d'arbustes et de roches, et sur le côté nord, en lisière de forêt, se trouvaient des grottes. Elles formaient des sortes de galeries creusées dans une falaise calcaire presque blanche. De nombreuses traces de pas étaient visibles sur le sentier. Les fuyards devaient être plus d'une cinquantaine, si ce n'était plus. Une autre troupe de guerriers était partie en direction de la forêt pour retrouver les bourgeois et les ramener à leur nouveau maître. Un silence presque anormal régnait sur la campagne alentour, les oiseaux eux-mêmes semblaient se taire et attendre l'assaut des hommes du Nord.

— Il ne sera fait aucun mal à qui obéit aux ordres de Wulfric, seigneur de Lisieux par la volonté du roi Charles et du duc de Normandie Rollon ! annonça Rurik d'une voix forte et grave.

Une dizaine d'hommes en armes portant le blason de L'Allier-Morel sortirent des grottes et formèrent une barrière d'acier entre l'envahisseur et les habitants tapis dans l'ombre des grottes.

— Notre seigneur est l'évêque de Lisieux et notre maître son neveu, messire Cédric de L'Allier-Morel ! répondit une voix d'homme.

— Je suis Rurik Ketilsson, et je viens chercher les gens qui reviennent de droit à mon jarl. Si vous vous opposez, vous mourrez sous le fer de nos haches. Toute personne qui se rendra aura la vie sauve. Alors, sortez !

La voix de Rurik claqua comme un fouet dans l'air.

En guise de réponse, les soldats francs brandirent leurs armes et se jetèrent sur lui.

Dans les grottes, les habitants étaient aux abois. Un silence de mort régnait, mais on pouvait entendre les battements de cœur précipités de chacun. Les armes se mirent à parler et les cliquetis rageurs du métal parvinrent jusqu'à eux. Les femmes sanglotaient en silence, serrant leurs enfants contre elles. Les vieux gardaient un air grave et résigné, mais les hommes le plus jeunes voulaient aller se battre.

— Jehan ! Dis-leur de se calmer, ils ne font qu'envenimer la situation !

Jodelle serrait son fils et sa fille contre elle. Comme tous, elle craignait pour la vie de ses enfants et pour la sienne.

— Il faut sortir d'ici et aller se cacher dans la forêt, dit Eulalie, folle d'angoisse.

— C'est une idée, acquiesça Jodelle qui savait très bien que la moitié d'entre eux allait mourir.

La réputation des Vikings n'était plus à faire. Violents, cruels… Quant au sort qu'ils réservaient aux femmes… Si l'on en croyait les rumeurs…

Jodelle porta son regard sur Eulalie. Elle était belle, enjouée et travailleuse. Elle ferait la fierté de n'importe quel homme. Elle ferait une bonne épouse et une bonne mère un jour. Mais si ces Barbares venus du Nord s'emparaient d'elle, le pire serait à craindre. Épargneraient-ils les enfants ? Yvan serait-il réduit en esclavage et vendu dans des contrées lointaines ? Et elle… Quel sort réservaient ces monstres aux femmes enceintes ? Et Marion ? Jehan, Lise et leurs enfants ? Pourraient-ils fuir avec eux ? Mais Jodelle n'avait plus le temps de réfléchir. Elle devait faire un choix, et vite.

Des images horribles la submergèrent. Elle devait défendre la vie de ses enfants. Son instinct de louve prit le dessus, et lorsque les soldats que Cédric avait envoyés pour qu'ils protègent les grottes attaquèrent les Vikings, elle sortit précipitamment de la cachette en tenant ses enfants par la main et se dirigea aussi vite qu'elle put vers la forêt. Ils coururent droit devant eux, essayant de gagner du terrain sur ces envahisseurs venus des mers. Jodelle avançait en soutenant son ventre de son bras gauche et tenant Yvan de la main droite. Elle trébucha contre une racine et tomba, s'écorchant les genoux. Elle entendait les cliquetis métalliques des cottes de mailles et les pas de leurs poursuivants. Hors d'haleine, elle reprit sa course effrénée.

Il fallait leur échapper à tout prix.

Chapitre 3

Après avoir décimé la plupart des soldats francs, les hommes du Nord firent sortir les habitants qui, terrorisés, n'opposèrent aucune résistance. Les derniers soldats rendirent leurs armes et furent faits prisonniers. Parmi les bourgeois, il y avait des hommes jeunes, des vieux, des mères et leurs enfants accrochés à leurs jupes. Rurik sépara les hommes et les femmes en deux files distinctes. Il avait vu deux femmes et un enfant prendre la fuite et comptait bien les ramener avec les autres.

— Kolstein, viens avec moi, nous en avons trois à rattraper. Vous, gardez ceux-là dans le calme, nous serons vite de retour.

Rurik et Kolstein prirent le chemin emprunté par les fuyards et retrouvèrent rapidement leur trace. Les femmes ne couraient pas vite et l'enfant non plus. Rurik dévia sur la gauche pour leur barrer la route pendant que Kolstein continuait de courir derrière eux.

Soudain, Rurik profita d'un promontoire naturel pour sauter et atterrir juste devant deux femmes rousses aux cheveux bouclés et un garçon d'à peine dix ans.

La plus âgée des femmes était enceinte et elle plaça

l'adolescente et le garçon derrière elle, puis elle défia Rurik avec ses poignards.

— Laisse-nous passer ! ordonna-t-elle, visiblement furieuse et prête à en découdre.

Rurik la dévisagea avec surprise, car elle semblait sur le point d'attaquer. De sa coiffure défaite par la course s'échappaient des boucles rousses. Ses lèvres charnues ne tremblaient pas, son souffle court attestait de sa fuite effrénée. Sa silhouette arrondie expliquait que Rurik ait rattrapé le petit groupe aussi facilement.

— On dirait bien que le dieu des chrétiens tient ses promesses, dit-il comme pour lui-même, en parcourant du regard le corps épanoui de la femme qui tenait toujours ses poignards. Pose ces armes, continua-t-il en direction de la femme.

Mais la future mère n'obtempéra pas pour autant.

— Courez ! cria-t-elle à ses enfants, en se jetant sur Rurik, les lames en avant.

Le guerrier dut esquiver les lames par deux fois : cette femme s'évertuait à vouloir les lui planter dans le corps.

— Doucement, ma belle, tu vas te faire mal, grogna-t-il, gêné par son épaule.

D'un mouvement souple, il évita une troisième fois la lame et mit fin à ce combat disproportionné en saisissant la femme par les poignets et en l'attirant contre lui. La furie lutta comme elle put pour se dégager de cette étreinte de fer, mais Rurik la laissa s'épuiser. Elle s'agitait comme un beau diable, et le guerrier sentit une des lames entailler son avant-bras. Voyant qu'elle avait réussi à l'atteindre, elle continua de se démener pour se libérer, mais Rurik éclata de rire et elle finit par se figer sur place.

— Doucement, ma belle. Tu ne gagneras pas ce combat.

Pense à ton enfant, tu pourrais te blesser. Et ce n'est pas ce que je cherche. Mais si tu te calmes, je te lâcherai.

Rurik sentait la poitrine de la femme se soulever avec rapidité : de toute évidence, elle avait peur et ne le croyait pas.

— Calme-toi. Je ne te ferai pas de mal.

Elle respirait vite, toutes griffes dehors. Rurik la lâcha pour prouver qu'il ne mentait pas et la femme aux abois en profita pour se poster à une distance raisonnable, sans abaisser ses dagues.

— Rurik, regarde ce que je viens d'attraper !

Kolstein le rejoignit avec l'adolescente qui criait et pleurait, appelant sa mère.

— Eulalie ! cria la femme rousse en se précipitant vers sa fille.

D'un coup de poignard, elle entailla le visage de Kolstein qui lâcha la fille en jurant comme un diable, le visage en sang.

Elles reprirent leur course folle, mais cette fois-ci Rurik se montra moins patient, il arrêta la femme enceinte d'une clé de bras, puis ligota ses poignets dans son dos et en fit de même pour sa fille.

— Assez joué à présent. Si tu tiens à la vie et à celle de ta fille, retournons ensemble aux grottes.

Rurik voyait son regard qui scrutait la forêt.

— Ton fils reviendra au bourg, il sait très bien qu'il ne survivra pas tout seul dans les bois. Des hommes patrouillent et ils le trouveront sûrement. J'espère juste pour lui qu'il n'abusera pas de leur patience. Tous les guerriers du Nord ne sont pas aussi doux que moi.

— Aussi doux que toi…, répéta la femme en écarquillant les yeux.

Il tira sur la corde qui la fit tomber à genoux.

Elle avait des feuilles dans les cheveux et sur les joues, et les mains pleines de terre. Ses yeux lançaient des éclairs, mais dès qu'il s'approcha d'Eulalie, elle baissa le regard et se montra docile.

— Pas trop de mal ? demanda Rurik à Kolstein.

— Cette garce a bien failli me crever un œil… Je veux la fille ! exigea Kolstein avec fermeté.

— Parfait : tu l'as attrapée, elle sera à toi.

— On dirait que tu as trouvé la femme que tu cherchais toi aussi. Et une famille avec ça ! Il ne manque plus que la forge, s'esclaffa Kolstein, en tamponnant sa blessure, encore abasourdi d'avoir été blessé par une femme.

Rurik tira sur les cordes et les deux femmes n'eurent d'autre choix que de se lever et d'avancer.

— Traverser une bataille sans prendre une égratignure et se faire taillader par une femme enceinte, c'est un comble ! pesta Kolstein. J'espère que tu lui feras payer l'affront qu'elle m'a fait. Dis-moi, femme, où est la forge ?

Les deux femmes restèrent muettes, mais Kolstein perdit patience le premier et secoua Jodelle.

— Ne m'oblige pas à te frapper !

— Non, je vous en prie, ne nous faites pas de mal ! Ma mère attend un enfant, ne la blessez pas ! s'exclama la jeune fille en larmes. Je vous en prie…

— Réponds ! coupa Kolstein avec rudesse. Ou bien ta mère va payer cher ce coup de couteau.

— La forge ? bégaya, Eulalie tremblante.

— Oui.

— Elle appartient à ma mère… Pourquoi voulez-vous savoir où se trouve la forge ?

— Est-ce une plaisanterie ? fit Kolstein en éclatant

de rire. Rurik, si les choses continuent ainsi, tu vas être obligé de reconnaître le dieu des chrétiens !

Les deux femmes les regardaient rire comme s'ils avaient perdu la raison.

— Tu es forgeronne ? demanda Rurik, les poings sur les hanches, tout en dévisageant la future mère.

— Oui, répondit-elle en sentant sur elle le regard du guerrier.

Celui-ci s'avança et la toisa de toute sa hauteur.

Elle leva lentement le visage et regarda Rurik, sur la défensive.

— Où est ton mari ? demanda Rurik d'une voix glaciale et menaçante.

— Il est mort.

— Aujourd'hui ? demanda le guerrier sur le même ton.

— Non.

— J'espère pour toi que tu dis la vérité, sinon…, menaça le guerrier en levant sa hache.

— Ma mère dit la vérité ! Mon beau-père est mort il y a trois ans lors d'une attaque de Bretons et…

— Trois ans ? demanda Rurik, sceptique, en regardant le ventre de la femme rousse.

— Il était soldat au château, expliqua Eulalie. Mon père à moi est mort peu de temps après ma naissance.

Rurik la releva et la fixa en la dominant de toute sa taille.

— Eh bien, femme, tu as un nouveau mari.

— Non, je n'ai pas de mari, rétorqua la femme qui semblait marcher difficilement.

— Ce n'était pas une question, ricana-t-il en lui jetant un regard moqueur. Je te dis que tu as un mari : moi.

La femme rousse détourna le regard et ne dit rien. Elle semblait agitée et nerveuse.

— Et tu as un gendre, puisque cette jolie fille sera ma femme, ajouta Kolstein, content de lui.

— La femme rousse posa les mains sur son ventre et foudroya Kolstein du regard.

— Non ! C'est impossible. Elle est déjà fiancée, prétexta la mère comme pour gagner du temps.

— Donne-moi le nom de cet homme pour qu'il ne soit plus qu'un souvenir, menaça Kolstein.

— Ma fille est trop jeune pour se marier ! Elle n'a que treize ans !

Était-ce la vérité ? La fille semblait pourtant plus âgée que cela.

— Peu importe, j'attendrai, conclut Kolstein en haussant les épaulcs.

Les deux femmes restèrent près l'une de l'autre jusqu'aux grottes où tous les bourgeois avaient été séparés en deux files.

— On les met avec les autres femmes ?

— Non, ramenons tout le monde au bourg, puis elles nous montreront la forge.

— Tu les détaches ?

— Sûrement pas, ricana Rurik, en tirant sur les cordes pour les faire avancer plus vite.

À leur arrivée un homme se leva, visiblement inquiet.

— Jodelle ! Eulalie ! Allez-vous bien ? Où est Yvan ?

Rurik dégaina sa hache et regarda la femme enceinte.

— Tu as menti ! accusa-t-il. C'est ton mari. Mais c'est aussi un homme mort.

— Non ! Il s'agit de mon frère Jehan, le chef du bourg ! se hâta de dire la femme, l'air apeuré. Je le jure, c'est mon frère !

— C'est vrai, c'est la vérité. Jehan est mon mari,

prétendit une autre femme enceinte, brune et presque maigre, celle-là. Jodelle n'a pas de mari !

Rurik retint deux choses de cela. Tout d'abord que la femme était bien veuve et donc libre, et ensuite qu'elle s'appelait Jodelle. Un prénom qu'il avait déjà entendu quelques heures auparavant, dans la bouche de Cédric de L'Allier-Morel…

— Y a-t-il une autre femme du prénom de Jodelle au bourg ?

— Non, je suis la seule, pourquoi ?

— Simple curiosité, coupa le guerrier.

Rurik comptait bien éclaircir une situation qui lui paraissait confuse, même si son esprit échafaudait déjà quelques hypothèses.

Jodelle regardait autour d'elle à la recherche de son fils, mais Yvan semblait avoir réussi à prendre la fuite. Tous les bourgeois semblaient saufs. Elle regarda l'homme qui la tenait en laisse comme un animal. Il était massif et grand, franchement impressionnant. Il devait avoir moins de quarante ans et dominait les bourgeois d'une bonne tête si ce n'était plus. Ses bras étaient recouverts de symboles païens. Ses cheveux blond foncé, rasés sur les côtés du crâne, étaient tressés de façon complexe avec des perles d'argent et relevés en queue haute. Se sentant sans doute observé, il fixa Jodelle qui détourna les yeux. Elle avait remarqué son regard bleu comme la mer et particulièrement déterminé. Pourquoi disait-il qu'il allait l'épouser ? Était-il fou ? Elle était enceinte ! Quant au jeune homme qui voulait Eulalie, elle devait le convaincre que sa fille était trop jeune pour devenir son épouse. Que s'était-il passé au château ? Dame Aigline était-elle vivante ? Et Cédric ?

Mille questions lui brûlaient les lèvres, mais la prudence lui ordonnait de se taire et de rester calme pour l'instant.

Lorsqu'ils arrivèrent en fin de journée au bourg, tous purent voir l'étendard rouge orné d'un loup aux mâchoires sanglantes flotter en lieu et place de celui de L'Allier-Morel. Le chapelain du château fut réquisitionné pour aider au recensement des habitants.

— Toi, Jehan, compte les familles et dis-nous si certains bourgeois manquent à l'appel ! ordonna Rurik qui tenait toujours sa hache à la main.

Le chef de bourg recensa toutes les familles. Seuls manquaient cinq hommes et une femme. Et Yvan.

— Les pertes sont acceptables, commenta Rurik en renvoyant le chapelain au château.

— L'enfant disparu est le fils de cette femme, expliqua le prêtre en regardant Jodelle avec compassion. Comment allez-vous, maîtresse Jodelle ?

La future mère pesa ses mots afin de ne pas provoquer inutilement le guerrier.

— Mal, mon père, comme tout le monde. Je m'inquiète pour Yvan. Et le château ?

— Beaucoup de morts sont à déplorer. Messire Cédric a…

— Retournez au château, c'est un ordre ! coupa Rurik en poussant le prêtre dans le dos.

Sa blessure était douloureuse et il souffrait de vertiges. La journée avait été longue.

— Kolstein, nous allons à la forge. Nous en profiterons pour retirer la flèche et cautériser la plaie. Jodelle – puisque c'est ainsi que tu te prénommes, nous retrouverons ton fils, mort ou vif, et nous le ramènerons, promit le guerrier avec un regard qui toucha la forgeronne.

L'espace d'un instant, il sembla vraiment se soucier du sort d'Yvan. Il donna des ordres à des hommes qui surveillaient les prisonniers afin d'organiser les recherches.

— Ton fils va devenir le mien, donc son sort m'intéresse, expliqua-t-il en voyant son air surpris, voire dubitatif. Je ne lui veux aucun mal.

Jodelle baissa les yeux et pria en silence que ce soit vrai. Il était tellement facile d'obtenir n'importe quoi d'une mère en menaçant ses enfants. Jodelle aurait été prête à tout pour défendre ses enfants, même à pactiser avec le diable… Même si le diable était cet homme.

Le guerrier posa une main sur son épaule en grimaçant.

— Allons-y, ajouta-t-il d'une voix rauque.

Elle avait remarqué le sang sur la tunique du Viking qu'on appelait Rurik. Mais elle avait pensé que ce sang était celui des Francs qu'il avait tués et non le sien.

— Il faudra soigner ta blessure aussi, Kolstein, dit-il, se tournant vers l'homme plus jeune qui le suivait partout. Femme, si je te vois avec un couteau dans les mains pour autre chose que cuisiner, tu le paieras très cher. Compris ?

Jodelle sentit une main ferme se poser sur son bras. Le guerrier maintint la pression quelques secondes et Jodelle fut surprise de sa chaleur. Une main chaude et dure : cet homme était dangereux, assurément. Néanmoins, ses yeux ne semblaient refléter aucune haine. Cette contradiction était troublante.

— Je n'ai fait que protéger ma fille, se défendit-elle avec une voix la plus calme possible.

— Et moi, je protège mon fils, rétorqua-t-il en souriant.

Ce sourire amusé la prit de court un instant, mais sa colère reprit vite le dessus.

— C'est ton fils ? Alors, j'aurais dû…

Jodelle se tut quand Rurik la saisit violemment par les épaules. Ses doigts puissants broyaient ses chairs et elle gémit de douleur.

— Tu voulais voir la forge, n'est-ce pas ? dit-elle pour qu'il se détende et la lâche.

— Tu comprends vite, dit-il de nouveau dans un sourire.

— Je te soignerai. Je ferai ce que tu veux, mais ne touchez pas à ma fille, reprit Jodelle, nerveuse.

Le guerrier la regarda en haussant un sourcil. Et croisa les bras sur sa large poitrine.

— Mettons les choses au clair, femme. Ta fille n'a rien à craindre de moi. Je serai son père et le chef de ta maisonnée. Ce que je dis est aussi valable pour ton fils. S'il se montre respectueux et obéissant, il ne risque rien.

— Et dans le cas contraire ?

Rurik observa sa captive d'un œil à la fois curieux et hilare. Si ces enfants étaient aussi rebelles que leur mère, ils allaient tâter du bâton. Mais pour l'heure, Rurik voulait se montrer rassurant. Ou pas... Cette rousse flamboyante devait apprendre au plus vite qui était le maître. Pour son bien et celui de ses enfants.

— Je ne crois pas que tu souhaites connaître la réponse, coupa Rurik fermement, en la poussant en avant. Où se trouve la forge ?

— Il est hors de question qu'il la touche, insista-t-elle en levant ses yeux d'un bleu orageux vers Kolstein.

Elle restait plantée devant lui telle une louve aux aguets. Visiblement, elle voulait avoir la certitude que sa fille ne serait pas violée. Il allait la lui donner. Mais il savait que Kol voulait cette fille, et il veillerait à ce que ce mariage, comme le sien, ait lieu.

— Kolstein est mon fils et il est en âge de choisir une

épouse. Ta fille devrait être fière qu'il ait jeté son dévolu sur elle. C'est un guerrier très prometteur et un archer de renom.

— Tu ne pourras pas m'épouser si ton fils épouse Eulalie. Ce serait incestueux ! Vous allez devoir vous trouver d'autres femmes. Il y en a d'autres au bourg, tenta-t-elle maladroitement.

— Navré de te décevoir ma belle, mais Kolstein est mon fils adoptif. Et ces interdits n'existent pas chez nous. Mon fils épousera ta fille. Mon clan sera plus fort ainsi. Et l'enfant que tu portes sera mien aussi.

Jodelle sentait la colère s'emparer d'elle.

— Tu ne seras jamais le père de mes enfants ! s'exclama-t-elle. Ils ont déjà des pères.

— Qui est le père de celui-là, si ton mari est mort depuis presque trois ans ?

Une vague de froide panique la submergea. Que répondre ? Avouer qu'il s'agissait de l'enfant de Cédric, c'était condamner et l'enfant et son père.

— Un marchand de passage, mentit-elle avec une moue insolente. Je suis veuve, je trouvais le temps long, lança-t-elle en le regardant droit dans les yeux, tout en passant sa langue sur ses lèvres d'un air provocant, certaine de provoquer chez lui une réaction de rejet.

Mais sa réponse ne rencontra pas du tout l'effet escompté. Rurik la regarda avec amusement et se pencha vers elle.

— Une femme qui assume ses désirs charnels ? Je suis gâté.

Gâté ? Il aurait dû être choqué, dégoûté et la repousser. Au lieu de cela, il semblait ravi. Ces hommes étaient-ils fous ? Le visage du Viking s'approcha du sien et Jodelle le fixa, surprise.

— J'ai conscience que vos vies viennent de basculer. Plus vite tu te feras une raison, mieux les choses se passeront. Tu ne sembles pas idiote, alors, à défaut d'être raisonnable, tâche de te montrer pragmatique.

Jodelle sentit la main de son ravisseur la pousser une fois de plus en avant. Elle prit donc le chemin de la forge, s'assurant qu'Eulalie suivait aussi. Et la jeune fille peu rassurée se tenait à côté de Kolstein, qui l'avait libérée de ses liens. La forge se trouvait juste à l'entrée du bourg près du château, côté sud. Ils entrèrent dans la maison, et Jodelle eut l'impression de sentir les murs se resserrer tout autour d'eux.

— La maison est trop petite pour nous tous, j'en construirai une de l'autre côté de la forge, dit Kolstein, en épiant la réaction d'Eulalie. N'aie pas peur, je ne te brusquerai pas. Je ne suis pas pressé, je suis capable d'attendre, même si je sais que ta mère a menti et que tu as plus de treize ans. Quel âge as-tu ?

— Quinze ans, répondit Eulalie en rougissant, le regard fixé sur ses pieds.

— Tu peux rester avec ta famille pour le moment. Rurik, quand tu auras épousé la mère, ajouta-t-il avant de sortir, je te demanderai cette femme en mariage. Ainsi, tout le monde saura qu'elle m'est réservée.

— Va chercher de l'eau, Eulalie, ordonna Rurik, qui fatiguait. Et toi, femme, va mettre un fer à rougir.

Rurik s'assit sur un tabouret et commença à délacer sa tunique. Il grimaça en tirant sur le cuir qui s'était pris dans le bois déchiqueté de la flèche.

Jodelle ne savait pas comment réagir, mais elle avait bien compris que la survie de sa famille dépendait de ces deux hommes. Il valait donc mieux se montrer coopérative. Pour le moment.

— Je m'appelle Jodelle, dit-elle en allumant le feu et en attisant les flammes, penchée en avant au-dessus du foyer.

— Oui, je le sais, répondit le guerrier sans la quitter des yeux. Jodelle...

Il avait pris place sur la table et commençait à respirer bruyamment. Jodelle voyait qu'il se contenait mais qu'il avait très mal. Elle se dit que c'était bien fait pour lui, qu'il n'avait que ce qu'il méritait. Mais aussitôt une étrange compassion envahit également son cœur. Elle chassa cet accès de douceur déplacé en se sermonnant intérieurement.

Elle plaça un fer au milieu des braises et vint aider Rurik à se dévêtir. Elle approcha lentement et tendit une main vers les liens qui retenaient la tunique de laine fine maculée de sang. L'homme ne bougea pas et la laissa faire, il se contentait de la fixer avec insistance, mais sans émotion visible. Jodelle dégagea le bras sain de la tunique et passa le tissu par-dessus la tête de Rurik puis de son épaule blessée. La plaie se remit à saigner. Cette proximité et ces contacts déclenchèrent chez Jodelle une sorte de bouillonnement intérieur. Cet homme était puissant. Trop puissant. L'aura mâle et guerrière qu'il dégageait était trop palpable pour qu'elle reste indifférente. Et cette façon étrange et déplacée qu'il avait de la couver du regard achevait de la troubler. Alors, elle préféra se concentrer sur la blessure.

— Je ne crois pas que l'os soit touché. Mais je ne suis pas guérisseuse.

— Je n'ai pas besoin d'une guérisseuse, mais d'un fer. J'en ai vu d'autres, grommela-t-il.

— Au bourg, nous avons pourtant une très bonne guérisseuse, insista Jodelle.

— Tu as plus besoin d'elle que moi, fit Rurik en posant les mains sur le ventre de la forgeronne qui arrêta de respirer devant ce geste familier.

Elle recula et se remit à la tâche.

— L'enfant n'arrivera pas aujourd'hui. Il me reste encore deux semaines.

Eulalie revint avec de l'eau. Tout de suite, Jodelle remarqua un changement chez sa fille. Ses joues étaient rouges, et lorsque Kolstein entra à son tour, elle le vit tenir un mouchoir propre contre sa joue : le mouchoir d'Eulalie. Jodelle fronça les sourcils, ce qui ne sembla pas échapper à Rurik.

— Fais bouillir de l'eau, Eulalie, je vais chercher des plantes pour désinfecter la plaie.

La jeune fille s'exécuta, et Jodelle alla chercher des herbes séchées qu'elle conservait dans un petit sac en tissu.

— Kolstein, enlève-moi cette pointe de flèche.

— Le fer est prêt ? demanda le jeune homme à Jodelle.

— Oui, répondit-elle en le sortant des braises rougeoyantes.

Eulalie recula, inquiète. Elle devinait ce qui allait suivre et craignait que le géant, sous l'effet de la douleur, ne perde connaissance.

— Eulalie, ma fille, viens m'aider à le tenir afin qu'il ne se débatte pas.

— Ce n'est pas la peine, ce n'est pas la première fois, dit Rurik en regardant la jeune fille qui était visiblement soulagée de ne pas avoir à intervenir.

— Tu appliqueras le fer quand j'aurai retiré la flèche, c'est bien compris ? demanda Kolstein, visiblement tendu.

— Je tiens une forge depuis des années, mon garçon. J'ai sans doute cautérisé bien plus de plaies que toi. Retire cette flèche et toi, tâche de rester debout. Un homme évanoui ne me servira à rien.

Rurik se mit à rire de l'autorité de la forgeronne.

— Vas-y mon fils, qu'on en finisse. Et tâche de ne pas contrarier notre forgeronne. Je ne voudrais pas qu'elle passe sa colère sur moi.

— Je pourrais être tentée de le faire, en effet, dit Jodelle, en se sentant tout à coup en position de supériorité.

— Ce qui serait inconscient de ta part, dit doucement Rurik en enserrant sa cuisse d'une main implacable.

Jodelle sursauta en sentant une lame aiguisée piquer légèrement son ventre.

D'où tenait-il ce poignard ? Elle l'avait dépouillé de ses armes et de ses vêtements il y avait moins d'un instant !

— Les bottes, dit-il comme s'il lisait dans ses pensées.

— Il serait idiot de ma part de te défier, tu es plus fort que moi. Je suis une femme enceinte et une mère livrée à ta merci, je ne l'ai pas oublié, répliqua-t-elle sèchement.

— Alors, fais ce qu'on te demande. Et toi, Kol, vas-y, je suis prêt.

Se penchant un peu en avant pour s'accouder sur ses cuisses, Rurik inspira profondément. Puis il expira en poussant un râle animal et puissant lorsque Kolstein arracha la flèche. Quand Jodelle apposa sans attendre le fer sur la plaie, le râle se transforma en rugissement.

— La plaie ne saigne plus. Dieu soit loué, dit la future mère en sentant une désagréable nausée, causée par l'odeur de chair brûlée, l'envahir.

— Aurais-tu quelque chose à boire ? demanda Kolstein à la jeune fille qui se tenait en retrait.

— Il n'y a pas d'alcool ici, répondit Eulalie.

— Il y a une flasque d'eau-de-vie et du vin aux épices

derrière le garde-manger, coupa Jodelle en pressant sa fille de lui apporter les deux flacons. Je les garde pour quand nous avons de la visite, précisa-t-elle à l'intention de sa fille.

— Personne ne vient jamais ici. Sauf oncle Jehan et…

— Donne-moi ça, dit Jodelle pour couper court à la discussion.

Elle passa le flacon d'eau-de-vie à Rurik, qui but une très longue gorgée d'un trait avant de pousser un soupir soulagé et satisfait.

— À présent, je vais oindre ta blessure avec un onguent spécial, que je fais venir de très loin.

— Huile d'olive et calcaire ?

— Exactement. Tu connais ? demanda Jodelle, surprise.

— Je suis forgeron moi aussi.

— Ah…, répondit Jodelle, qui comprenait mieux l'intérêt que le Viking avait semblé lui porter dès le départ.

— Aide-moi à aller m'allonger, demanda Rurik à Jodelle, quand elle eut fini de bander la blessure.

Elle se redressa et posa le bras valide de Rurik sur ses épaules, avant de l'aider à se lever. Sa présence et sa proximité aiguisèrent ses nerfs. Elle l'accompagna vers la couche et écarta les rideaux pour qu'il puisse s'asseoir sur le matelas moelleux. Elle défit ses bottes et l'allongea sur le côté, de façon à ce que rien n'appuie sur la plaie.

— Kol, approche, dit-il, essoufflé. Je reste ici cette nuit. Va prévenir Sven que je ne pourrai pas surveiller les bourgeois.

— Je prendrai ta garde de nuit, et tu reprendras ton poste demain matin. Je préviendrai Sven, ne t'en fais pas.

Kolstein regarda Jodelle avec insistance.

— Fais-en sorte qu'il soit vivant demain…, lança-t-il

d'une voix lugubre, avant de sortir de la maison. Sven et moi serions contrariés si ce n'était pas le cas.

Jodelle haussa les sourcils devant cette menace à peine déguisée.

— Qui est Sven ? demanda-t-elle au blessé.

— Mon frère.

— Par le sang du Christ ! Mais combien de fils ou de frère as-tu ?

— Beaucoup sont morts. Il ne reste que Sven et Kolstein.

— Et toi.

Le Viking la regarda avec insistance.

— Puis Eulalie, Yvan et l'enfant que tu portes. Sans compter ceux que tu me donneras par la suite.

— C'est l'eau-de-vie qui te fait délirer, rétorqua Jodelle, en se sentant rougir étrangement.

Appartenir à cet homme ? Être sa femme ? Lui donner des enfants ? C'était impossible. Où se trouvaient Cédric et Dame Aigline ?

— Dis-moi ce qu'il est advenu des gens du château. S'il te plaît, ajouta-t-elle, pour paraître plus soumise.

— Mon jarl vous rassemblera demain sur la colline pour vous dire ce que vous devez savoir. Pour l'heure, j'ai besoin de calme.

— J'ai des amis là-bas. Des gens qui me sont chers. Dis-moi ce que tu sais, je t'en prie.

Seul le silence lui répondit et bientôt elle vit le torse de Rurik se soulever régulièrement comme s'il dormait. Elle regarda ses bras aux muscles saillants, son buste large et son ventre dessiné par des années d'entraînements et de combats. Il avait des jambes fortes et longues. Il dégageait une force vive et masculine, même endormi. Dans la pénombre de la couchette, il ressemblait à un ours endormi ou une autre bête puissante et sauvage prête à bondir au moindre signal.

Il disait être forgeron ? Forgeron et guerrier ? Qui étaient ces hommes du Nord aux mœurs étranges ? Venaient-ils imposer leurs lois au détriment des lois chrétiennes ? Où était Cédric ?

Cette question lancinante l'obsédait.

— Viens te reposer, mère. Tu dois soigner tes plaies toi aussi, dit Eulalie en préparant un linge tiède.

— Merci, ma fille, tu es gentille. Je suis un peu fatiguée, c'est vrai. Mais surtout, je suis morte d'inquiétude pour Yvan.

Eulalie l'aida à se dévêtir et, une fois en chemise, elle prit place sur un tabouret.

— Soulève tes jupes, je vais laver tes genoux. Yvan est intelligent et il connaît bien le bourg et le château. Il est peut-être déjà avec Simon, tenta de la rassurer Eulalie.

— Ou seul et terrifié dans la forêt, pensant que nous sommes mortes. Il est encore si jeune.

— Je suis sûre qu'il reviendra à la maison quand il comprendra que nous sommes tous saufs.

Eulalie nettoya les genoux écorchés de sa mère et l'aida à se laver un peu. Jodelle ressentit de vives contractions et dut rester un moment immobile.

— Veux-tu que j'aille chercher Perrine ?

— Non, les blessés ont davantage besoin d'elle que moi. Demain, tu iras chez Jehan et tu y resteras un peu.

— Pourquoi ? Je ne veux pas te laisser seule.

— Je ne veux pas que ce Kolstein se croie tout permis avec toi. Et Jehan saura mieux te protéger que moi, chuchota-t-elle pour ne pas être entendue du blessé.

Jodelle voulait à tout prix que sa fille disparaisse de la vue de ces hommes.

— Il ne va pas m'épouser, n'est-ce pas ? Je ne veux pas, il n'est pas chrétien, et c'est mal, dit Eulalie, nerveuse, en posant la main sur ses lèvres.

— Tu l'as soigné ?

— Oui, avoua Eulalie, écarlate.

Jodelle haussa un sourcil soupçonneux et attrapa le menton de sa fille pour la dévisager.

— Pourquoi rougis-tu ? Se serait-il permis de te toucher ou de te manquer de respect ?

— Non. Mais je ne me suis jamais trouvée aussi près d'un homme avant cela. Il me tenait par les hanches pendant que je lavais son visage et il me regardait…

— Eulalie, est-ce que je rêve, ou est-ce que cette brute te trouble ? demanda Jodelle, stupéfaite.

— Non ! Non ! Bien sûr que non ! répondit presque trop vite la jeune fille. J'irai chez oncle Jehan demain.

Jodelle grommela et tapota la cuisse de l'adolescente.

— Bien, couchons-nous à présent.

— Tu ne vas pas dormir avec lui ? N'est-ce pas ?

— Eulalie… Couche-toi et je prendrai la paillasse d'Yvan.

— Es-tu sûre, mère ? La mienne est plus grande.

— Fais ce que je te dis. La journée a été longue.

Alors qu'Eulalie retirait sa robe et se couchait en chemise, Jodelle s'assit auprès du feu et sentit le découragement l'envahir. Elle pria Dieu de protéger Yvan et demanda aux anges du ciel de veiller sur son petit garçon. Elle s'agenouilla devant le crucifix et confia tous les êtres qui lui étaient chers à la sainte protection du ciel.

De sa couche, Rurik la regardait se préparer au coucher.

Il se remémora tout ce qu'il savait sur la forgeronne aux cheveux de feu. Elle devait avoir environ trente ans, avait une fille de quinze ans, un fils de dix ans à peu près, tenait une forge seule, et portait l'enfant d'un amant de passage... Et pourtant Cédric de L'Allier-Morel avait bien prononcé son nom avant de mourir. Était-ce lui le père de l'enfant de Jodelle ? Si c'était le cas, il comprenait qu'elle ait insisté pour connaître le sort des gens du château. Mais si l'enfant de Jodelle était bien celui de Cédric, il pourrait donc se proclamer héritier de L'Allier-Morel et devenir de ce fait l'ennemi de Wulfric. Rurik devait tirer tout cela au clair avant que quelqu'un d'autre ne prenne l'initiative de régler ce problème de façon rapide et définitive.

Dans la nuit, Jodelle se réveilla. Elle avait soif et ne savait plus quelle position adopter. Elle avait mal au dos et sentait le bébé bouger et s'étirer. Elle avait hâte d'accoucher, l'enfant n'avait plus de place et chacun de ses mouvements devenait douloureux pour elle. Elle se leva et but un peu d'eau. Curieuse, elle approcha de la couchette où dormait Rurik et sursauta en le voyant, adossé aux oreillers, les yeux ouverts.

La lumière de la lune et les braises rougeoyantes du feu éclairaient faiblement la pièce. Dans sa chemise blanche, elle paraissant fragile, et Rurik ne voulait pas lui faire peur.

— Donne-moi à boire, j'ai soif.

Jodelle versa de l'eau fraîche dans une tasse et la lui apporta. Rurik ne but qu'une gorgée et s'interrompit pour regarder Jodelle, la tasse à la main.

— Bois, je voudrais me recoucher.

Son cœur battait la chamade et elle se sentait à la fois terrifiée et attirée par cet homme si curieux et imposant. Pourquoi la regardait-il sans rien dire ?

— Je vais reprendre la tasse, expliqua-t-elle en tendant la main.

Mais Rurik attrapa son poignet au passage et l'attira vers lui.

— Que veux-tu ? demanda-t-elle, apeurée.

— Un peu de compagnie, dit le guerrier en souriant.

Il approcha son visage du sien et scruta ses réactions. La chemise de Jodelle, très échancrée, ne cachait pas grand-chose de ses jolies rondeurs accentuées par sa grossesse. Elle respirait un peu vite et le regard de Rurik se posa bien volontiers sur sa gorge appétissante. Elle déglutit péniblement en sentant les lèvres du guerrier se poser sur son cou. Son souffle chaud caressait sa peau et elle frissonna de terreur.

— Tu t'y feras, Jodelle. Je suis chez moi, ici.

— Je…

Elle ne savait que répondre, il semblait si sûr de lui, si sûr d'avoir tous les droits sur elle. Et ses yeux qui la fixaient la troublaient plus qu'elle n'aurait voulu l'admettre. Tout en cet homme la troublait. Il était différent de tous ceux qu'elle avait rencontrés auparavant. Sa vision de l'existence semblait autre, ce qui l'intriguait et la fascinait. Mais une voix sentencieuse s'éleva dans sa tête. Tout le monde le savait, ces hommes venus du Nord étaient idolâtres et barbares… et foncièrement dangereux. Mais ce regard ardent la faisait douter de tout, même d'elle-même…

Tout à coup, des bruits de pas attirèrent son attention et Jodelle s'empara du tisonnier avant de se diriger vers la porte. Elle distingua une silhouette et une torche.

— Qui est là ? demanda-t-elle sèchement.

— Mère ? fit une voix jeune derrière la porte.

— Yvan !

Jodelle lâcha le tisonnier et ouvrit la porte. Elle vit son fils et Kolstein entrer.

— Yvan, par tous les saints, j'étais si inquiète !

— Kolstein m'a dit que tu étais sauve, et Eulalie aussi. Oncle Jehan m'a dit de le suivre et de rentrer à la forge.

— Oui, mon enfant, tout va bien, dit Jodelle avant de serrer son fils dans ses bras. Merci mon, Dieu, souffla-t-elle, soulagée.

— Je l'ai trouvé alors qu'il rôdait aux abords du bourg, expliqua Kolstein.

— Je me suis fait attraper par des hommes avec des chiens. J'ai cru qu'ils allaient me tuer. Kolstein est intervenu et a dit que j'appartenais à son père. Alors ils m'ont relâché. Qui est ce Rurik ? Kolstein dit que c'est ton mari ?

Yvan entra tout en posant mille questions, et vit Rurik couché dans le lit de sa mère. Le garçon le regarda avec haine et inquiétude.

— Que fait-il ici ?

— Il est blessé.

— Est-ce qu'il va mourir ? demanda Yvan avec une sorte d'espoir dans la voix.

— Tu m'enterres un peu vite, garçon…, fit la voix grave de Rurik, depuis la couchette.

Yvan se figea et se positionna devant sa mère comme pour la protéger. Dans la pénombre de la maison, on n'entendait plus un bruit. Apparemment, Rurik ne voulait pas de mal à Yvan. Se pouvait-il que ces hommes du Nord aient le sens de la parole donnée, ou un minimum de sens moral ?

— Oublie tout cela pour ce soir, mon enfant, dit la forgeronne en serrant de nouveau son fils contre elle. Viens dormir avec moi. Nous irons au château demain.

Jodelle emmena son fils se coucher et faillit heurter Rurik, qui s'était levé. Il la saisit pour l'empêcher de perdre l'équilibre et garda les deux mains posées sur ses épaules, sans violence, sans force, juste posées sur ses épaules. Elle pouvait sentir la chaleur de ses mains puissantes à travers la fine étoffe de sa chemise et ce contact intime la troubla de nouveau.

— Couche-toi avec ton fils, je prendrai cette paillasse, ordonna-t-il en regardant la mère et l'enfant. Merci de l'avoir ramené, Kol.

— Merci, Kolstein, dit Yvan avec un petit geste de la main.

Jodelle se contenta de regarder ce jeune homme dont les yeux s'étaient déjà posés sur la jolie silhouette alanguie d'Eulalie qui dormait profondément.

— Il y a une paillasse à la forge si tu veux prendre un peu de repos, précisa Jodelle à l'attention du jeune homme envers lequel elle était reconnaissante.

— Je te remercie, mais je n'ai pas fini ma garde.

Kolstein repartit sans plus attendre et le silence revint dans la maison. Jodelle se coucha dans son lit et garda Yvan contre elle, mais l'odeur de la peau de Rurik avait envahi l'alcôve et elle sentait sa présence dans son lit. Cela suffit à la tenir éveillée jusqu'au petit matin.

Lorsque, enfin, elle s'assoupit, elle se réveilla en sursaut en entendant les hommes se lever.

— Wulfric attend tous les bourgeois sur la colline.

Kolstein aida Rurik à se lever et celui-ci grimaça en remettant sa chemise.

— As-tu du linge propre ? demanda Kolstein à Eulalie qui dissimulait la transparence de sa chemise derrière sa couverture. Rurik a besoin d'une chemise.

— Prends dans le coffre, il doit y avoir une des chemises d'Alois, dit Jodelle en s'adressant à sa fille.

— Qui est Alois ? demanda Rurik en fixant Jodelle.

— Mon défunt mari, le père d'Yvan.

— Le soldat…, se remémora Rurik à haute voix. Mort au combat contre les Bretons. Tu étais proche de lui ?

— Cela ne te regarde pas, coupa Jodelle sèchement, en se levant avec difficulté.

Jodelle se sentit rougir comme une voleuse prise en faute. Alois ? Non, elle n'avait jamais été amoureuse de lui. Ni de qui que ce soit, d'ailleurs, songea-t-elle plutôt tristement. Mais les pauvres avaient-ils droit à l'amour ? Et, hors des cours seigneuriales, l'amour existait-il vraiment ?

— Probablement pas, répondit le Viking à sa place, si tu l'as oublié dans les bras d'un autre homme, ajouta-t-il avec un geste du menton dirigé vers son ventre rond. Tant mieux, au fond, les amours perdues sont des souvenirs très lourds à porter…

Jodelle percevait le regard de Rurik posé sur elle de nouveau, et elle se sentit rougir. Elle transpirait, mais ne savait pas vraiment ce qui était responsable de cette soudaine bouffée de chaleur. Elle se contenta de penser que la grossesse causait chez elle de brusques changements d'humeur et que l'invasion de ces Barbares était une raison valide et suffisante pour se sentir… perturbée.

Cependant, Jodelle était gênée que Rurik aborde un tel sujet devant ses enfants.

— Habille-toi, Yvan. Apparemment, nous sommes attendus.

— Messire Bertrand chassera ces hommes du Nord, n'est-ce pas ? demanda Yvan à voix basse.

— J'espère bien, mon enfant, avoua à voix basse

Jodelle, qui était de plus en plus inquiète pour l'avenir de sa progéniture et le sien.

Certes, ils ne s'étaient encore jamais retrouvés en danger de mort, mais la présence des Vikings était une menace en soi. Si seulement elle pouvait savoir si Cédric leur avait cédé le château. Et s'il était encore en vie…

— Je ne voulais pas t'insulter, Jodelle, reprit Rurik en déchirant les manches de la chemise. Je veux comprendre ton passé et apprendre à te connaître.

Jodelle était gênée par cet interrogatoire qui avait lieu devant ses enfants et Kolstein. Elle referma les rideaux de l'alcôve sans répondre et essaya d'enfiler sa jupe et son tablier par-dessus sa chemise. Les rideaux s'ouvrirent sans brusquerie et le visage de Rurik apparut devant elle.

— Quand je pose une question, j'attends une réponse, Jodelle. N'oublie jamais que tu as un nouvel époux et que je suis désormais le maître de cette forge. Je ne te frapperai pas, ni te maltraiterai. Sauf si tu me donnes une bonne raison pour cela…

Jodelle leva un bras pour parer un coup éventuel et protégea son ventre de l'autre.

— Calme-toi et réponds à mes questions, poursuivit-il sans hausser la voix.

Cette tranquillité qu'il affichait devait sûrement cacher quelque chose. Il allait la battre, c'était certain.

— Jodelle… insista-t-il en bouclant sa ceinture sur sa veste.

Elle baissa lentement les bras et le regarda avec méfiance.

— Je voulais un homme sobre et pieux qui défende sa famille et qui me respecte : Alois était tout cela. Il était le parfait contraire de Gontran. Mon premier mari était beau garçon, mais violent et il buvait trop. Alois était un homme de bien.

— Tes époux ont-ils levé la main sur toi et tes enfants ?

— Gontran n'a jamais fait de mal à Eulalie, expliqua Jodelle en se remémorant les coups qu'elle avait reçus. Et Alois les châtiait quand ils le méritaient, mais toujours avec justice.

— Merci pour ton honnêteté, Jodelle.

La future mère soupira de soulagement en le voyant s'éloigner, mais il fit demi-tour et la regarda fixement de ses prunelles bleues.

— Et le père de celui-ci ?

— Je ne souhaite pas répondre, dit Jodelle en baissant les yeux malgré elle.

Rurik resta planté devant elle. Il exigeait une réponse.

— Ne mêle pas mes enfants à cela. S'il te plaît.

— Kolstein, emmène les enfants dehors, coupa le guerrier d'une voix ferme.

— Bien, père, obtempéra le jeune homme en prenant le bras d'Eulalie et en sortant, suivi d'Yvan.

La jeune fille essaya de se soustraire à la poigne de Kolstein sans succès et appela sa mère deux fois avant que la porte ne se referme.

— J'attends, dit Rurik en s'approchant.

— Je ne veux pas en parler. Tu n'as pas le droit de m'interroger comme cela, je ne suis rien pour toi et tu as beau venir me dire que je suis ta… femme, cela ne fait pas de toi mon mari.

Jodelle tenait ses mains devant elle pour le repousser, mais Rurik attrapa son visage entre ses mains. Par réflexe Jodelle protégea son ventre. Sa respiration était courte et ses lèvres entrouvertes tremblaient.

— Je ne t'appartiens pas.

— Il est encore vivant, c'est ça ?

Jodelle détourna le regard et essaya de reculer. Peine perdue : Rurik la tenait fermement.

— Je finirai forcément par savoir la vérité, donc j'aimerais autant que tu fasses preuve d'honnêteté. Est-il vivant ?

— Je n'en sais rien, répondit-elle sincèrement, tout en sentant, honteuse, des larmes piquer ses yeux.

— Il est au château ?

— Laisse-moi ! fit Jodelle en se débattant.

— Réponds, reprit Rurik en l'enserrant.

Une main puissante serrait sa nuque sans lui faire mal, mais lui montrait sa force. Il aurait pu la briser s'il l'avait voulu, et Jodelle en était consciente.

— Ce n'était qu'une passade, pas de quoi en faire un drame. Nous ne nous voyons plus.

— Donne-moi son nom.

— Non ! Je ne te laisserai pas le tuer ! Ma vie ne te regarde pas, je ne suis pas une serve attachée à cette terre, mais une femme libre et je fais ce qu'il me plaît. Je n'ai aucun compte à te rendre.

— Il t'abandonne après avoir pris son plaisir alors que tu portes son enfant ? Quel genre d'hommes est-ce, un lâche ?

— Tu ne sais rien de lui ! rétorqua-t-elle, furieuse.

— J'espère pour lui qu'il est mort lors de l'assaut.

Sur ces paroles menaçantes, Rurik la lâcha tout à coup et ouvrit la porte de la maison.

— Tu es à moi, Jodelle. Toi, tes enfants et ta forge. C'était écrit ainsi. Ton dieu m'avait promis la famille que j'ai perdue, il a tenu parole.

— Dieu – notre dieu – t'a promis quelque chose ?

Jodelle le regarda sortir sans rien comprendre de ces étranges paroles. Dieu se préoccupait-il du sort des païens ? Pourquoi accorderait-il le moindre intérêt à des hommes qui pillaient et envahissaient des royaumes chrétiens ? Cela n'avait aucun sens. Et pourtant Il venait de leur octroyer la victoire, avec la bénédiction du roi.

Et elle devait avouer que, pour l'heure, tous les siens étaient sains et saufs.

Chapitre 4

Rurik rentra de nouveau, suivi des enfants. Kolstein avança vers eux, tenant Eulalie en larmes par le bras.

— Tu vois ? Elle est sauve. Rurik ne tuera pas ta mère, tu n'as rien à craindre.

— Mère ?

— Je vais bien, Eulalie, répondit seulement Jodelle, qui savait que Rurik percerait son secret très vite.

Mais désigner Cédric comme le père de son bébé revenait à le condamner à mort, puisque Rurik semblait décidé à éliminer tous les obstacles qui se dressaient entre eux. Jodelle était pressée de revoir Cédric, ne serait-ce que pour être protégée de cet impressionnant guerrier qui lui faisait peur.

Ils sortirent de la maison. Jodelle pressa le pas vers L'Allier-Morel et contempla, hagarde, tous ces hommes armés, vêtus de cottes de mailles et de fourrures. Ils semblaient belliqueux et, lorsqu'elle arriva au sommet de la colline, Jodelle attrapa la main de ses enfants pour les placer instinctivement derrière elle. Elle se retourna et vit Rurik qui allait saluer un jeune homme immense et d'une beauté qui ne pouvait faire que l'unanimité. Il était blond et ses yeux verts la scrutaient, amusés.

— C'est Sven, le frère de Rurik, dit Kolstein qui était resté près d'eux.

Jodelle regarda les habitants qui étaient conduits sur la colline, entourés de soldats en armes. Ils avaient peur, et tous cherchaient leurs amis, leur famille ou leurs voisins pour s'assurer qu'ils allaient bien. Ce qui semblait être le cas de tout le monde.

Soudain, un groupe d'hommes richement vêtus approcha. Un homme au charisme imposant, âgé d'une quarantaine d'années, prit la parole.

— Je suis Rollon, duc de Normandie. Le roi Charles m'a octroyé cette terre et je la confie à Wulfric ici présent, dit-il solennellement en désignant un homme d'une trentaine d'années sur les épaules duquel il déposa le pallium, une sorte de mantel rouge qui lui conférait haute et basse justice sur Lisieux et tout son territoire.

— Je suis Wulfric Thorkelson, vicomte de L'Allier-Morel et de Lisieux, et votre maître. Je suis le vassal de Rollon et du roi Charles par la volonté de Dieu.

Un tumulte parcourut l'assemblée quand Sven approcha de Wulfric avec Dame Aigline qui paraissait épuisée, mais qui se tenait fière face aux envahisseurs.

Où était Cédric ?

Il n'allait pas tarder à être convoqué devant tous, songea Jodelle, qui ne pouvait s'empêcher d'être inquiète.

Soudain, elle vit les soldats entourer les bourgeois. Après que Wulfric eut fait un geste de la main, ils sortirent leurs armes et les pointèrent vers les hommes et les femmes, qui s'affolèrent. Jodelle regarda Kolstein, effrayée, et tenta de fuir avec ses enfants, mais le cercle formé par les hommes armés était trop dense pour être percé.

— Dame Aigline, ayez pitié ! Aidez-nous ! cria Jehan en interpellant sa châtelaine.

— Par pitié, ne leur faites pas de mal, supplia Dame Aigline en se jetant à genoux. Prenez ma vie s'il vous en faut une pour satisfaire votre orgueil.

— C'est bien votre vie que je veux, madame, répondit Wulfric. Épousez-moi, venez à moi de votre plein gré, et aucun mal ne leur sera fait.

Wulfric tendit la main à Aigline, qui, les yeux emplis de larmes et d'effroi, posa la sienne dans celle du vainqueur.

— Ils sont libres de retourner vaquer à leurs occupations, lança Wulfric d'une voix forte.

Aussitôt les hommes en armes reculèrent, et les bourgeois, émus, regardèrent leur dame sceller son destin et le leur.

— Pauvre Dame Aigline, pleurait Eulalie, terrorisée.

Bientôt, la jeune fille, bouleversée, se mit à sangloter sans retenue.

— Ta maîtresse est une femme intelligente, et Wulfric un guerrier de renom. Elle peut se targuer d'épouser le meilleur d'entre nous après Rollon, expliqua le jeune homme pour la rassurer.

— Mais que va-t-il se passer maintenant ? demanda la jeune fille, qui pleurait toujours.

— Nos hommes vont prendre des terres et choisir des épouses parmi vos filles et vos femmes, dit Sven en s'approchant d'Eulalie et en la regardant avec attention.

Eulalie sursauta et regarda Kolstein malgré elle. Celui-ci s'interposa et posa sa main sur l'épaule de la jeune fille qui baissa les yeux et rougit.

— Que t'est-il arrivé ?

— J'ai fait connaissance avec sa mère.

— La rousse que veut Rurik ? Eh bien, par l'enfer de

Hell ! J'espère que sa fille est plus douce, s'exclama joyeusement le géant blond. Bon choix, mon neveu, ajouta-t-il, en jetant un dernier regard à l'adolescente.

Eulalie semblait nerveuse, puis soudain elle attrapa la manche de Kolstein pour attirer son attention.

— Si j'accepte de t'épouser, est-ce que tu veilleras sur moi ? Est-ce que tu me défendras contre eux tous, s'il le faut ? demanda Eulalie en essuyant ses larmes d'un revers de main rageur.

— Oui, répondit Kolstein, surpris de ce retournement de situation.

— Alors, tu as ma promesse, je t'épouserai. Mais pour l'heure, je dois aller chez ma tante, et Yvan doit reprendre sa place auprès de Simon.

— Tu peux aller travailler, je serai à la forge ce soir pour le repas, dit Kolstein en essuyant du pouce une larme d'Eulalie.

La jeune fille prit congé avec un faible sourire.

— Attends ! Porte ça, ça évitera les malentendus.

Kolstein ôta son torque et le mit autour du cou de la jeune fille.

— Qu'est-ce que c'est ?

— Le torque de ma mère. Les animaux que tu vois représentés sont les chats de la déesse Freya. C'est la déesse des femmes et du foyer, elle conduit une partie des guerriers au Wallahla – au paradis si tu préfères. Si on te pose la question, dis que tu es l'épouse de Kolstein Rurikson.

— À ce soir, dit la jeune fille, toujours nerveuse et perturbée, en caressant timidement le lourd collier d'argent qu'elle portait au cou.

De son côté, Jodelle avançait et cherchait à apercevoir Cédric. Elle suivit les soldats qui entouraient Dame Aigline et Wulfric. Elle essaya de croiser le regard de sa châtelaine, et y parvint au moment où celle-ci allait rentrer dans la tour des dames sous bonne escorte.

— Dame Aigline ?

— Jodelle ? dit la jeune femme, livide comme la mort.

Wulfric s'interposa et regarda la bourgeoise avec curiosité. Il vit les deux femmes échanger un regard de connivence, puis la femme enceinte murmura quelque chose que la châtelaine sembla comprendre, puisqu'elle répondit non de la tête avant de fondre en larmes. La femme rousse posa une main sur son ventre et sembla très affectée, puis Aigline reprit sa marche et disparut dans la tour, laissant la future mère anéantie.

— Jodelle ! fit Rurik en approchant à son tour.

Il semblait courroucé de la trouver là.

— Jodelle ? reprit Wulfric avec insistance. Tu es la femme dont parlait messire Cédric avant de mourir ?

— Vous avez dû mal entendre, pourquoi voudriez-vous qu'un noble se soucie d'une femme comme moi ? demanda-t-elle sans croiser le regard du nouveau maître des lieux.

Rurik l'arrêta en l'attrapant par le bras pour qu'elle réponde aux questions du vicomte, mais Jodelle ne chercha pas à se débattre. Elle semblait triste. Dévastée même.

— J'ai du travail à la forge, messire, si vous le permettez.

— Tu peux aller travailler, dit Wulfric avec un dernier regard.

— Rentre chez toi, ordonna sèchement Rurik, contrarié de cette rencontre entre Jodelle et Wulfric.

Les sourcils froncés de son jarl ne disaient rien qui vaille à Rurik. S'il faisait le lien entre Jodelle et Cédric, l'enfant pouvait ne pas survivre.

— Tu cherches les ennuis ? la sermonna-t-il vertement en la rattrapant.

— Pourquoi ? Parce que je me soucie de ma maîtresse ? demanda-t-elle en montrant la tour où avait disparu Dame Aigline.

— Ne me prends pas pour un idiot, Jodelle, je sais que tu portes l'enfant de Cédric.

Jodelle regarda autour d'elle, et ses yeux écarquillés montraient qu'elle cherchait à savoir si quelqu'un avait entendu leur conversation. Elle était pâle, très pâle. Trop pâle, et le guerrier se demanda l'espace d'un instant si elle n'allait pas s'évanouir. Il regarda autour de lui puis chuchota à son oreille :

— Je garderai ton secret jusqu'à la venue de l'évêque. Ensuite, nous déciderons de la conduite à venir.

— Vis-à-vis de Dame Aigline ?

— Entre autres. Retourne à la forge, je te verrai ce soir.

— Où est son corps ? L'avez-vous enterré ?

— Pas encore. Nous le ferons aujourd'hui. Tous les corps ont été entassés devant le rempart ouest. Plusieurs hommes se sont proposés pour ensevelir nos morts et les vôtres selon vos coutumes. Le prêtre doit les bénir.

Cédric aurait donc une sépulture chrétienne. Cette nouvelle n'apaisa pourtant pas son chagrin. Toutes ces morts… Pourquoi ? Révoltée et écœurée, elle sentait son cœur battre à tout rompre et son estomac se révulser.

— Pourrai-je assister aux funérailles ? demanda-t-elle d'une voix peu assurée, craignant un refus.

— Avec le reste des bourgeois, oui. Et seulement à ce titre. Évite donc de te faire remarquer.

— J'ai compris, acquiesça Jodelle en regardant Wulfric,

qui discutait avec Sven et un autre homme à la crinière rousse.

La forgeronne reprit le chemin de sa maison et, en chemin, observa les alentours. Le château était étroitement surveillé par une garnison complète, et des hommes sillonnaient les sentiers et les rues. Jodelle croisa une voisine en larmes : un des hommes avait choisi sa fille. Un autre homme venait de voir sa sœur promise à un autre guerrier. Devant la plupart des maisons, on entendait s'élever des plaintes et des pleurs. Il y avait des morts à enterrer, des femmes au destin scellé dans les larmes et des familles terrorisées.

Eulalie avait été choisie par Kolstein, et elle par Rurik. Cédric était mort, Dame Aigline impuissante. Elle sentit une vague de peur et de tristesse l'envahir.

En arrivant à la forge, elle entendit des voix d'hommes. Ils parlaient un dialecte qu'elle ne comprenait pas et, de toute évidence, se croyaient chez eux, puisqu'ils entamaient les réparations de leurs armures.

Jodelle attrapa une barre de métal et les menaça.

— Sortez de chez moi !

— Du calme, femme, on vient juste utiliser la forge ! Dis à ton mari qu'on veut le voir : on a besoin d'aide.

Les deux hommes la regardaient avec une pointe d'amusement, ce qui la fit sortir de ses gonds.

— Je n'ai pas de mari, et la forgeronne, c'est moi !

— Une femme enceinte qui manie le soufflet et le marteau ? Eh bien, je demande à voir ! s'esclaffa un des hommes.

— Mon armure est déformée sur le côté, dit l'autre homme en se tenant les côtes.

— Es-tu blessé ? demanda Jodelle, en voyant le bandage sous la chemise déchirée.

— Ta guérisseuse dit que je m'en remettrai.

— Dommage… répliqua-t-elle, venimeuse.

Les deux hommes éclatèrent de rire. Apparemment Jodelle semblait les divertir, et la future mère en prit ombrage.

— Donne-moi ton armure, afin que j'évalue les dégâts, dit Jodelle en inspectant le morceau de métal déformé. Une hache ?

— Non l'épée de *messire* Cédric. Ce chien avait une sacrée frappe.

— Mais il ne faisait pas le poids face à Wulfric. Cette pourriture n'a eu que ce qu'il méritait.

Jodelle se força à respirer calmement. Cédric était mort, elle avait encore du mal à réaliser. Derrière elle, la porte grinça ; quelqu'un entrait.

— Tu parles de leur ancien seigneur, dit Rollon en entrant, alors surveille ton langage. Tous les habitants avaient du respect pour lui.

Jodelle regarda le duc de Normandie entrer dans sa forge. Dans un premier temps, elle ne sut quelle attitude adopter puis elle s'agenouilla pour montrer son respect.

— Relève-toi, femme, dit-il en l'aidant à se redresser.

Elle garda le silence, attendant qu'il lui dise ce qu'il voulait, mais il ne parla pas davantage qu'elle.

— Que voulez-vous ? finit-elle par demander.

— La même chose que ces hommes, j'ai besoin que tu affûtes une de mes haches.

— Puis-je voir le tranchant ? demanda-t-elle pour estimer l'ampleur du travail.

Rollon tendit sa hache encore tachée de sang, à présent coagulé. Jodelle se saisit de l'arme et pesta. Elle était sûre que le duc voulait la soumettre à une espèce d'épreuve. Avec un chiffon imbibé d'eau huilée elle nettoya l'arme.

— Vos hommes ne savent ils pas que l'acier et le fer n'aiment pas le sang ? Les armes se nettoient et se graissent, grommela-t-elle avec condescendance.

— J'en informerai Wulfric : cette hache lui appartient.

Jodelle lâcha l'arme, que Rollon rattrapa de justesse. Elle avait la bouche sèche et sentait son cœur sur le point de défaillir. Rollon joua avec l'arme en la faisant tournoyer autour de son poignet à deux reprises, et Jodelle recula d'un pas, nerveuse. Pourquoi le duc de Normandie la tourmentait-il ainsi ? Que voulait-il d'elle ?

— Rurik est un homme de Wulfric, un de ses fidèles. Il a été son maître d'armes et a son respect. Il semblerait t'avoir choisie. Toi, tes enfants et ta forge.

— J'ai cru comprendre, répondit Jodelle en levant ses yeux bleus vers le duc de Normandie.

Le duc sourit et lui rendit la hache.

— Rurik est un *berserk*, poursuivit l'homme avec une pointe d'admiration dans la voix.

— Un *berserk* ? demanda Jodelle, curieuse. Qu'est-ce que c'est ?

— Un guerrier inspiré par Tyr lui-même. Une impitoyable machine à tuer, quasiment invincible, qui s'abreuve du sang de ses ennemis et souffle la mort.

— J'ai passé l'âge de croire aux spectres et aux maléfices, répondit Jodelle, dont le cœur battait pourtant la chamade.

— Quand il n'est pas sur le champ de bataille, Rurik est forgeron, ajouta Rollon en jetant un regard circulaire sur la grande forge.

— Je sais, dit Jodelle en prenant place face à la meule qu'elle fit tourner et qu'elle mouilla. J'ai cautérisé sa plaie, et il a passé la nuit ici.

Elle posa la lame sur la meule et l'aiguisa en essayant

de penser à tout sauf à Wulfric brisant les os de Cédric. Mais la colère envahit son cœur une nouvelle fois, et elle fut tentée de se servir de la hache contre le duc lui-même.

— Ne bougez pas ! dit-elle.

Elle leva l'arme et la lança avec force vers la souche d'essai qui se trouvait à un mètre à peine de Rollon. La hache se planta fermement dans le bois dans un bruit glaçant, et la jeune femme vint la reprendre, tout en regardant le duc d'un air de mépris. Une fois la lame prête, elle rendit la hache au duc en espérant ne jamais revoir cette arme de sa vie.

— Je te remercie, dit Rollon, en admirant le beau travail effectué par Jodelle. Tiens, ajouta-t-il en lui tendant une pièce d'argent.

— C'est généreusement rétribué pour un simple meulage, commenta Jodelle, surprise. Par ailleurs, d'ordinaire, les femmes moitié moins payées que les hommes.

— Tu auras sûrement besoin de quelque chose avec l'arrivée de cet enfant.

— Oui, de protection notamment. Comme tous les pauvres hères de Lisieux.

— Rurik t'apportera cela. Si tu étais intelligente, tu te montrerais docile. Pour le bien de cet enfant, et d'autres personnes également…

Jodelle détourna le regard et alla animer le soufflet. Elle dut s'y reprendre à plusieurs fois, son ventre lourd entravait ses mouvements.

— Aide-la, elle peine, ordonna Rollon à l'un des hommes.

— Je connais mon travail, grogna-t-elle en repoussant l'aide du soldat.

Jodelle enfonça le morceau d'armure dans les braises rougeoyantes.

— Et tu es enceinte. Alors, veille à ce que ton entêtement ne cause pas de tort à ton enfant.

Rollon semblait insistant sur ce point, mais Jodelle ne comprenait pas très bien où il voulait en venir. Elle lui adressa un regard interrogateur.

— Nous avons tous entendu Cédric prononcer ton nom avant de mourir.

Jodelle essaya de prendre un air détaché, mais elle n'était pas certaine que le duc se laisse abuser aussi facilement.

— Vous vous méprenez sûrement, hasarda-t-elle.

— J'en doute, Jodelle n'est pas un nom si courant.

— Mon enfant a une mère, et cela lui suffira amplement. Le reste ne regarde que moi, coupa-t-elle, sur ses gardes.

— Pas si certaines dispositions ont été prises pour son avenir… Wulfric pourrait le considérer comme gênant pour ses propres fils.

— Aucune disposition n'a été prise, cet enfant est un bâtard. Il n'a aucun droit sur rien, si ce n'est sur ma forge, au même titre qu'Eulalie et Yvan, mes deux aînés. D'ailleurs, ils n'ont plus leurs pères non plus, et nous nous débrouillons fort bien sans eux.

— Tes deux aînés ont hérité de leurs pères… Pourquoi les choses seraient-elles différentes pour celui-ci ?

— Eulalie possède une petite dot, et Yvan a reçu les armes et la monture de son père. L'enfant à naître aura droit à un tiers de la forge et tout le reste, c'est à la force de ses bras qu'il devra le gagner.

Jodelle poursuivit son travail avec des gestes précis, mais la tension qui crispait sa nuque lui causait des maux de dos pénibles.

— Donc Cédric n'est pas le père de cet enfant ?

Sous l'effet de la peur, son estomac se contracta, mais cela ne l'empêcha pas de répondre avec provocation.

— Je n'ai pas besoin d'homme pour dicter le cours de ma vie ou de celle de mes enfants dit-elle sèchement en s'activant. Mais je suis une femme ardente, et j'apprécie la compagnie masculine de temps en temps.

Rollon ne réagit pas à sa réponse qui aurait pourtant dû le choquer et continua à la questionner.

— Si vous n'étiez rien l'un pour l'autre, pourquoi a-t-il prononcé ton nom au moment de mourir ?

— La veille de l'assaut, Dame Aigline et moi avons essayé de le dissuader de s'opposer au roi. Nous l'avons supplié de revenir sur sa décision, mais il n'a rien voulu entendre. Il était fou de rage et de colère et se sentait trahi par son roi. Peut-être a-t-il voulu demander pardon à sa sœur de ne pas nous avoir écoutées avant de mourir, voilà tout.

— Tu ne m'ôteras pas de l'idée que vous deviez être proches de lui pour que tu sois autorisée à lui donner des conseils…

— Pas du tout répondit-elle en détournant le regard pour éviter de montrer ses émotions. Il était venu à la forge pour préparer la bataille, et Dame Aigline m'a demandé aide et soutien, mentit-elle. Aucune femme ne souhaite la guerre, elle n'apporte rien de bon.

Jodelle sortit le morceau de métal rouge du feu avec une pince et le plaça sur l'enclume. Le marteau s'abattit en rythme et le poignet souple de Jodelle redonna forme à l'armure enfoncée.

Les hommes la regardaient faire, attentifs et critiques. Elle immergea le morceau de métal dans l'eau qui dégagea un nuage de vapeur, et réitéra ses gestes jusqu'à ce qu'elle soit satisfaite du résultat. Elle trempa le métal dans plusieurs bains, puis une fois refroidi, elle le ponça pour lui redonner de l'éclat, puis le nettoya avec un mélange de sa fabrication.

— Pas mal du tout, avoua l'homme aux côtes brisées. Tu te débrouilles bien, femme.

— Maîtresse Jodelle, rectifia la forgeronne, qui voulait montrer qu'elle n'était pas femme à se laisser impressionner...

— Je parlerai de toi, maîtresse Jodelle, dit l'homme, satisfait. En bien, évidemment...

Ils la payèrent et sortirent en saluant leur duc. Ce dernier, quant à lui, ne se décidait pas à quitter les lieux, ce qui rendait Jodelle nerveuse.

— Il est à espérer que tu dises la vérité, maîtresse Jodelle. Pour l'enfant comme pour toi. Un dernier conseil, ajouta le duc en tournant le dos pour, enfin, partir, ne provoque pas ton seigneur inutilement.

— Je ne voulais pas me montrer irrespectueuse, messire répondit Jodelle, qui savait qu'elle avait été trop loin avec Rollon.

— Je ne parle pas de moi, je parle de Wulfric.

Sur ce, Rollon quitta la forge en direction du château.

Jodelle avait bien compris la menace. Wulfric irait-il jusqu'à tuer son fils ? En quoi un bâtard non reconnu pouvait-il perturber le nouveau comte ? La future mère se sentait fatiguée et perdue. Elle s'assit sur un petit banc et posa les mains sur son ventre. Elle sentit le bébé réagir à la caresse et s'agiter en elle. Devait-elle quitter la ville ? Si elle partait, son enfant ne serait pas davantage en sécurité à Rouen. Il lui faudrait traverser tout le comté comme une fugueuse et peut-être trouver asile en Anjou ou en

Bretagne ? Une femme enceinte, prête à accoucher sur les routes, transportant les outils de sa forge sur des lieues et des lieues ? C'était de la folie. Et pourtant…

— Je ne les laisserai pas te faire de mal ! rugit-elle, en jetant une pince de toutes ses forces à travers la pièce.

Rurik revenait du bourg et vit Rollon sortir de la forge, l'air préoccupé. Jodelle avait-elle réussi à contrarier le comte et le duc dans la même journée ?

— Puis-je t'aider ? demanda le guerrier en croisant le regard du duc.

— Maîtresse Jodelle a remis la hache de Wulfric en état. Elle est une forgeronne fort habile.

— La hache de Wulfric ?

— Oui, celle-là même qui a tué Cédric.

Rollon fit tournoyer la hache autour de son poignet, les yeux dans le vague.

— En vérité, qu'es-tu venu chercher en ce lieu ?

— Des réponses à mes questions. Ne me dis pas que tu ne te poses pas les mêmes, Rurik.

— L'évêque vient demain. Beaucoup de choses seront éclaircies à ce moment-là. Wulfric dit que le chapelain est sous la juridiction de l'Église et qu'il refuse de lui transmettre les registres pour le moment.

Rollon retint le bras du guerrier qui voulait continuer son chemin.

— Jodelle porte l'enfant de Cédric, et tu le sais.

— Oui, admit, Rurik en regardant son seigneur dans les yeux.

— Mais nous n'en avons pas la preuve. Pas encore.

— Cédric aurait-il pu reconnaître l'enfant ?

— Peu probable : il s'apprêtait à faire alliance avec

un autre comté, aux dires du roi. Et, logiquement, un mariage devait venir sceller cette alliance.

— Que comptes-tu faire, alors ? Si cet enfant est une menace pour notre établissement sur ces terres, pourquoi n'as-tu pas pris cette hache pour ouvrir le ventre de la forgeronne et extirper l'enfant de ses entrailles ? rugit le guerrier, furieux.

Rollon observa son interlocuteur avec curiosité.

— Pourquoi es-tu en colère, Rurik ? Cette femme t'aurait-elle déjà séduit ? Elle ne manque pas de charme, c'est certain, mais le bourg possède d'autres femmes du même type. Sa fille, par exemple, qui, par ailleurs, est plus jeune.

— Sa fille est pour Kolstein. Et Jodelle est pour moi, comme ses enfants. *Tous* ses enfants, insista-t-il.

Rollon inspira profondément et passa sa large main sur sa barbe grisonnante.

— Alors, débrouille-toi pour que ce soit le cas. Tu connais nos traditions, tu peux faire en sorte que cet enfant perde tous ses droits : si tu séduis la mère, l'enfant sera à toi.

Ce que proposait Rollon était juste, mais Jodelle y trouverait sans doute beaucoup à redire.

— Je ne prends pas les femmes de force, Rollon. Jodelle sera à moi quand elle et moi l'aurons décidé, ou quand elle sera officiellement ma femme. Que Wulfric épouse d'abord Aigline, et ensuite nous verrons.

— Je n'ai pas de grief particulier contre toi ni cette forgeronne rousse au caractère si bien trempé. Mais n'oublie pas que la légitimité de Wulfric ne saurait être remise en question.

— Je sers Wulfric depuis très longtemps. C'est le chef

dont nous avons besoin sous tes ordres pour ce comté. Laisse-moi m'occuper seul de Jodelle, Wulfric a déjà assez à faire avec la dame des lieux.

— Je crois que la douce Aigline lui arracherait les yeux avec plaisir si elle le pouvait, lança, amusé, Rollon, en regardant le donjon.

— Jodelle n'est pas dans un meilleur état d'esprit. C'est une mère qui défend ses petits avec hargne. As-tu vu le visage de Kolstein ?

Rollon éclata de rire et frappa sa cuisse.

— Elle ne l'a pas épargné, c'est certain. Elle teste les armes qu'elle fabrique ou répare, visiblement. Je l'ai vue à l'œuvre avec cette hache. Ne laisse jamais de lame à sa portée, c'est mon conseil. Ta louve est une femme dangereuse.

— Elle t'a menacé ?

— Pas réellement, mais bien plus qu'aucune femme ne l'avait jamais osé.

— Demandes-tu réparation ? grogna Rurik, en regardant la forge, agacé par le comportement rebelle et dangereux de la forgeronne.

— Ce n'est pas la peine de réagir de la sorte, Rurik, je vais passer outre cette insolence. Maîtresse Jodelle est une femme pleine de force et d'ardeur, je comprends que tu l'aies choisie. Son caractère et sa chevelure sont parfaitement assortis. Avec elle, tu ne t'apprêtes pas à vivre une existence facile.

— Je n'ai jamais recherché la facilité, admit le guerrier.

— Je veux que tu sois présent avec Jodelle, ses enfants et Kolstein quand l'évêque sera là. Fais en sorte que vous vous trouviez tout près de l'estrade. Les gens ont besoin de savoir que nous faisons alliance avec l'évêque et Aigline.

— La châtelaine est terrifiée. Elle a perdu son frère et ses droits pour le moment.

— Mais elle a du caractère, et les gens de ce comté la respectent et l'écoutent. Elle est précieuse. Il faut la rallier à notre cause par tous les moyens, et je peux te garantir que Wulfric ne se posera pas autant de questions que toi quand la nuit de noces viendra.

— Nous serons là demain, Rollon, voulut conclure Rurik.

Mais le duc n'en avait visiblement pas terminé.

— Que comptes-tu faire avec elle ? demanda le duc, en désignant la forge du menton.

— L'épouser et devenir le père de ses enfants, redevenir forgeron et profiter de la vie.

Le duc sourit et avoua en lui-même qu'il aspirait aux mêmes choses avec son épouse laissée à Bayeux. La belle Poppa lui avait donné des enfants qu'il lui tardait de revoir.

— Tâche d'abord de ne pas te faire tuer par cette louve rousse. Tu vas devoir te montrer ferme, très ferme même.

— Je suis prêt à affronter sa colère si c'est ce qui t'inquiète.

— Tu pourrais en choisir une autre. Une autre qui ait un passé moins compliqué…

Rollon avait de l'estime pour Rurik et il avait peur que son entêtement à protéger Jodelle ne lui soit préjudiciable.

— Je n'en veux pas une autre. Un moine m'a dit que Dieu rendait au centuple ce que nous avions perdu. J'ai perdu un premier fils et une femme enceinte du second. J'ai perdu ma forge et mes terres. Et en arrivant à Lisieux, j'ai trouvé Jodelle, Eulalie et Yvan, une forge et un nouvel enfant bientôt. Le moine avait raison : son dieu donne à celui qui demande.

Rurik portait déjà son regard sur la maison où Jodelle devait l'attendre.

— Qu'il en soit ainsi. Et si c'est ce que tu veux, fais-en ta *frilla* maintenant.

Rurik avait vu juste : Rollon le pressait d'officialiser cette union avant l'arrivée de l'évêque Frédéric.

— Pour cela, j'ai besoin d'un témoin. J'irai chercher Sven demain, dit Rurik pour gagner du temps.

— Je suis là, non ?

Comprenant le ton impératif de son duc, Rurik se dirigea d'un pas soutenu vers la maison.

Le sort en était jeté.

Le guerrier entra dans la chaumière et appela la maîtresse des lieux.

— Elle doit être à la forge, dit Rollon en voyant la maison vide.

— Jodelle ?

Rurik entra le premier, suivi de près par Rollon, et ils virent la forgeronne en train de ranger ses outils dans une caisse en bois.

— Que fais-tu ?

— Je mets un peu d'ordre dans mes affaires, mentit la jeune femme qui recula tout en gardant une barre d'acier à la main.

— De l'ordre ? Tu enveloppes tes outils dans des linges tous les soirs ? demanda Rurik en comprenant qu'elle préparait son départ.

— Je suis chez moi ici, et la forge m'appartient, je n'ai pas de compte à te rendre sur la façon dont je range mes affaires !

— Tu peux ranger tes outils comme bon te semble,

mais partir en cachette en emportant ce qui me revient, sûrement pas !

— Ce qui te revient ? éructa-t-elle, furieuse.

— Oui, la forge, les outils, le lopin de terre, tes enfants et toi. Vous m'appartenez. Tu fais partie des vaincus, au cas où tu l'aurais oublié.

Se sentait menacée et acculée, elle perdit toute raison.

— Va au diable et sors de chez moi ! menaça la future mère en brandissant son tisonnier.

— Pose cet outil à terre, Jodelle, avant que je me fâche pour de bon, dit Rurik, dangereusement calme.

— Sors de chez moi, laisse-moi ! Allez-vous-en ! souffla-t-elle, épuisée et bouleversée.

Rurik tenta d'approcher, mais dès qu'il faisait un pas en avant, elle en faisait un en arrière.

— Je suis chez moi, Jodelle, et tu es à moi, que cela te plaise ou non. Plus vite tu renonceras à ton ancienne vie mieux ce sera pour toi. Je suis venu avec le duc pour mettre un terme à cette situation floue entre nous. Rollon est venu pour être témoin de notre mariage.

— Laisse-moi partir, soupira-t-elle, au bord des larmes. Ne m'oblige pas à te faire du mal, cria-t-elle en brandissant le tisonnier de nouveau.

— Si tu épouses Rurik, tu mets ton enfant à l'abri, quoi que Cédric ait pu prévoir pour lui.

La voix de Rollon était grave et posée. Ses yeux semblaient scruter l'âme de Jodelle qui écarquillait les yeux, terrifiée à l'idée que l'on puisse faire du mal à son bébé ou le lui enlever.

— De quoi parlez-vous ? demanda-t-elle, alarmée.

Rollon prit place sur le banc face à elle, et but quelques gorgées à son outre en peau avant de se mettre à parler.

— Si l'enfant est une fille, au mieux elle sera dotée par le testament de Cédric et pourra faire un beau mariage malgré sa bâtardise. Si c'est un garçon, il pourrait menacer l'avenir des enfants de Wulfric et Aigline. Il ne saurait en être question. Le comté de Lisieux appartient à Wulfric, pas à ton fils.

— Mais je n'ai jamais rien demandé à Cédric, je le jure ! cria-t-elle désespérée. Je lui ai conseillé de ne pas reconnaître l'enfant.

Elle se rendit aussitôt compte qu'elle venait de confirmer les soupçons des deux hommes et tressaillit.

— Je ne vous laisserai pas lui faire de mal ! rugit-elle en levant le tisonnier vers Rollon.

— Cela fait deux fois que tu me menaces en très peu de temps, femme, dit Rollon, qui commençait à perdre patience.

— C'est vous qui menacez mon enfant ! hurla-t-elle, hors d'elle.

— Jodelle, baisse ce tisonnier et essaye de réfléchir, dit Rurik, qui voyait bien que rien de bon ne sortirait de cette confrontation. Je serai le père de ton enfant comme je te l'ai dit. Une fois le mariage consommé, personne ne pourra revenir là-dessus.

Jodelle garda sa posture défensive et regardait les deux hommes à tour de rôle. Le sang cognait à ses tempes et elle sentait la pièce tourner autour d'elle. Elle baissa le tisonnier et s'adossa aux parois de briques d'un des fours pour ne pas tomber. Instinctivement, elle porta ses mains à son ventre et sentit une larme traîtresse couler sur sa joue.

— Laissez-nous en paix…

Rurik s'approcha de Jodelle, qui esquissa un mouvement de recul, mais le guerrier n'en prit pas ombrage. Il savait que la vie de la forgeronne était en train voler en éclats et qu'il leur faudrait du temps, beaucoup de temps, pour construire quelque chose de durable ensemble. Il essuya la larme qui coulait sur sa joue et redressa Jodelle, tout en gardant ses mains dans les siennes.

— Je te choisis pour femme, Jodelle. Je m'engage à te protéger, toi, tes enfants déjà vivants, celui que tu attends et tous ceux que ton dieu ou les miens voudront bien nous donner.

— Je ne t'ai pas choisi et je n'ai pas le choix, répondit-elle d'une voix blanche.

— En effet, tu ne m'as pas choisi, renchérit Rurik en croisant enfin son regard sombre. Mais tu peux refuser cette union et voir ton enfant mourir ou t'être retiré de force.

— Personne ne me prendra mon enfant, sauf s'il veut mourir ! Je me moque des conséquences, mais personne ne sera jamais une menace pour aucun de mes enfants. Pas même le roi, pas même le duc, ni même Wulfric ! Puissiez-vous tous brûler…

Rurik l'attira à lui et l'embrassa pour sceller le mariage et, surtout, pour qu'elle se taise. À trop défier les hommes, elle allait payer cher son insolence. Il sentit les mains de la jeune femme se poser sur son torse pour le repousser, mais il maintint son étreinte. Ses lèvres prenaient possession de celles de Jodelle avec un plaisir évident. Elles étaient charnues, voluptueuses. Ses mains errèrent sur le dos de sa captive et descendirent au creux de ses reins. Il aimait l'odeur de ses cheveux et de sa peau, elle sentait les blés mûrs, l'herbe fraîchement coupée et le vent d'été.

— Finissons-en, interrompit Rollon, je suis attendu au château, où se prépare un autre mariage. Prends cette femme, Rurik !

— Comment ? demanda Jodelle, prise de panique.

— Le duc réclame une union sous témoin, et personne ne remettra sa parole en doute, expliqua Rurik qui savait que Jodelle ne se laisserait pas faire sans résister.

Elle se débattit et secoua la tête.

— Non, je vous en prie. Pas comme cela, je ne peux pas. Je suis enceinte, et je…

— Justement, tu vas bientôt donner naissance à cet enfant, le temps presse. Si l'évêque avait des doutes sur la validité de cette union, il serait en droit de demander l'enfant. Comme Wulfric d'ailleurs.

Jodelle se rua vers la porte, mais le duc lui faisait face et elle recula. Dans son affolement, elle percuta Rurik qui était déjà derrière elle.

— Je vous en prie, supplia la future mère en secouant la tête comme pour se réveiller d'un affreux cauchemar. Rurik, je t'en prie, souffla-t-elle, les mains tremblantes. Ne fais pas cela, pas maintenant, pas comme cela…

Le guerrier marqua un temps d'arrêt. La détresse de cette femme le touchait, même s'il savait qu'il n'avait pas le choix.

Rurik se détourna légèrement pour prendre Rollon à part.

— Tu ne m'aides pas du tout, Rollon, il est hors de question que je viole cette femme !

Puis il s'adressa de nouveau à la forgeronne.

— Je ne veux pas te faire mal Jodelle, ne rends pas les choses plus difficiles, dit Rurik sans méchanceté.

Le guerrier prit la jeune femme sur ses genoux et la plaça face à lui.

— Je ne veux pas te blesser ou blesser notre enfant, alors tâche d'être raisonnable, répéta-t-il.

— Je te hais, je te méprise, pleura Jodelle, en sentant

les mains de Rurik caresser son dos nerveux. Quel barbare es-tu donc pour prendre une femme par la force ? Et devant témoin, qui plus est ?

Sentant bien que c'était son futur qui se jouait en cet instant, Rurik voulut prouver sa bonne volonté à celle qui allait partager sa vie.

— Veux-tu bien nous laisser seuls un moment, Rollon ? demanda-t-il au duc. Je te donnerai la preuve que cette femme est mienne, tu as ma parole.

Rollon eut un mouvement d'impatience.

— Je te laisse une heure, Rurik. Une heure ! Ce temps écoulé, ce sera une union sous témoin. Est-ce clair ?

— Très clair, répondit Rurik. Je te remercie, Rollon.

Le duc quitta la forge et alla s'asseoir au pied d'un arbre. Par la fenêtre, Rurik le vit sortir des osselets et commencer à jouer.

Il avait une heure, donc.

— Je suppose que tu as compris ce qu'on attend de nous, Jodelle…

— Je ne suis pas idiote, rétorqua-t-elle sur un ton sarcastique.

— J'ai pris des risques en demandant à Rollon de sortir : il aurait pu prendre cela comme une remise en cause de son autorité. Alors, je t'en prie, fais quelque effort de ton côté. Cela rendra la chose moins désagréable.

— Je vois mal comment la « chose », comme tu dis, pourrait être agréable. Pour moi, en tout cas… Car, pour toi, j'imagine bien le plaisir cruel que tu vas pouvoir y prendre.

— Jodelle, n'as-tu toujours pas compris que je voulais juste te protéger ? Je ne te veux aucun mal.

— Mais tu veux ma forge…

— Et toi, ainsi que ta maisonnée.

Rurik prit le visage de Jodelle entre ses mains et dénoua le lien qui retenait ses boucles rousses. Il passa les doigts dans ses cheveux et la serra contre lui avec une tendresse qui la prit de court. Après toute cette violence et cette tension, la tentation de s'abandonner à un peu de douceur était grande, d'autant plus qu'alors que l'odeur mâle de Rurik affluait à ses narines rendues plus sensibles par la grossesse, un dangereux frisson parcourait son échine.

— Tu ne peux pas choisir quelqu'un d'autre ? demanda Jodelle, comme pour résister à cette pulsion sensuelle qui semblait vouloir s'emparer d'elle.

— Il n'y a qu'une forgeronne ici, répliqua-t-il, en déposant un baiser sur ses lèvres closes.

Jodelle sentit ses joues s'enflammer malgré elle. Elle était troublée par ce guerrier, certes, mais elle était fière avant tout, et jamais elle ne lui montrerait qu'il ne la laissait pas indifférente.

— Tu dis que tu ne me veux pas de mal, mais tu vas pourtant être obligé de me prendre de force. Car je ne ressens aucune attirance pour toi, mentit-elle, comme pour se convaincre elle-même.

Rurik leva les yeux au ciel et fronça les sourcils. Puis il posa sur elle un regard qui semblait fort préoccupé.

— C'est un problème, tu as raison. D'autant que je me suis juré, il y a longtemps, que jamais je ne prendrais une femme de force.

Jodelle aurait dû être soulagée. Pourtant, en son for intérieur, elle ne pouvait s'empêcher d'éprouver une légère déception. Quoi qu'elle ait pu dire quelques minutes plus tôt, ce baiser furtif avait été loin d'être un supplice.

— Néanmoins, poursuivit Rurik, Rollon attend la

preuve de notre union, je te le rappelle. Et si tu l'avais déjà vu en colère, tu comprendrais qu'il faut absolument le contenter. Je te propose donc un marché : laisse-moi te convaincre de te donner à moi.

Il lui adressa un regard à la fois malicieux et terriblement provocant.

— Je n'utiliserai pas la force, je te le promets. Mais je suis sûr d'avoir pour moi certains… arguments capables de te faire changer d'avis. Qu'en penses-tu ? Es-tu prête à te laisser convaincre ? Quelque chose me dit que oui…

Puis, sans attendre sa réponse, Rurik posa de nouveau ses lèvres sur les siennes. Seulement, cette fois-ci, son baiser n'était pas consolateur, mais passionné. C'était le genre de baisers qui vous dépossédait de toute faculté intellectuelle, de toute raison. Le genre de baisers qui vous faisait oublier jusqu'à votre nom. Le genre de baisers où seule l'harmonie des corps comptait, où seul le désir s'exprimait, libre, ravageur, puissant.

Avec cette étreinte, Rurik l'emporta loin de la forge, loin de la Normandie, dans un lieu où régnaient la passion et la volupté. Conquise, elle leva les bras et s'accrocha à son cou. Elle laissa échapper un gémissement de plaisir quand une des mains de Rurik caressa son dos jusqu'au creux de ses reins. Jodelle sentait tout son corps réagir à cette caresse et c'était délicieux. Lentement, Rurik continua ses caresses et ses baisers, tout en chuchotant des mots doux et sensuels pour la rassurer.

— Je veux que tu me laisses te protéger de tous. Je veux que tu puisses compter sur moi à chaque instant. Mais je ne peux pas le vouloir à ta place, douce Jodelle. Tu dois me laisser entrer chez toi.

Jodelle, enivrée par les caresses et les baisers de Rurik,

ne savait plus que penser. Il disait vouloir la protéger, elle, ses enfants, et le bébé à venir. Devait-elle le croire et accepter de placer leur existence entre ses mains ? Avait-elle seulement le choix, d'ailleurs ?

Le guerrier retira sa chemise et prit les mains de Jodelle pour qu'elle touche son torse. Il était si grand, si large d'épaule, que l'on aurait dit qu'il avait été taillé dans un chêne. Pourtant, elle venait de s'en rendre compte, il savait être doux. Cet étrange antagonisme la séduisait beaucoup. Soudain le bébé donna un coup de pied comme pour signaler sa présence et rappeler combien son existence, fragile et déjà menacée, comptait. Jodelle posa la main sur son ventre rond et Rurik l'imita. Ce geste paternel et protecteur acheva de la convaincre. Elle posa sur Rurik un regard attendri et hocha la tête. Elle acceptait Rurik. Comme père de ses enfants, et comme amant. Avec la satisfaction d'agir de son plein gré, elle dénoua sa robe-tablier et la fit passer au-dessus de sa tête, dévoilant une chemise crème dont elle ouvrit l'encolure.

Puis elle s'allongea sur la couche de paille couverte d'un drap de laine et attendit que Rurik la rejoigne.

Elle était tendue comme un arc. Elle savait ce qui allait suivre et le redoutait autant qu'elle l'espérait. Elle se sentait peu sûre d'elle et préférait pour cette première fois laisser Rurik prendre les choses en main.

Le guerrier souleva sa tunique et dégrafa son pantalon, puis il s'allongea sur la couche de fortune. Ses mouvements étaient secs sans être agressifs, et bientôt Jodelle le sentit contre elle. Elle cria de surprise lorsqu'elle le sentit s'immiscer en elle et se mit à haleter en prenant sa mesure lorsqu'il prit possession de son corps. L'entrée en matière était plutôt directe, mais cela n'était pas forcément pour lui déplaire. Les jeux de l'amour étaient faits pour les personnes déjà intimes, pas pour ceux qui signaient une sorte de contrat.

Rurik enfouit son visage dans la chevelure flamboyante de celle qu'il était en train de prendre pour épouse et se maudit de lui faire subir cela, même s'il savait que c'était la seule solution pour les protéger tous les deux.

— Pardonne-moi, ma douce, chuchota-t-il à son oreille. Je ferai cela mieux la prochaine fois.

Rurik plaça Jodelle sur lui, et elle eut l'impression qu'il prenait toutes les précautions nécessaires pour ne pas l'écraser et ne pas blesser son ventre. Tout en la maintenant contre lui.il joua avec ses seins tendus et dévora de baisers leurs pointes érigées. Jodelle sentait son corps réagir de plus en plus intensément aux caresses de Rurik et elle finit par rendre les armes. Il était trop doué, trop habile. Les minutes passèrent, semblables au souffle du vent, à la marée montante et descendante, aux vagues se fracassant sur les rochers. Les assauts pleins d'ardeur de Rurik faisaient monter en elle des bouffées de plaisir, de plus en plus difficiles à contenir. Mais elle se retint, par pudeur ou par honte. Dans un râle, Rurik se libéra et la garda contre lui quelques secondes avant de se retirer, la laissant insatisfaite. Puis il se leva et tendit la main vers elle pour l'aider à se relever à son tour. Elle accepta son aide, mais dès qu'elle fut debout, malgré ses jambes tremblantes et son souffle court, elle lui décocha une gifle monumentale. Un sursaut de fierté, peut-être. À moins que ce ne soit la frustration de ne pas être allée jusqu'au bout du plaisir…

Toujours est-il que Rurik éclata de rire. Sans se laisser impressionner, il attrapa un morceau d'étoffe parmi les chiffons dont la forgeronne se servait pour son travail et le passa rapidement – et sans douceur, cette fois – entre les jambes de Jodelle. Puis il sortit de la forge. À sa grande surprise, il constata que Rollon attendait juste derrière la porte.

— Tu peux garder ta preuve, dit le duc alors que Rurik tendait le linge maculé de semence. Je sais que c'est fait.

— Ta confiance m'honore.

Rollon, l'air embarrassé, baissa les yeux.

— Ce n'est pas tout à fait cela…

— Tu nous as épiés ? demanda Rurik, incrédule.

— Ne me regarde pas comme cela ! maugréa le duc, comme pris en faute. À vrai dire, je craignais un peu que les choses ne se passent pas réellement comme elles étaient censées se passer. Je n'avais pas entière confiance… Ni en toi ni en elle. Au moins, comme cela, j'en ai eu le cœur net, et je pourrai témoigner en ta faveur. Ni Wulfric ni l'évêque ne pourront rien dire. La forge, la femme et l'enfant à naître sont à toi.

Rurik salua son duc et le regarda s'éloigner avant de rentrer. Jodelle, qui était retournée s'allonger sur la couche, pleurait rageusement. Elle avait tout entendu, et il en était sincèrement désolé

— Les enfants seront bientôt là, dit-il, à la fois pour la forcer à se ressaisir et parce qu'il ne savait comment la consoler, il serait bon que tu ailles te rafraîchir un peu avant leur arrivée.

— Je te hais ! lança-t-elle avec colère. Tu m'as menti pour obtenir ce que tu voulais ! Tu m'as fait croire que Rollon nous avait fait une faveur en s'éclipsant, mais tu savais depuis le début qu'il était là ! C'était un subterfuge de votre part.

— Non, je ne le savais pas, rétorqua-t-il, sincèrement contrit. Il faut me croire.

Comprenant que Jodelle ne se trouvait pas dans les meilleures dispositions, Rurik alla lui-même puiser de l'eau et en apporta un seau plein à la maison. Comme Jodelle ne s'y trouvait pas encore, il alla la chercher à la forge et la ramena avec une certaine fermeté. Puis il la dévêtit partiellement, non sans difficulté, car elle le repoussait, toutes griffes dehors, comme un chat sauvage.

Il attrapa un linge sur la table et le mouilla, puis débarbouilla les joues sales de sa femme et rinça le tissu, avant de soulever la chemise.

— Ne me touche pas ! Tu ne vaux pas mieux que tous les tiens !

— Tiens-toi tranquille, Jodelle, répondit-il doucement en remontant le linge frais le long de ses cuisses rougies.

Il la lava avec des gestes doux puis la porta jusqu'à sa couche.

— Repose-toi, je dirai à Eulalie de préparer le souper.

— Je veux que tu partes de ma maison… dit-elle en détachant chaque mot.

— Non, Jodelle, c'est ma maison à présent, et tu es ma femme. Ce soir nous partagerons le même repas et je dormirai à tes côtés dans ce lit.

— J'espère que Bertrand de Caen vous écrasera tous et que tu mourras dans d'horribles souffrances, cracha-t-elle, amère, en se détournant, les yeux rougis.

Rurik ne répondit pas et sortit chercher du bois pour le feu. Elle était blessée et elle lui en voudrait longtemps. Mais, en attendant, ils étaient à l'abri du danger, et pour Rurik, c'était la seule chose qui importait.

La soirée fut morose. Lorsque Eulalie vit sa mère au

lit, elle s'inquiéta et demanda si elle devait aller chercher la guérisseuse. Mais Jodelle resta muette à toutes les questions de sa fille.

— Que lui avez-vous fait ? demanda l'adolescente à Rurik. L'avez-vous battue ?

— J'ai épousé ta mère selon nos traditions, et en présence du duc. Ce qui fait de toi ma fille, alors ne me contrarie pas et prépare le dîner, coupa Rurik fermement.

Après le repas, Yvan se coucha auprès de sa mère, mais Rurik l'extirpa de la couche parentale et lui indiqua sa couchette, puis ostensiblement il se dévêtit et se coucha à côté de Jodelle avant de tirer la tenture.

Dans la pénombre Jodelle recula le plus possible pour mettre toute la distance qu'elle pouvait entre l'imposant Viking et elle. Mais, peine perdue : Rurik la prit dans ses bras et s'endormit tout contre elle. Le cœur battant à tout rompre et encore bouleversée par ce mariage barbare et païen, Jodelle resta éveillée de longues heures avant de sombrer, à l'aube, dans d'atroces cauchemars.

Elle se réveilla en sueur en prononçant le nom de Cédric. Lorsqu'elle vit le visage de Rurik près du sien, elle se redressa en sursaut, puis tous ses souvenirs lui revinrent à l'esprit et son visage se ferma.

— Doucement, femme, je n'ai jamais aimé les réveils brutaux. Tu as mal dormi, constata-t-il en regardant ses traits tirés.

— Cela t'étonne ?

— Jodelle, j'ai fait ce que je devais faire pour empêcher que toi et tes enfants soient exposés à d'éventuelles représailles. Tu peux m'accuser d'être un tortionnaire et un monstre si c'est ainsi que tu vois les choses, mais je te jure que j'ignorais que Rollon allait nous regarder. Et je comprends ta réaction, car moi-même je lui en veux.

— Jamais je n'avais subi une telle humiliation, dit-elle, les lèvres tremblantes.

— Mais avant cela, Jodelle, j'ai eu comme l'impression que mes caresses ne te laissaient pas totalement insensible. Entre tes bras, je me suis senti un instant bienvenu. Est-ce que je me trompe ?

Jodelle manqua de s'étouffer, ulcérée.

— Comment pourrais-tu être le bienvenu dans ma maison et dans mon lit alors que tu as envahi notre ville et que tu m'as imposé ta présence de la plus ignoble des façons qui soit ? s'enhardit-elle.

La rage qui la submergeait provoqua une contraction douloureuse. Le visage crispé, elle porta la main à son ventre.

— Tout va bien, Jodelle ? demanda Rurik, préoccupé. Si tu veux, je vais chercher la guérisseuse.

— Je ne veux qu'une chose…

— C'est que nous mourions dans d'horribles souffrances, tu l'as déjà dit… Tu es en colère, ce que je peux comprendre. Mais prends garde à ne pas risquer ta vie inutilement, je ne serai pas toujours là pour te protéger du courroux de Rollon ou de celui de Wulfric.

Rurik ne tenta pas de la toucher et sortit de l'alcôve pour s'habiller en soupirant ostensiblement.

Chapitre 5

Le lendemain matin, tous les habitants de la cité étaient réunis avec les gens du château pour l'enterrement des hommes qui avaient perdu la vie lors de l'attaque. Des morts par dizaines, tant francs que vikings. La dépouille de Cédric, couverte d'un linceul de lin blanc, fut inhumée sous une plaque commémorative gravée par le tailleur de pierre de Lisieux. L'aigle de L'Allier-Morel surmontait le texte où figurait le nom de Cédric, fixé pour les siècles à venir.

Le chapelain récita des prières pour le repos de l'âme des défunts et implora la clémence du Tout-Puissant pour les âmes de tous les habitants de Lisieux. Il invoqua la Vierge pour leur châtelaine, et pria tous les saints en une longue litanie pour Cédric de L'Allier-Morel, vicomte de Lisieux. Ceux qui le désiraient purent venir bénir les corps, de petites branches de buis avaient été mises à disposition près de coupelles d'eau consacrée. Jodelle s'avança après d'autres vers la dépouille de Cédric, mais elle sentit sur son épaule la main de Rurik qui tentait de l'en dissuader.

— Je veux juste lui rendre un dernier hommage, dit-elle tout bas, gênée de voir quelques regards se poser sur elle et le guerrier.

— Wulfric te regarde, éloigne-toi.

— Je ne veux que bénir nos morts, dit-elle fermement, en repoussant sa main.

Jehan et sa femme faisaient partie des gens venus se recueillir une dernière fois devant leur défunt seigneur, et le bourgmestre regarda sa sœur et son compagnon d'un œil curieux.

— Alors, choisis-en un autre coupa Rurik, en croisant les bras sur sa large poitrine comme pour la mettre au défi de lui désobéir. Attends que tout le monde soit reparti et tu pourras faire tes adieux à cet homme, conclut-il en la voyant froncer les sourcils.

— Bien, admit-elle en se mettant en retrait.

— Et je parle bien d'adieux, Jodelle. Garde tes souvenirs pour toi comme je garde les miens, mais ne les rapporte pas dans notre maison et encore moins dans notre lit.

Lise, la belle-sœur de Jodelle se mêla à la conversation, les yeux écarquillés et le visage tordu dans une moue de dégoût.

— Dans *votre* lit ? Tu couches déjà avec lui ? Mais quel genre de catin es-tu ?

Jodelle en fut bouleversée et resta muette. Elle se détourna, les yeux rouges. Puis elle quitta les lieux d'un pas rapide, la tête basse, fuyant les regards réprobateurs ou curieux, fuyant le mépris des siens, et surtout celui de Rurik.

— Qui es-tu pour insulter ma femme ? demanda Rurik, en dominant Lise de toute sa taille.

— Lise est mon épouse et je suis Jehan, le bourgmestre et le frère aîné de Jodelle.

Jehan s'interposa rapidement entre Lise et ce géant

venu du Nord, mais Rurik se moquait bien de son statut de chef de bourg.

— Je te reconnais, Jehan, je me souviens de toi. Si ta femme ne me présente pas tout de suite ses excuses, je lui tranche la langue, dit Rurik, en dégainant sa dague pour impressionner la mégère.

— Je ne savais pas que tu avais épousé Jodelle, dit-elle piteusement. Qui voudrait d'une femme qui porte l'enfant d'un autre ? Je ne pouvais pas deviner que…

— Tu aggraves ton cas… Cet enfant est mien, comme sa mère. J'ai épousé Jodelle et j'ai partagé sa couche, ce qui fait de moi le père de cet enfant, jusqu'à ce qu'un autre le réclame comme tel.

Wulfric approcha à son tour et toisa son homme.

— Qui peut en attester hormis toi-même ? Tu convoites cette femme depuis notre arrivée, et tu la protèges.

— M'accuserais-tu de mentir ? demanda Rurik sur un ton glacial et menaçant.

— Non, je pose seulement des questions qui me semblent être légitimes.

Apparemment le moment était venu de clarifier les choses. Rurik espérait que Rollon lui apporterait son soutien.

— Cet enfant a été conçu par Cédric de L'Allier-Morel, que tu as défié et vaincu. Jodelle des forges et toute sa maisonnée m'appartiennent. Cette femme est mienne et j'ai consommé ce mariage selon nos lois. Et parce qu'aucune disposition n'avait été prise pour reconnaître cet enfant avant moi, il est de moi depuis que j'ai épousé Jodelle, lança Rurik à la cantonade.

— Pas chrétiennement en tout cas, car je n'ai célébré aucun mariage, protesta le chapelain, courroucé. Il faudra passer devant l'autel et vous inscrire sur les registres.

Une sorte de brouhaha monta dans l'assistance. Rurik et Wulfric ne bougèrent pas d'un pouce alors que la rumeur enflait autour d'eux.

— Mettons un terme à cette dispute dès à présent, intervint Rollon fermement. J'ai été témoin de ce mariage.

— Lise, tu vas aller présenter tes excuses à Jodelle immédiatement, intervint Jehan, furieux que sa femme ait osé tenir des propos aussi insultants. Et tu vas aussi les présenter à Messire Rurik.

— Rurik seulement ; je ne suis pas chevalier, coupa l'ancien maître d'armes avec une voix qui claqua comme un fouet.

Lise pencha la tête en avant et bredouilla des excuses maladroites.

Wulfric la poussa presque pour atteindre Rurik.

— Demain, l'évêque viendra bénir mon mariage avec Aigline, et je serai heureux que tu sois présent, dit Wulfric à son ami.

Celui-ci regarda son jarl avec une certaine dureté dans les yeux, mais hocha tout de même la tête.

Wulfric regrettait d'avoir mis la parole de Rurik en doute, mais, plus que jamais, il avait besoin de certitudes. Il jeta un dernier regard à son ami de toujours et repartit auprès d'Aigline, qui était d'une pâleur inquiétante.

— Si tu le permets, Rurik, nous souhaiterions t'accompagner pour que Lise puisse s'excuser dès à présent auprès de Jodelle, dit Jehan, les sourcils froncés.

— Vous pouvez passer à la forge si vous le souhaitez, mais je ne vais pas vous accompagner : j'ai besoin de marcher un peu.

Rurik s'éloigna et vit l'intendant du château et Sven

qui discutaient. Il faillit percuter une demoiselle encapuchonnée qu'il frôla malgré tout.

Le capuchon de la jeune fille bascula en arrière, découvrant une abondante chevelure blonde comme des blés mûrs, et un visage d'ange. Elle était très belle et elle regarda vers l'intendant, l'air apeurée.

— Par les dieux, en voilà une beauté ! dit Sven en la dévorant littéralement du regard. Qui est-ce ?

— Perrine, ma fille, répondit Simon tout à coup inquiet.

— Est-elle mariée ? Pourquoi n'était-elle pas avec les autres femmes du bourg quand nous les avons rassemblées ? Une beauté pareille, je l'aurais remarquée !

— Elle est guérisseuse et elle est très occupée, marmonna Simon qui, la veille, avait demandé à sa fille de rester cachée.

— Alors, pars du principe que tu as un gendre. Tu sembles être un bon intendant, Simon. Wulfric serait fou de se passer de toi. Je choisis ta fille comme épouse.

— Non ! cria Perrine en se mettant à courir.

Mais la belle fut bientôt rattrapée par le géant du Nord aux yeux verts.

— Inutile de courir, ma douce, cela ne me découragera pas. Au contraire, cela me donnera envie de te courir après, lança joyeusement Sven en la prenant dans ses bras.

— Lâchez-moi ! hurla Perrine. Père, à l'aide !

Sven lâcha très doucement la jeune fille de peur qu'elle ne se blesse en s'agitant de la sorte.

— Tu as jusqu'à demain pour convaincre ta fille, Simon. Passé ce délai, je ferai les choses à ma manière. Si elle consent à m'épouser, je veillerai à ce que tu retrouves ta place d'intendant auprès de Messire Wulfric.

— C'est du chantage, dit Rurik en souriant.

— Oui, admit Sven, satisfait, en voyant Simon repartir, les épaules basses.

— Que croyait-il ? Qu'il réussirait à cacher une pareille beauté des semaines durant ? Et dire que j'ai failli passer à côté ! Guérisseuse… Perrine… Elle sera parfaite.

— Les femmes de cette contrée nous voient comme des monstres venus détruire leur existence. Ne te réjouis pas trop vite. Ta blonde amie ne te portera pas dans son cœur avant très, très, très longtemps.

— Merci pour ton optimisme, mon frère, railla Sven en regardant Perrine qui s'éloignait comme si le diable était à ses trousses.

— J'ai épousé Jodelle hier. Crois-moi, à ses yeux, je suis leur diable en personne.

— Mais tu as ta forge et une nouvelle famille, conclut Sven. Et moi j'aurai bientôt une épouse.

Le jeune homme repartit vers le château jouer son rôle de lieutenant avec son ami Bjorn auprès de Wulfric. Il y avait fort à faire. Le lendemain, Wulfric épouserait Aigline en présence de l'évêque de Lisieux, ce qui ferait officiellement de lui le nouveau vicomte des lieux. Après avoir quitté son frère, Rurik marcha une bonne heure tout en ressassant ses souvenirs et ses désirs de vie meilleure. La forêt lui apporta un peu de paix, et il erra quelques dizaines de minutes au milieu des arbres, respirant le parfum d'humus et d'herbe fraîche. Après sa marche, il revint vers la forge d'où sortaient Jehan et Lise, accompagnés de leurs enfants ainsi que d'Eulalie et Yvan.

— Où allez-vous ?

— Je vais chez Simon, il a besoin de moi pour demain, dit le garçon, fier de participer au mariage.

— Et moi je vais au château, les filles du bourg sont réquisitionnées pour le décorer, expliqua Eulalie.

— Garde Eulalie chez toi cette nuit, dit Rurik à Jehan. Je veux être seul avec Jodelle, elle a besoin de se reposer avant la naissance. As-tu présenté tes excuses à mon épouse, femme ? demanda Rurik, le regard noir, à Lise qui triturait ses mains nerveusement.

— Oui, bien sûr. Je me suis emportée, je suis désolée.

Jehan s'éloigna avec sa famille pour les soustraire à la colère du Viking quand une voix forte appela Lise.

— Lise ?

La jeune femme eut à peine le temps de se retourner qu'une hache se planta dans un tronc, tout près de sa tête. Elle hurla de frayeur et mit les mains sur son ventre rond.

— Juste pour te rappeler que je suis doué à la hache, et que je ne manque jamais ma cible. Je visais l'arbre, bien entendu.

— Ma femme t'a présenté ses excuses, et elle aussi est enceinte ! Tu aurais pu la blesser ainsi que l'enfant qu'elle porte, s'emporta Jehan en faisant bouclier de son corps.

— Que crois-tu que Jodelle ait ressenti quand ta femme l'a insultée ? Si tu as de la haine et de la colère, déverse-la sur moi, pas sur elle !

— Ma femme a retenu la leçon, Rurik. La paix soit sur ta maison, dit Jehan tout en ressassant les paroles du Viking pendant qu'il s'éloignait.

— Wulfric voulait me confier le bourg, mais d'après mes observations tu le diriges très correctement. Garde ta place, moi je garde la forge. Et la forgeronne !

— Pauvre mère, sanglota Eulalie. Elle doit être si malheureuse.

— Nous sommes tous malheureux, Eulalie, dit son

oncle. Et nous n'avons pas le choix, si nous voulons survivre, il va nous falloir composer avec ces hommes du Nord.

— Rurik a donné ma main à un des leurs, sanglota encore la jeune fille. Kolstein est son fils adoptif, expliqua-t-elle, et mère l'a blessé lors de l'attaque des grottes. Elle s'est jetée sur lui avec une dague et lui a tailladé le visage. Elle a aussi blessé Rurik, mais il était trop fort. Elle a tout fait pour nous protéger.

Jehan, désolé d'apprendre tout cela, se contenta d'offrir ses bras protecteurs et paternels à sa nièce.

— Il a épousé une femme enceinte d'un autre ? Mais qui fait cela ? Sont-ils fous, ces Barbares ? demanda Lise qui, décidément, ne comprenait pas les motivations du Viking.

— Cet homme est le nouveau mari de ma sœur, il va falloir te faire une raison. Qui connaît leurs coutumes ?

— Nous savions tous que Jodelle portait l'enfant d'un homme du château. Ce n'était un secret pour personne.

— Il l'a peut-être épousée sur ordre du duc. Cet enfant avait besoin d'un père de toute façon, fit Jehan, philosophe.

— Et ta sœur, d'un mari. Au moins, mariée, elle n'attire plus le scandale sur notre famille. Mais elle n'en demeure pas moins pécheresse, puisque ce n'est pas un mariage chrétien.

— Va dire cela à toutes les femmes qui partagent déjà le lit de ces hommes contre leur volonté. Aucun mariage ne sera béni ni reconnu religieusement avant que notre nouveau vicomte et Dame Aigline ne soient mariés. Cela ne fait pas de ces pauvres filles des pécheresses, cela en fait des victimes innocentes, Lise. Tu es dure. Trop dure. Et j'espère pour toi que personne ne te traitera avec autant d'intransigeance.

— Ce Kolstein t'a touchée ? demanda soudain Lise à Eulalie.

— Non, répondit la jeune fille, rougissante.

— Tu n'es plus vierge ? osa demander sa tante.

— Si ! Il m'a juste embrassée, une fois. Mais arrête de nous juger, je t'en supplie, ma tante. Toi, tu as Jehan. Mais qui sait ce qui te serait arrivé si tu avais été fille ou veuve ? Crois-tu que tu aurais pu faire différemment des autres ?

Eulalie se sentit aussitôt honteuse d'avoir osé parler à sa tante sur ce ton et lui présenta ses excuses.

— Je suis désolée, tout est compliqué en ce moment.

— Une chose est sûre, Eulalie, j'aurais préféré mourir plutôt que de laisser un de ces Barbares faire de moi sa… femme.

— Et tu aurais aussi sacrifié tes enfants ?

Lise soupira, sachant qu'elle aurait été prête à tout pour ses enfants, mais elle était trop orgueilleuse pour l'admettre, et elle fit un geste de la main pour couper court à cette discussion qui n'aboutirait à rien. D'autant qu'ils étaient arrivés à la maison, et qu'il y avait mieux à faire.

— Va laver les petits, Eulalie, pendant que je m'occupe du dîner. Ces hommes n'apportent que le malheur avec eux…

À la forge, l'ambiance était tendue. Rurik avait activé le feu. De la maison, Jodelle entendait les coups de marteau réguliers et se demandait ce que le Viking pouvait faire. Elle mit de l'ordre dans la maison tout en repensant à la visite de son frère et de Lise. Si elle devait être honnête avec elle-même, elle savait que les réflexions aigres et moralisatrices de sa belle-sœur n'étaient pas tout à fait dénuées de fondement en ce qui concernait sa relation avec Cédric. Mais comment Rurik avait-il réagi aux insultes de Lise ? Il devait se sentir humilié et honteux d'avoir une épouse montrée du doigt en public de la sorte. Était-ce pour cela qu'il s'était enfermé dans la forge ? Regrettait-il de l'avoir épousée ? Il était plus que probable que Rollon l'y avait fortement incité, sinon le duc n'aurait pas insisté pour attester de leur union. Le souvenir de la présence du duc la fit grimacer et elle s'assit un instant. Qu'avait-il vu exactement ?

Elle était surprise de se soucier des états d'âme de Rurik. Au fond que lui importaient les vicissitudes et l'orgueil blessé d'un barbare qui avait pris possession de sa forge et de sa personne ? Jodelle essayait de réfléchir malgré les mouvements douloureux du bébé qui remuait en elle.

— J'espère que tu seras une fille, soupira-t-elle. Tout serait moins compliqué.

Cédric ne semblait pas avoir eu le temps de reconnaître l'enfant comme il avait menacé de le faire, ce qui était une bonne chose pour sa sécurité. Elle alla chercher des raves et des carottes dans le jardin potager derrière la maison. Près de la porte, elle vit un seau d'eau fraîche et des bûches, et se douta que Rurik les lui avait déposés sans entrer pour autant. Il devait être fâché à cause de l'attitude de Lise. Elle redoutait de se retrouver seule avec lui toute la soirée. Et la nuit. Cet homme ne semblait pas rebuté à l'idée de coucher avec une femme enceinte, ce qui était à la fois étrange et déroutant. La plupart des hommes ne touchaient plus leurs épouses après que la grossesse était déclarée, par peur de blesser la mère ou l'enfant, ou simplement parce qu'ils avaient atteint leur but : engendrer des héritiers. Suffisait-il vraiment que Rurik couche avec elle pour que l'enfant qu'elle portait soit reconnu comme le sien ?

La soupe et le pain furent bientôt prêts, et elle ne savait pas si elle devait interrompre son époux. Le silence semblait régner pour de bon dans la forge, et Jodelle se demanda si Rurik n'était pas reparti au château sans la prévenir. Elle prit un linge et tira la marmite fumante hors du feu pour que la soupe ne soit pas trop brûlante, puis elle sortit deux écuelles en bois et deux cuillères.

Elle sursauta en entendant la porte s'ouvrir et vit son mari, le front en nage, entrer et se rincer le visage et les bras avec de l'eau versée dans la bassine préposée à la toilette et au lavage des mains. Jodelle l'observait du coin de l'œil et attendait qu'il dise quelque chose, mais rien ne vint.

— Il y a de la soupe et du fromage si tu as faim, dit-elle sans croiser son regard.

Le guerrier prit place à la table et elle lui servit un peu d'eau dans une timbale.

— As-tu mangé ? demanda-t-il.

— Non, je ne savais si je devais t'attendre ou si tu allais repartir au château.

— Pourquoi serais-je reparti au château ?

Sa voix était dure et il se contentait de manger sans la regarder.

— J'ai supposé que tu serais gêné à cause des propos de Lise et que tu préférerais…

— M'enfuir comme un lâche ?

— Peut-être, admit Jodelle. Je suis désolée de ce qu'elle a dit.

— J'ai mis les choses au point avec la femme de ton frère.

Jodelle blêmit et Rurik continua à manger.

— Cette idiote est encore vivante, si c'est ce que tu veux savoir. Je lui ai donné une leçon qu'elle n'est pas près d'oublier.

Jodelle resta debout à triturer son tablier.

— Mais ce n'est pas contre cette langue de vipère que je suis fâché. Mais contre toi.

— J'ai obéi à tes ordres tout à l'heure, je ne suis pas allée bénir le corps de Cédric et…

— Je me moque bien du corps de Cédric ! Mon épouse ne se laisse pas insulter. Mon épouse défend son honneur et celui de son mari ! dit-il en se levant et en posant les mains à plat sur la table, tout en regardant Jodelle, les sourcils froncés.

Jodelle avait le cœur qui battait la chamade. Elle était blessée. Elle s'était sentie montrée du doigt par Lise et ses accusations, mais surtout elle craignait le mépris et les reproches de Rurik. Son avis comptait. Elle n'aurait pas su dire pourquoi, mais son avis comptait. Beaucoup. Elle essaya de se défendre, mais rien ne vint, aucune phrase cohérente ne réussit à franchir la barrière de ses lèvres serrées.

— Mais je…, balbutia-t-elle piteusement.

— Tu aurais dû envoyer cette peste au diable. Quand quelqu'un se permet de t'insulter, c'est toute notre famille qui est insultée.

— Je suis considérée comme une pécheresse puisque je porte un enfant conçu hors mariage. Ne t'étonne pas si les gens chuchotent dans mon dos. Tu n'as pas choisi la plus vertueuse des femmes.

Rurik la regarda avec attention puis, sans prévenir, éclata de rire. Jodelle écarquilla les yeux. Cet homme perdait-il la raison ? Qu'y avait-il de drôle dans cette situation très embarrassante ?

— Je me moque de cela. Ton passé t'appartient, comme le mien m'appartient. Mais, depuis notre mariage, tu dois te conformer à ce que j'attends d'une épouse. La première des choses est que tu mérites respect, en toutes circonstances. Est-ce clair ?

— Qu'aurais-je dû faire ? La gifler ? demanda Jodelle, perdue.

— J'aurai adoré voir cela, s'exclama joyeusement le géant en buvant un peu d'eau.

— On ne répond pas à la méchanceté par la violence, déclara-t-elle en se tournant vers le feu.

— Tu préfères rester sans rien faire et t'enfuir en pleurant comme une gamine sans défense ?

Jodelle sentit son orgueil blessé et elle se retourna, comme piquée.

— C'est facile à dire pour toi ! Personne n'oserait te défier de peur de finir raide mort. Je n'ai pas tes bras, ni ta force !

Rurik fit le tour de la table et vint enserrer Jodelle de ses bras. Il la sentit se raidir mais ne la lâcha pas pour autant.

— Au contraire ! Mes bras et ta force sont à toi, tu les as, et tu peux solliciter ma protection à chaque fois que tu en as besoin. Mais tu dois apprendre à ne pas te laisser faire et à défendre ta position.

— Facile à dire.

— Personne n'a dit que c'était facile. La facilité est pour les couards et les imbéciles. Tu vaux mieux que cela, Jodelle, dit-il en la tournant doucement vers lui.

— Eh bien, peut-être que tu te trompes. Peut-être suis-je lâche et faible. Ou peut-être que j'en ai assez d'être forte et de tout porter à bout de bras depuis des années ! Crois-tu que c'est facile d'élever des enfants, seule ? De tenir la forge comme un homme ? De devoir sans cesse supporter le regard des gens parce que j'ai cédé aux avances de Cédric ?

— Il est certain que tu aurais pu te choisir un autre homme. La situation aurait été plus simple.

— Oui, en effet. Et en premier lieu, tu n'aurais pas été contraint par Rollon de te soumettre à ce simulacre de mariage honteux !

— Ce mariage n'a rien d'un simulacre, Jodelle, tu es bel et bien ma femme.

— Selon tes traditions, peut-être.

Jodelle se dégagea et entreprit d'aller laver la chemise de Rurik avec un pain de savon et de la cendre. Elle rinça le tissu de nouveau propre et le tordit puis le posa sur un dossier de chaise devant l'âtre.

— Wulfric se marie demain, annonça Rurik. À tout seigneur tout honneur : il sera le premier à être béni par l'évêque. D'autres mariages suivront. Celui de Sven et Perrine, entre autres, précisa le guerrier en regardant sa femme.

— Perrine ? demanda Jodelle, dépitée. Avec ton frère ? Miséricorde ! Perrine est une femme merveilleuse et une excellente guérisseuse, et ne peut pas être contrainte au mariage par ton frère. Il va la blesser et lui faire du mal. Et elle est vierge !

— Autant de bonnes raisons pour que, précisément, elle devienne la femme de mon frère.

Jodelle semblait vraiment bouleversée par cette annonce, Rurik sentait bien que les deux femmes étaient très liées.

— Sven est chevalier, ton amie devrait être fière.

— C'est un païen et il fait le double de sa taille ! Et elle ne l'a pas choisi, elle !

— Je te l'accorde. Pas plus que tu ne m'as choisi, comme tu me l'as dit au moment de notre mariage.

— Prétendre le contraire eût été mentir, dit-elle, tout en ayant peur qu'il sévisse.

Rurik s'approcha d'elle de nouveau, mais Jodelle recula et fit le tour de la table pour placer un obstacle entre elle et lui.

— Jodelle, je suis d'une nature assez tolérante quoique directive. Mais ne joue pas avec ma patience. Viens ici.

Jodelle le regardait avec terreur.

— Je ne lèverai pas la main sur toi, si c'est ce qui t'inquiète.

Il semblait lire dans ses pensées et Jodelle fronça les sourcils sans pour autant esquisser le moindre mouvement.

— Vas-tu discuter tout ce que je dirai ? Je vais peut-être réviser mes positions alors.

Jodelle le vit croiser les bras. Il semblait déterminé à la faire capituler. Elle savait qu'il serait fou de sa part de le mettre inutilement en colère alors, prudemment, elle fit quelques pas en avant et s'arrêta à une distance raisonnable de lui.

— C'est un début, soupira Rurik. Tu as besoin de te nourrir, assieds-toi et mange.

Jodelle fit le tour de la table et alla s'asseoir sur un tabouret. Mais, sous son poids de femme enceinte, un des pieds du vieux siège céda, et Jodelle se retrouva par terre.

— Eh bien, de mal en pis, marmonna Rurik, en la prenant par le bras pour la relever.

Il la vit grimacer et comprit qu'elle s'était réellement fait mal.

— Es-tu blessée ? demanda-t-il en soulevant ses jupes pour examiner ses jambes.

Jodelle rabattit ses jupes pour le faire lâcher prise. Rurik eut tout juste le temps de voir son bas déchiré au-dessus du genou.

— Je crois que le pied du tabouret m'a griffé la jambe, ce n'est rien.

— Cela, c'est à moi d'en juger, dit-il en la soulevant dans ses bras malgré ses protestations.

— Laisse-moi, je suis…

— Une idiote bornée, finit-il pour elle.

Il la déposa sur la couche et souleva ses jupes une deuxième fois. Repoussant les mains de Jodelle qui s'évertuaient à vouloir la couvrir, il défit le ruban qui nouait son bas et dénuda son genou. Au creux de celui-ci une longue éraflure rouge saignait un peu.

— Il y a une griffure.

— Ce n'est rien.

— Peut-être, mais on va nettoyer ça.

Rurik sortit les onguents que Jodelle avait utilisés pour le soigner et les apposa sur la plaie après l'avoir lavée à l'eau claire. Il trouva un petit bandage qu'il noua sous son genou.

Il lui servit une écuelle de soupe et prit du pain, et du fromage, qu'il lui apporta.

— Mange, je vais essayer de réparer ça.

Rurik sortit de la maison et revint peu après avec de quoi réparer le tabouret. Il changea le pied, l'ajustant au plus près et le fit rentrer dans le socle à coups de marteau.

Il redressa l'assise et rangea les outils près de la porte.

Comme Jodelle avait fini de dîner, et il prit son écuelle et sourit en apercevant une miette de pain sur ses lèvres. Il l'enleva du pouce, mais vit la jeune femme retenir son souffle pendant qu'il la touchait.

— Merci, dit-elle tout de même au bout d'un moment.

— Je prends soin des miens, de ma maison, Jodelle. Et j'avoue que j'ai besoin que tu refasses mon bandage.

Jodelle avait presque oublié qu'il avait reçu une flèche dans l'épaule.

— Tu ne sembles pas avoir mal, dit-elle, surprise qu'il ait travaillé à la forge, puis réparé le tabouret.

— Bien sûr que si, j'ai mal, répondit-il sincèrement. Mais ce n'est pas cela qui m'empêchera de faire ce que j'ai à faire.

Il retira sa chemise et essaya de retirer le bandage qui le prenait sous l'aisselle et autour du buste.

— La blessure ne semble pas infectée, commenta Jodelle, mais Perrine serait de meilleur conseil que moi.

Il lui tendit un linge imbibé de vinaigre et de thym, et elle nettoya les pourtours de la plaie. Elle entendit Rurik soupirer et réprimer quelques grognements. Le vinaigre devait le piquer, c'était certain, mais il ne bougea pas, pas même lorsqu'elle appliqua une bonne dose de solution acide sur la plaie elle-même. Elle étala un baume à base de consoude et d'achillée-mille-feuilles directement sur la blessure, puis appliqua une compresse propre et refit le bandage. Cette opération la contraignait à s'approcher tout près de lui, et même à l'enserrer de ses bras. Elle respira son odeur et en fut troublée. Elle déglutit en repensant à son pouce caressant sa lèvre pour retirer la miette de pain. Quoi qu'elle en dise, elle était sensible au charme et au magnétisme de cet homme et battit des cils, les sens échauffés. Leurs regards se croisèrent et Jodelle resta un instant interdite.

— Dame Aigline est bon archer.

— C'est elle qui… ?

Jodelle ne finit pas sa phrase.

— Oui, elle a eu raison d'un certain nombre d'entre nous.

— Mais pas de toi, dit-elle, sans que Rurik sache si elle était soulagée ou déçue.

Étant donné la nature de leurs relations, il était tout de même plus probable qu'elle soit déçue qu'il n'ait pas succombé au combat. Pourtant, l'étincelle qui brillait depuis quelques minutes dans les yeux de Jodelle suggérait qu'il la troublait, ce qui n'était pas pour lui déplaire. Jodelle était une femme sensuelle, elle-même ne s'en était pas cachée. D'ailleurs, lorsqu'ils avaient fait l'amour – certes un peu rapidement et brusquement – il avait cru percevoir que ses caresses ne l'avaient pas laissée de marbre. Entre eux, il y avait une attirance physique, refoulée, cachée, combattue de la part de Jodelle, mais une attirance tout de même. À lui de manœuvrer habilement pour exploiter ce désir réprimé que Jodelle avait l'air d'éprouver à son égard pour renverser la situation et finir par gagner sa confiance.

— Navré de te décevoir, ma douce, mais je suis en vie. Tout ce qu'il y a de plus en vie et bien décidé à profiter de cette vie qui ne m'a pas encore été enlevée, dit Rurik en souriant, voyant la respiration de Jodelle qui s'accélérait.

Jodelle se mordit les lèvres. Elle essayait de paraître calme, mais elle sentait ses sens en éveil. Elle voulait s'échapper, et, surtout, qu'il garde ses distances. Sinon...

— Et bien décidé à profiter de mon épouse, aussi, poursuivit-il. Que dirais-tu, belle Jodelle, si je t'embrassais, là, maintenant ?

— Pitié, laisse-moi !

— Es-tu bien sûre que c'est ce que tu veux ?

Rurik la regarda un instant. Elle reculait son visage

et fronçait les sourcils. Pourtant, elle semblait attendre quelque chose… Obéissant à son instinct qui lui disait de ne pas laisser passer ce moment, Rurik abolit rapidement la distance qui le séparait de la jolie bouche de Jodelle. Il l'embrassa avec passion et força la barrière de ses lèvres. Il caressa sa langue de la sienne et s'enhardit lorsqu'elle sembla rendre les armes. Il releva la tête et plongea ses yeux dans les siens. Elle était sensuelle et désirable, ardente, même, mais ses prunelles lançaient des éclairs.

— Déshabille-toi et couche-toi, ordonna-t-il.

— Que vas-tu faire de moi ? demanda Jodelle les joues rouges et le souffle court, les yeux toujours rivés sur les lèvres de Rurik.

— Tu veux savoir si j'ai l'intention de faire l'amour avec toi, c'est cela ?

— Oui.

— La réponse est non.

Jodelle qui s'attendait à tout sauf à cela le regarda en écarquillant les yeux.

— Alors, l'autre jour, tu ne m'as touchée que pour sceller notre mariage ?

— Oui. Te faire charnellement mienne était la condition pour faire de ton enfant le mien. Et personne ne remettra la parole de Rollon en doute. C'était la seule solution.

Son attitude froide et pragmatique déstabilisait Jodelle qui ne comprenait plus rien.

— Et lorsque tu seras prête, tu te donneras à moi librement, poursuivit-il.

— Ce qui n'est pas près d'arriver… Te voilà moine, Rurik ! lança Jodelle avec insolence, très sûre d'elle.

Le Viking éclata de rire, ce qui la vexa.

— Quelque chose me dit, Jodelle, que tu succomberas bien plus vite que tu n'as l'air de le penser.

— Tu te crois irrésistible ? Quelle prétention !

— J'ai quelque raison de penser que je suis plutôt bon amant, c'est vrai, admit Rurik en retirant sa chemise.

— Tu…

Jodelle s'étouffa de rage et se détourna pour retirer son châle croisé sur sa poitrine. Elle défit le cordon qui retenait ses jupes et se retrouva en chemise. Son dos criait grâce. Elle s'allongea et soupira d'aise. Elle était épuisée et aurait voulu dormir des jours durant. Elle se cala contre le mur, pour s'éloigner le plus possible de Rurik et elle sentit le lit bouger quand il se coucha. Puis elle l'entendit souffler la bougie de suif, et il remonta la couverture sur eux.

Jodelle espérait qu'il tiendrait parole. Il avait dit qu'il ne la toucherait pas. Mais elle sentait sa présence auprès d'elle, ce qui la rendait nerveuse. Curieusement nerveuse.

Soudain, elle sentit le corps de Rurik se plaquer contre le sien, et une main large et calleuse se poser sur un de ses seins.

— Mais tu as dit que…

— J'ai dit que je ne te prendrais pas contre ta volonté. Je n'ai pas dit que je ne tenterais pas tout pour que tu veuilles de moi.

Rurik laissa ses mains faire la découverte des courbes pleines de sa femme et émit un petit grognement de satisfaction.

Jodelle essayait de se tortiller comme elle le pouvait pour contenir ces mains aventureuses.

— Tu trouves ça drôle ? demanda-t-elle, stupéfaite, lorsqu'elle se rendit compte que Rurik riait en silence.

— Ton corps est doux et chaud : ce sera un délice, j'en suis certain. Mais dors, maintenant, tu en as besoin.

— Comment veux-tu que je dorme ? Avec toi à mes côtés !

— Tu préfères faire l'amour ? demanda Rurik en effleurant très légèrement la naissance de ses fesses.

— Non ! fit-elle en se raidissant, ce qui, cette fois, provoqua chez son époux un franc éclat de rire. Je t'en prie, je suis fatiguée…

— Je sais, tu travailles trop. Dors, Jodelle. Je tiendrai ma promesse, n'aie pas peur de moi.

— Tu le jures ?

— Oui, je le jure. Mais, au fond, qui redoutes-tu le plus, moi ou toi ?

Jodelle se retourna et essaya de distinguer le visage de Rurik dans le noir. Se pouvait-il qu'il ait perçu son trouble, alors même qu'elle faisait tout pour le cacher ?

— Je ne comprends pas ce que tu veux dire, se contenta-t-elle de répondre. Et j'ai vraiment besoin de dormir maintenant.

— Alors je te souhaite une bonne nuit, femme.

Rurik l'embrassa chastement, mais il la garda tout contre lui. Bientôt sa respiration régulière indiqua à Jodelle qu'il dormait. Malgré tout, cette présence masculine était rassurante et, épuisée par ces derniers jours particulièrement éprouvants, Jodelle sombra vite dans un profond sommeil.

Pendant la nuit, le ciel se déchira et une pluie violente s'abattit sur le comté. Le tonnerre gronda au loin, et Jodelle sentit Rurik s'agiter à côté d'elle. On aurait dit qu'il faisait un cauchemar, et elle ne savait pas si elle devait le réveiller ou pas. Elle posa une main sur son torse, mais cela ne sembla pas l'apaiser.

— Rurik, dit-elle finalement, réveille-toi.

— Inga ! cria-t-il tout à coup.

Il se réveilla le front en sueur et ouvrit les yeux. Jodelle y vit de la peur et de la tristesse. Puis, très vite, comme s'il ne s'était rien passé, son visage redevint impassible et son regard indéchiffrable. Il se leva sans ajouter un mot, remit une bûche dans l'âtre et but de l'eau. Il prit place près du feu et y resta un long moment.

Jodelle était curieuse, qui était Inga ? Une femme, sûrement. Rurik avait-il une femme en Norvège ? Il semblait triste et effrayé. Était-elle morte ? S'étaient-ils séparés ? Elle ne savait rien de sa vie passée et doutait que Rurik soit prêt à la lui dévoiler.

« Tu as ton passé, j'ai le mien… »

Inga… Ce prénom la hanta le reste de la nuit, et lorsque Rurik revint se coucher, il garda bien ses distances cette fois.

À l'aube, la maisonnée se réveilla, et Jodelle sentit son ventre se durcir pour la troisième fois depuis la veille. L'enfant allait naître ce jour, la nuit prochaine au plus tard. Mais pour le moment ils devaient se rendre au château. Elle respira posément et prit sur elle pour se lever. Rurik était déjà debout et avait remis la soupe à chauffer. Il servit deux écuelles et regarda Jodelle qui peinait à s'habiller.

— Je vais t'aider, proposa Rurik.

Jodelle se sentait si mal qu'elle ne refusa pas. Elle approcha avec ses souliers de cuir à la main et s'assit sur un tabouret, en faisant très attention à ne pas tomber de nouveau.

— J'ai le souffle court dès que je me penche, s'excusa-t-elle.

Elle le vit la chausser avec habileté et sourit.

— Tu as l'air de savoir t'y prendre avec les femmes enceintes, ce qui est étrange pour un guerrier, je trouve.

— Chez nous, tous les hommes sont des guerriers, mais j'étais forgeron à Kragero.

— Kragero ?

— C'était notre bourg en Norvège, la terre de Wulfric et de son père, et de son grand-père avant lui.

Le visage de Rurik se ferma. Apparemment il n'avait pas envie de parler. Pourtant, dévorée par la curiosité, elle ne put s'empêcher d'insister.

— Et ton bourg ne te manque pas ? demanda-t-elle.

— Non. Prépare-toi, nous sommes attendus.

Jodelle garda le silence, se disant que Kolstein et Sven se montreraient peut-être plus loquaces sur le sujet. Habilement, elle essayerait de les faire parler, car il y avait bien des choses, à propos de son mari, qu'elle voulait savoir et comprendre. Elle prit un châle de laine brune, attacha ses boucles avec un lien de cuir et sortit rejoindre Rurik, qui l'attendait déjà dehors.

— Veux-tu que je selle le cheval ? Cela t'éviterait de marcher.

— Mon ventre est dur depuis cette nuit, je préfère marcher. Cela hâtera le travail.

— Tu penses accoucher aujourd'hui ?

— C'est possible. Mais pas dans l'immédiat en tout cas, donc nous pouvons tout de même nous rendre au château.

— Nous devrions peut-être rester ici.

— Et encourir le courroux de Wulfric ? Non merci… Et puis je veux être là pour soutenir Dame Aigline.

— Tu t'inquiètes pour elle ?

— Ton jarl a de quoi effrayer toute femme normalement constituée…

— Même toi ? demanda Rurik, amusée par la grimace de mépris de Jodelle.

— Nous devons nous soumettre : c'est lui le maître à présent. Enfin, pour le moment…

— Crois-tu à une attaque de Bertrand de Caen ? Ce serait du suicide. Il est seul et sans allié. Il se cache dans la forêt comme un lâche…

— Ou comme quelqu'un rassemblant ses alliés. À chacun son point de vue.

— Saurais-tu quelque chose ?

La voix de Rurik était ferme sans être agressive, mais son regard perçant montrait bien qu'il ne tolérerait aucun mensonge.

— Je ne suis qu'une bourgeoise.

— Mais une bourgeoise qui partageait le lit du seigneur des lieux. Cédric a pu te dire beaucoup de choses dans ces moments intimes.

— Oui, en effet, beaucoup de choses, ironisa-t-elle avec un air provocateur. Mais rien qui soit en rapport avec Bertrand de Caen.

— Fais attention à ton attitude, Jodelle et rappelle-toi que dans la grande salle beaucoup de regards seront tournés vers toi aujourd'hui. Je suis sérieux, ajouta-t-il en attrapant son bras pour la forcer à le regarder.

— Qui est Inga ? demanda-t-elle à brûle-pourpoint.

Rurik inspira lentement, mais son visage n'exprima rien de plus que d'ordinaire.

— Un souvenir. Allons-y.

Chapitre 6

Dans la forêt, les troupes de Bertrand de Caen se constituaient peu à peu. Des hommes venus des divers châteaux de la région se ralliaient aux rebelles.

Dans un premier temps, ils avaient trouvé refuge non loin de Lisieux, persuadés que l'évêque leur ouvrirait le monastère. Mais Bertrand s'était heurté à un mur. L'évêque Frédéric servait fidèlement l'Église et le roi de France. Il lui avait conseillé de se rendre et de faire amende honorable afin d'être absous par le roi. Le seigneur de Caen s'était enflammé et avait giflé l'homme d'Église. Quand il avait voulu rentrer chez lui, les hommes du Nord avaient déjà pris possession de ses terres. Pendant quelques jours, il avait erré comme un renégat dans les forêts, vivant de rapines ou grâce à la générosité de ceux qui avaient accepté de l'épauler. Fort de ce soutien, il avait fini par installer son camp de base dans une clairière située en bordure de rivière.

C'était un homme de guerre avisé, et, pour préparer son attaque, il avait envoyé plusieurs petits groupes d'hommes déguisés en marchands faire le tour du comté et récolter des informations.

— Que se passe-t-il à Lisieux ? Où en est Cédric ?

demanda Bertrand de Caen à l'éclaireur qui venait de rentrer au camp.

— Il est mort, il a été enterré hier, répondit le cavalier en posant pied à terre.

— Et Dame Aigline ?

— Elle se marie aujourd'hui, avec la bénédiction de l'évêque, ajouta le soldat.

— Frédéric nous a trahis, le scélérat ! Et cette pauvre Aigline. Ils vont devoir la traîner de force jusqu'à l'autel, supposa Bertrand.

— Pas du tout, elle a consenti à cette union par respect pour le roi. Mais je ne vous dis pas qu'elle le fait de gaieté de cœur : ils ont menacé les paysans de représailles si elle ne pliait pas.

— Comment ? Mais qui épouse-t-elle, au juste ? demanda Bertrand ulcéré.

— Un des vassaux de Rollon, Wulfric Thorkelson. Au sommet du donjon son oriflamme a remplacé celui de la famille de L'Allier-Morel.

— Je reprendrai cette forteresse, et Aigline à ce païen ! jura Bertrand, furieux.

Le seigneur déchu donna un coup de pied dans un caillou, qui ricocha contre une grosse pierre. Les hommes autour ne pipaient mot. Cédric mort, ils avaient perdu un allié de taille dont le donjon, placé stratégiquement, fermait un accès à la mer.

— Messire Bertrand ! Messire ! cria un écuyer qui arrivait, essoufflé. Il y a un homme qui vous demande, il dit venir de Caen, il est blessé.

— Je n'ai pas de temps ni de nourriture pour un bras incapable de tenir une épée, cracha Bertrand sans compassion.

— Il dit avoir un message pour vous, de la part de Cédric de L'Allier-Morel, comte de Lisieux.

— Cédric est mort, on vient de m'en informer. Nous n'avons plus d'alliés à Lisieux, pesta Bertrand, en passant nerveusement la main dans ses cheveux. Amène-moi cet homme, demanda-t-il, agacé, à l'écuyer, avant d'entrer sous sa tente.

La colère et la frustration faisaient bouillir son sang. Il avait toujours voulu Aigline comme épouse, c'était une très belle femme convoitée par de nombreux seigneurs. Elle avait une dot considérable et aurait fait une épouse remarquable. Et voilà que la virginité de sa promise allait être volée par un barbare sanguinaire ! Il allait tuer cet homme de ses propres mains !

Deux hommes aidèrent le blessé à prendre place sur un siège. Il avait reçu un mauvais coup dans la cage thoracique et avait perdu beaucoup de sang. Il haletait et semblait beaucoup souffrir. Il tira un courrier taché de sang de son pourpoint et le tendit en tremblant à Bertrand qui s'en saisit, curieux.

— Cédric voulait vous faire savoir que si quelque chose lui arrivait, il vous confiait sa sœur.

— Nos fiançailles avaient déjà été scellées.

— Mais ce que vous ignorez, c'est que Cédric a un enfant à naître et qu'il reconnaît cet enfant par ce courrier. Il lègue son fief à cet enfant et voulait épouser sa mère.

— Qui est-elle ?

— C'est la forgeronne du bourg : maîtresse Jodelle.

— La femme rousse ? J'avais bien vu que Cédric la dévorait du regard à mon dernier passage à Lisieux.

— Elle est presque arrivée au terme de sa grossesse. Peut-être même a-t-elle déjà donné naissance à cet enfant.

— Les Vikings ne laisseront pas cet enfant vivre s'il est un obstacle.

— Mais peut-être ignorent-ils que Cédric s'apprêtait à devenir père ?

Bertrand reconsidéra le problème sous un angle différent.

— S'ils l'ignorent, ce serait pour nous un atout considérable… Es-tu sûr qu'aucun registre de Lisieux ne fait mention de cela ?

— Je l'ignore, messire.

— Il nous faut ces registres. Et il nous faut trouver cet enfant et rallier sa mère à notre cause. Elle devait être attachée à Cédric, et son assassinat a dû la bouleverser. Une femme fragile est influençable, elle nous mangera dans la main, lança Bertrand, joyeux et sûr de lui. Donne à boire à cet homme et soigne ses blessures, ordonna-t-il à l'écuyer qui attendait devant l'entrée de la tente.

Le seigneur de Caen se retira pour la soirée et ressassa tout ce qu'il avait appris ces derniers jours. Rollon était à Lisieux, il avait pactisé avec l'évêque et le roi félons. Wulfric Thorkelson avait épousé Aigline ce jour même, et Cédric était mort, laissant derrière lui un bâtard reconnu et une maîtresse éplorée. Il devait donc atteindre Aigline et la forgeronne grâce à ses messagers. S'il faisait preuve d'un peu de patience, il arriverait à entrer en contact avec Aigline. Avec la forgeronne, ce serait plus facile, car le bourg n'était pas forcément surveillé jour et nuit. Et ses hommes qui patrouillaient, déguisés en commerçants, pouvaient très bien, pour une raison ou pour une autre, avoir besoin des services de cette maîtresse Jodelle.

— Allez au bourg et tâchez de vous rendre à la forge sous un prétexte quelconque. Je veux cet enfant.

Rurik et Jodelle arrivèrent au château où de nombreux

bourgeois étaient rassemblés devant la chapelle. Ils virent Dame Aigline avancer au bras de Rollon. Elle était pâle, mais majestueuse. Rollon la laissa converser seule avec son oncle l'évêque et vint vers eux.

Jodelle le salua respectueusement, mais sa présence la rendait nerveuse.

— C'est un grand jour pour nous aujourd'hui : le sang des Francs et des hommes du Nord va se mêler pour fonder une nouvelle lignée.

— Je suis heureux pour Wulfric, dit sincèrement Rurik.

Le duc remarqua le silence de la forgeronne et la questionna avec un sourcil levé et un petit sourire en coin.

— Et toi, Jodelle qu'en penses-tu ?

— Je doute que vous vouliez vraiment connaître le fond de ma pensée, messire duc, dit-elle en baissant les yeux.

— Je crois qu'elle serait en tout point semblable aux vœux d'Aigline, sourit le duc. Je lui ai demandé ce qu'elle désirait comme cadeau de mariage, et elle m'a répondu qu'elle voulait ma tête et celle de Wulfric sur un pique ! s'esclaffa le duc, hilare.

— Sainte Vierge ! s'exclama Jodelle, tout en regardant la châtelaine d'un air inquiet. Vous ne lui ferez pas de mal, n'est-ce pas ?

— N'aie crainte, Jodelle, je ne veux pas de mal à ta maîtresse.

La réponse rassurante du duc lui donna le courage de poursuivre.

— Puis-je vous poser une question ? demanda-t-elle alors.

Rollon acquiesça et l'invita d'un geste de la main à s'exprimer librement.

— Messire Wulfric va épouser notre dame et il en fera

sa femme. Notre châtelaine est une femme exceptionnelle et pure… Elle n'a jamais connu d'homme et…

— Je n'assisterai pas à leur nuit de noces si c'est ce qui t'inquiète.

— Merci, souffla Jodelle, soulagée. Elle ne mérite pas d'endurer une chose pareille.

— Personne ne le mérite, Jodelle, mais dans ton cas c'était nécessaire. Un mal pour un bien, en quelque sorte.

— Cela, c'est vous qui le dites, messire duc, répondit-elle, toujours sous le coup de l'humiliation qu'elle avait subie.

— Je le dis aussi, Jodelle, intervint Rurik. Il fallait en passer par là. Mais ne t'inquiète pas, le duc évitera les commérages inutiles, et ton honneur sera sauf.

Jodelle détourna le regard pour ne pas montrer ses sentiments, mais, malgré ces paroles, elle était loin d'avoir surmonté sa peine et sa colère.

L'évêque fut appelé par Rollon et Jodelle embrassa son anneau en signe de respect, mais resta derrière Rurik jusqu'à ce que celui-ci la place devant lui.

L'évêque lui adressa un regard méfiant.

— J'ai cru comprendre que tu avais partagé la couche de mon neveu. Est-ce vrai ?

Jodelle le regarda, mais ne répondit pas. L'évêque fronça les sourcils et porta un regard dubitatif sur le ventre arrondi de Jodelle.

— Cet enfant est-il de lui ?

— Il a été engendré par Cédric, mais appartient à Rurik depuis notre… mariage, répondit la future mère, nerveuse mais heureuse de pouvoir brandir le nom du guerrier, comme si cela suffisait à la protéger.

— J'ai lu attentivement tous les registres et comme aucune disposition n'a été prise pour lui de la part de son géniteur, il ne sert à rien que nous te l'enlevions. Va en paix, tu peux le garder.

— Le garder ? demanda Jodelle les yeux écarquillés de stupeur, en posant les mains sur son ventre. Ainsi vous disiez juste..., souffla-t-elle à l'attention du duc.

— Si Cédric avait reconnu cet enfant, je l'aurais emmené au couvent ou au monastère où il serait resté jusqu'à ce qu'il soit en âge de prononcer des vœux perpétuels, mettant ainsi la descendance de Wulfric à l'abri des revendications d'un bâtard.

Jodelle serrait les poings à s'en blanchir les jointures et Rurik comme Rollon craignaient qu'elle ne laisse exploser sa colère contre l'évêque. Mais son regard croisa celui d'Aigline et toute rage quitta aussitôt son visage. Elle laissa les trois hommes là et s'avança doucement devant sa dame.

— J'ai appris pour ton mariage, Jodelle, commença Aigline, l'air désolée. Il paraît que ce que tu as dû subir était particulièrement outrageant.

— Rassurez-vous, madame, il n'en sera pas de même pour vous. Le duc a promis qu'il n'y aurait pas d'union charnelle devant témoin, je sais qu'il respectera sa parole.

— Merci, Jodelle, dit la jeune femme en rougissant. Affronter seule Wulfric sera déjà assez pénible comme cela pour la vierge que je suis.

Aigline regarda en direction de la chapelle, nerveuse. Wulfric l'attendait à l'intérieur pour lier sa vie à la sienne.

— Comment te portes-tu, Jodelle ?

— Je vais accoucher aujourd'hui, je pense, ou la nuit prochaine. Je rentrerai chez moi une fois vos vœux échangés. Et je prierai pour vous, madame.

— Pries-tu pour lui ? demanda la châtelaine avec un air triste.

Il n'était pas la peine qu'Aigline précise de qui elle parlait. Jodelle avait compris.

— Chaque jour, madame, avoua Jodelle en posant une main sur son ventre et l'autre sur son cœur.

— Je ne devrais pas dire cela, mais j'espère que ton enfant lui ressemblera, dit la châtelaine avec un petit rire triste. Ainsi je penserai à Cédric, quand je vous croiserai au château ou au bourg.

— La paix soit avec vous, madame, répondit Jodelle, tout à coup mal à l'aise car l'évêque approchait.

La future mère s'éloigna et alla s'asseoir sur une marche, laissant les bourgeois et les hommes de Wulfric s'engouffrer dans la chapelle. Elle était trop petite pour accueillir tout le monde et certains durent rester à l'extérieur pendant la célébration. Ce fut donc une clameur qui leur apprit que les noces avaient été célébrées. Jodelle avait le cœur lourd et se sentait affreusement triste. Soudain, une ombre occulta le soleil et Jodelle leva les yeux.

— Eulalie était inquiète de ne pas te voir, dit Kolstein en prenant place près d'elle. Alors Rurik m'a envoyé à ta recherche.

— Je crains de ne pas être de bonne compagnie pour qui que ce soit.

Kolstein respecta son silence un certain moment puis finit par aborder le sujet qui lui tenait à cœur.

— Je veux ta fille, et je serai un bon mari pour elle. Je la protégerai et elle ne manquera de rien.

— Ne crois-tu pas qu'elle a son mot à dire sur la question ?

— Elle a dit oui, hier au rassemblement, expliqua le jeune guerrier.

— Ce n'était pas un oui libre et consenti. C'est le oui

de la peur qu'elle t'a donné. Elle est terrifiée, par toi, par vous tous. Comme tous les hommes et toutes les femmes de cette cité. Nous sommes tous terrifiés, avoua-t-elle en séchant avec hargne les larmes qui lui piquaient les yeux.

— Il n'y a pas de raison, pourtant. Nous ne vous voulons pas de mal, et nous sommes prêts à faire des efforts. Par exemple, là, je peux rester silencieux, si c'est ce que tu veux.

Jodelle aspirait en effet au silence et au calme, mais l'occasion était trop belle.

— Qui est Inga ? demanda-t-elle.

— C'était la femme de Rurik.

— C'était ?

— Les Danois ont saccagé notre bourg et notre fjord. Rurik avait un fils, Jarlaug, âgé de sept ans et une femme qui attendait un enfant. Il a tout perdu. Comme nous tous.

Jodelle ne savait pas cela et elle imaginait sans peine ce qu'ils avaient pu ressentir.

— Et toi ?

— Mes parents sont morts, ma petite sœur aussi. Wulfric aussi a perdu sa femme et son fils.

— Je l'ignorais.

— Nous avons vengé nos morts. Ils ont trouvé le repos.

— Vengé vos morts ?

— Oui, nous avons retrouvé les assassins, les avons torturés et avons tué chaque âme de leur bourg – hommes, femmes, enfants. Puis nous avons sacrifié tout leur bétail aux dieux.

Jodelle sentit tout son sang quitter son corps. Comment pouvait-on commettre de tels crimes ? Contrairement à ce qu'elle avait pu commencer à penser, ces hommes n'étaient que des Barbares.

— J'aimais mieux quand tu proposais de rester muet..., dit Jodelle avec dégoût. Comment veux-tu que je sois apaisée avec de telles horreurs ?

— Je ne veux pas que tu sois apaisée, je veux que tu comprennes que nous connaissons la souffrance, la rage et la mort, mais que nos boucliers protégeront les tiens. Rurik n'aurait jamais laissé l'évêque Frédéric te voler ton enfant.

Kolstein disait-il vrai ? Comment savoir ?

— Tu sembles bien connaître Rurik, dit-elle en regardant droit devant elle.

— À Kragero, il m'a sauvé la vie et m'a gardé avec lui. Je suis le seul à avoir échappé au massacre. J'étais blessé et coincé sous une poutre encore incandescente. Rurik m'a pris sous sa protection et a fait de moi un homme.

— En t'apprenant à massacrer des gens à ton tour et à piller des lieux saints ? rétorqua Jodelle, dubitative.

— Il faut bien un début à tout, lança joyeusement Kolstein en donnant une bourrade à Jodelle, qui sourit malgré elle.

— Je ne sais pas ce qui me terrorise le plus, ce que tu dis ou le fait que je commence malgré tout à te trouver sympathique, avoua la future mère.

Kolstein la regarda en souriant.

— Tu plaideras ma cause auprès de ta fille ? demanda-t-il sérieusement.

— Vous êtes jeunes, vous avez le temps d'apprendre à vous connaître. Mais si Eulalie te veut comme époux, je ne m'y opposerai pas. Je n'aurai pas le choix de toute façon. Mais épouse-la selon nos rites pour protéger sa réputation.

Kolstein la regarda attentivement. Elle semblait y tenir, mais il ne comprenait pas bien ce que cela pouvait changer.

— Rurik t'a épousé selon les nôtres. Ce n'est pas suffisant ?

— Aux yeux des bourgeois, cela fait de moi une mauvaise femme. Mais j'ai l'habitude, ils me considéraient déjà ainsi avant, sourit-elle tristement.

— C'est pour cela que la femme de Jehan t'a insultée ?

— Oui, répondit Jodelle honnêtement.

— Tu veux être vengée ?

Jodelle sursauta, comprenant que la vengeance passait volontiers par le fer chez les Vikings.

— Non ! Tout ne se règle pas à coups de hache. C'est la femme de mon frère qui plus est… Et elle est venue me présenter ses excuses. L'affaire est close.

— Apparemment pas, si tu dis que nos coutumes ne valent rien aux yeux des gens d'ici. L'affaire sera close si Rurik t'épouse devant un prêtre, n'est-ce pas ?

— Je ne veux pas, dit Jodelle en se levant et en faisant quelques pas pour s'éloigner et couper court à cette conversation.

Mais le jeune homme ne l'entendait pas de cette oreille-là et la suivit.

— C'est ridicule, cela pourrait t'aider.

— Je ne veux pas de son aide. Je me suis passée d'hommes des années durant, et je compte bien continuer !

— Et si Rurik t'épousait devant un prêtre, tu serais liée à vie, n'est-ce pas ?

Percée à jour, Jodelle rougit et reprit son chemin. Entendant de la musique et des acclamations joyeuses, elle se retourna et vit Dame Aigline portée en triomphe par les hommes, censés la conduire ainsi jusqu'à la grande salle. Wulfric et Rollon se serraient la main, visiblement satisfaits. Rurik et Sven suivaient le cortège qui se dirigeait vers le donjon. L'apercevant, Rurik lui adressa un signe de la main. Elle ne sut s'il fallait y répondre ou l'ignorer, et fit semblant de n'avoir rien vu. Elle reprit sa marche, toujours escortée de Kolstein.

— Tu n'assistes pas aux festivités ? demanda-t-elle.

— Rurik veut que je reste avec toi.

Mais Jodelle se serait volontiers passée de son garde du corps improvisé.

— Tu ne veux pas faire danser Eulalie ? lança-t-elle, persuadée de faire mouche.

— C'est un coup bas…

— Oui, c'est vrai, avoua-t-elle sans honte. Je voudrais être seule, fit-elle honnêtement.

Kolstein la regarda attentivement. Il ne voulait pas s'imposer. Cependant, sa fidélité à Rurik lui interdisait d'accéder aux désirs de Jodelle.

— Je resterai à bonne distance si ma présence te gêne, mais je veillerai sur toi jusqu'à ce que Rurik nous libère.

— Je n'ai guère le choix, n'est-ce pas ?

— Tu apprends vite, mère.

Jodelle tressaillit et regarda Kolstein avec stupéfaction. Rêvait-elle où l'avait-il appelée « mère » ?

— Tu es l'épouse de mon père, non ?

Jodelle jeta un coup d'œil au guerrier qui l'escortait. Il disait pourtant ne plus avoir de famille.

— Quel âge avais-tu lors de l'attaque de ton bourg ?

— Douze ans.

Les soupçons de Jodelle se confirmaient : Kolstein avait été élevé par des hommes et avait sûrement manqué de l'essentiel, comme la sécurité et la douceur d'un foyer ou encore l'amour d'une mère. Son instinct maternel prit le dessus et elle couva Kolstein d'un regard compatissant.

— À peine plus qu'Yvan, dit-elle, désolée. Je…

Elle ne put continuer sa phrase, car une vive douleur aux reins et au ventre la saisit, la forçant à se plier en deux.

— Que se passe-t-il ?

Elle mit du temps à reprendre son souffle.

— Le bébé… Je crois qu'il va venir.

— C'est une plaisanterie ? demanda Kolstein, blême.

Jodelle se redressa légèrement et regarda Kolstein avec surprise.

— Aurais-tu peur, mon garçon ? dit Jodelle en se moquant ouvertement de lui.

— Oui, et je l'avoue sans honte. Je connais les champs de bataille, la mer, la vie rude. Mais cela, non !

Si Jodelle n'avait pas eu si mal, elle aurait été tentée d'éclater de rire.

— « Cela », comme tu dis, n'est qu'un petit bébé inoffensif et, sois tranquille, il lui faudra encore des heures pour venir au monde.

— Tant mieux, souffla Kolstein, en soupirant ostensiblement. Que suis-je censé faire ?

— Arrête de t'agiter, j'ai besoin de calme. Si tu veux te rendre utile, va chercher une botte de paille et ramène-la à la forge.

— Pour quoi faire ?

— Une femme saigne abondamment en donnant la vie, je ne veux pas souiller mon lit.

— D'accord, acquiesça Kolstein, heureux de se trouver une occupation concrète.

Ils arrivèrent à la forge et Jodelle s'installa sur un banc. Pour occuper le jeune homme nerveux, elle l'envoya couper du bois, puiser de l'eau. Tout était bon pour l'éloigner. Les contractions étaient de plus en plus rapprochées. Soudain, elle entendit des voix dehors, des voix d'hommes.

— Ma belle-mère est sur le point d'accoucher, elle n'est pas disponible, et mon père est au château pour le mariage. Vous trouverez un endroit où passer la nuit au bourg. Repassez demain, mon père prendra votre commande.

— Jodelle est ta belle-mère ?

— Oui, c'est la femme de mon père.

— Ton père est un homme du Nord envoyé par le roi ?

— C'est un homme de Wulfric Thorkelson, comme moi.

Un silence suivit cette déclaration.

— Et l'enfant, est-ce un garçon ?

— Il n'est pas encore né, le travail a tout juste commencé. Pourquoi cette question ?

— Simple curiosité… Bon courage à elle. Quant à nous, nous repasserons demain. Merci de nous avoir indiqué le bourg.

Jodelle, qui avait tout entendu, trouvait toutes ces questions étranges et voulut en savoir davantage sur ces mystérieux visiteurs.

— Hé ! D'où venez-vous ? cria-t-elle depuis la maison.

— De Caen, répondit un des hommes en voyant Jodelle à la fenêtre qui lui adressait un signe de tête appuyé.

— Quelles sont les nouvelles ? insista Jodelle, curieuse de savoir où pouvaient être Bertrand de Caen et ses hommes.

— Caen n'est plus franc, répondit un des hommes, en regardant Kolstein d'un œil sombre.

— Selon la volonté de votre roi, qui à présent est aussi le mien, ajouta le jeune homme en bombant le torse.

— Où se trouve votre seigneur ? demanda Jodelle, curieuse.

— Dieu seul le sait, brave femme. Il semble avoir disparu.

— Ou peut-être a-t-il été tué pour avoir résisté, supposa-t-elle, navrée.

— Les seigneurs de sa trempe résistent toujours. Et tant qu'il y a l'espoir d'une relève…

Kolstein avait instinctivement mis la main sur le pommeau de son épée, mais les deux hommes restèrent calmes.

— Une naissance est toujours une grande joie, reprit l'un des deux visiteurs. Cet enfant aura beaucoup d'amis, j'en suis sûr.

— Merci pour vos bons vœux. Que Dieu vous garde.

Kolstein regardait les deux hommes vêtus comme des marchands. Toutefois, pour des commerçants itinérants, ils semblaient bien présomptueux et bien sûrs d'eux. Il faudrait tirer cela au clair. Mais plus tard, car, pour l'heure, Jodelle allait avoir besoin de lui.

Dans la grande salle, la fête battait son plein. Rurik regardait Aigline assise à la droite de Wulfric. Elle était livide et n'avait pas touché à son repas. Elle se contentait de rester droite et digne et buvait un peu de vin par moments.

— Rurik ?

Le guerrier reconnut la voix de sa belle-fille et il se retourna vers Eulalie qui servait à boire aux convives.

— Kolstein n'est pas avec toi ?

— Non je l'ai envoyé raccompagner ta mère. Mais je vais le relever…

Il vit la jeune fille perdre son joli sourire.

— Mère va bien ?

— Oui. Je crois qu'elle va accoucher cette nuit.

— Je vais chercher Perrine !

— Tu peux, en effet. Mais ces choses-là prennent du temps, Eulalie. Rien ne presse vraiment, la rassura le guerrier.

— J'y vais, dit-elle, en se précipitant vers les cuisines pour prévenir de son départ.

Rurik se leva et héla son frère.

— Sven, garde un peu de vin pour Kolstein ! Wulfric, je lève mon verre à ton mariage, puisse-t-il être fécond. À vous, madame ! dit le géant en vidant son verre d'un trait.

— *Skal* ! reprirent en chœur tous les hommes présents.

— Où est ta forgeronne ? demanda le vicomte, curieux de ne pas voir Jodelle.

— Si cette nuit te donnera une femme, à moi elle me donnera un enfant de plus.

— Transmettez mes vœux de bonne santé à Jodelle, dit Aigline aimablement. J'espère pouvoir venir voir le bébé bientôt, quand elle sera reposée.

— Nous serions honorés de vous présenter notre enfant, madame, dit galamment Rurik, non sans croiser le regard de Wulfric.

Rurik salua également Rollon et l'évêque, puis il prit congé.

— Il serait plus simple que cet enfant ne voie pas le jour, commenta l'évêque en voyant Wulfric suivre Rurik du regard.

— Mon oncle je vous en prie. Nous parlons d'un être innocent, fit Aigline, choquée.

— Vous voilà bien prompte à défendre les intérêts d'un bâtard qui pourrait spolier nos héritiers, rétorqua Wulfric.

— Je croyais que le mariage de Jodelle avait résolu le problème, insista la jeune femme, inquiète.

— Il est résolu, madame, rassurez-vous, attesta Rollon. Mais ce que dit Frédéric n'en demeure pas moins vrai.

— Seul Dieu décide de qui doit vivre ou mourir !

Le ton sec d'Aigline ne plut au duc ni à l'évêque, et encore moins à Wulfric.

— Claire, dit la châtelaine à sa servante, va demander à notre chapelain de dire les complies pour Jodelle et son enfant, et mets trois cierges bénits à brûler afin que les archanges surveillent et protègent cet enfant.

— Bien, madame, obéit la vieille femme en quittant sa place.

— Que la volonté de Dieu soit faite, dit l'évêque en saluant la démarche dévote de sa nièce.

— Reste à savoir quelle est la volonté divine, ajouta Wulfric, juste avant de se tourner vers un voisin pour engager une tout autre conversation

Soudain un cri retentit au milieu du brouhaha et des rires, bientôt suivi de vives exclamations. L'on aurait dit des femmes qui protestaient et se débattaient.

— Que se passe-t-il ? demanda Aigline, inquiète pour ses servantes.

— Une fille a dû être prise à partie, dit Rollon en haussant les épaules. Rien de bien grave !

— Perrine ! fit Sven, qui se leva d'un bond en apercevant sa fiancée et Eulalie prises à partie par des hommes trop heureux de se voir entourés et servis par de jolies filles.

Un premier coup de poing de Rurik envoya un soldat aviné par terre dans la paille. Un second coup projeta dans les airs l'homme qui avait osé poser les mains sur les hanches d'Eulalie qui, de son côté, tremblait comme une feuille. Quant à celui qui avait tenté d'embrasser Perrine, Sven le frappa si fort qu'il en perdit une dent.

— Rurik et Sven sont frères, expliqua Rollon à l'évêque, qui semblait outré.

— Des forces de la nature…

— Au service de votre roi, à présent.

— Mon roi qui est aussi le vôtre, conclut l'évêque avec une pointe de satisfaction.

— Oui, je vais devoir m'y faire…, avoua Rollon.

— Je souhaiterais que la sécurité soit garantie pour toutes les femmes, demanda Aigline à son mari. Elles ne peuvent être chahutées ainsi. N'est-ce pas votre devoir que de les protéger ?

L'air sombre du vicomte fit taire Aigline qui se mura dans le silence.

— Ce sont des guerriers, madame, peu habitués aux bonnes manières, ajouta gentiment Rollon. Mais je gage qu'avec vous à ses côtés, Wulfric saura les calmer.

— Je vous prie de me pardonner, messire. Je ne voulais pas vous manquer de respect. Je voulais simplement défendre ces femmes.

Comme pour appuyer ses paroles, Aigline baisa humblement la main de son mari. Celui-ci, surpris par ce geste d'allégeance se radoucit.

— Vous êtes toute pardonnée, madame. Je sais que le sort de chacun vous tient à cœur.

— Allons, parions un peu ! lança Rollon pour faire oublier l'incident. Fille ou garçon pour Rurik et Jodelle ? Une pièce d'or par joueur ! Qui tente sa chance ?

— Fille, dit Wulfric qui espérait vraiment que ce serait le cas.

— Garçon, le contredit Rollon.

— Fille ! dirent en chœur Frédéric et Aigline.

Lorsque Rurik, Eulalie et Perrine arrivèrent à la forge,

ils virent Kolstein sortir pour les accueillir, visiblement soulagé d'avoir de la compagnie.

— Je suis heureux de te voir, Perrine. Jodelle va avoir besoin de toi.

Un gémissement de douleur se fit entendre, suivi d'un juron.

— Je vais la voir, dit Eulalie, à la fois tout excitée et inquiète.

— Certainement pas, une vierge n'assiste pas à un accouchement, coupa Perrine en désignant le donjon. Kolstein, tu devrais reconduire Eulalie au château.

— Très bonne idée, se hâta d'accepter Kolstein.

— Je n'ai pas peur, Perrine ! dit Eulalie, curieuse d'assister à une naissance. Et je te rappelle que tu es vierge aussi !

— Oui, mais je suis guérisseuse. Ta mère sait ce qu'elle a à faire, c'est son troisième accouchement. Et surtout elle a besoin de calme autour d'elle, alors repartez tous au château, et tâchez de profiter de la soirée.

— Excellente idée, répéta Kolstein, en entraînant Eulalie qui renâclait.

— Kol ! garde un œil sur Eulalie. Les hommes sont échauffés par l'alcool… Ils se sont déjà montrés entreprenants.

— Rurik en a assommé deux et Sven a cassé les dents de celui qui avait touché à Perrine, expliqua la jeune fille.

— Tu portes mon torque, c'est une insulte que mon père a vengée pour moi. Je resterai près de toi.

— Retrouve Sven, il vous attend, dit Rurik en les saluant d'un signe de la main.

Perrine le regarda, un peu sur la réserve.

— Tu devrais y aller aussi, je ne suis pas sûre que Jodelle tienne à ta présence, sans vouloir t'offenser.

— Je serai là pour mon enfant et aussi pour cette tête de mule, ne lui en déplaise.

— Promets-moi de ne pas l'agacer. Je me souviens de la naissance d'Yvan, je n'étais qu'une enfant à l'époque. Jodelle jure et parjure à tour de bras quand elle accouche, et mes innocentes oreilles avaient été heurtées par tout ce qu'elles avaient entendu…

Rurik sourit de cette mise en garde et entra le premier dans la forge.

— Va chercher Perrine. Les choses se précisent…, dit Jodelle, assise sur le banc avec les mains sur les hanches.

— Je suis là, Jodelle, la rassura la guérisseuse. Allons, voyons où tu en es. Je dois examiner Jodelle, sors, Rurik, s'il te plaît. Je viendrai te chercher dès que…

— Je ne quitterai pas cette pièce, Perrine. Occupe-toi de ma femme et garde ta salive.

Perrine marqua un temps d'hésitation, puis alla porter secours et assistance à Jodelle dont le travail semblait déjà bien avancé.

— Sacrebleu ! râla Jodelle, en soufflant aussi profondément qu'elle pouvait, tenaillée par une nouvelle contraction. Dieu que ça fait mal !

— Viens, lève-toi, je vais t'aider à te déshabiller.

Habillement, Perrine dévêtit Jodelle qui se retrouva en chemise. Elle ouvrit son encolure pour lui permettre de respirer et passa un linge imbibé d'eau fraîche sur sa nuque pour la détendre.

— Comment veux-tu te mettre ?

— Je n'en sais rien, dit Jodelle, essoufflée. Vivement que ça se termine. Par l'enfer, ah, j…

Elle se tordit de douleur sous l'effet d'une nouvelle contraction et perdit les eaux.

— Voilà une bonne chose de faite ! déclara Perrine, en lui proposant la couchette de paille.

— Non ! Non ! Je veux marcher !

Jodelle but un peu d'eau et se mit à faire les cent pas jusqu'à ce qu'une nouvelle contraction prenne son ventre en tenaille.

— Par Lucifer !

— Sont-ce là les jurons dont tu me parlais, Perrine ? demanda Rurik, amusé. Franchement, je m'attendais à pire. Et moi aussi, je peux vous proposer des noms à invoquer. Des noms qui changent un peu…

— Bonne idée, car j'avoue commencer à manquer d'inspiration, dit Jodelle en tombant à genoux et en s'accrochant à l'enclume sur laquelle elle travaillait d'ordinaire.

— Par Thor ! proposa Rurik en s'approchant, l'air inspiré.

— Par qui ? demanda Jodelle, en grimaçant.

— Thor, un de nos dieux, fils d'Odin.

— Bon ou mauvais ?

— Ni l'un ni l'autre. Ou plutôt les deux à la fois. C'est celui du tonnerre.

— Donne-m'en un qui soit franchement mauvais. Il faut qu'il rivalise avec notre Lucifer, car je vais avoir besoin de l'aide de tous les diables de tous les enfers.

— Jodelle ! intervint Perrine, en se signant comme pour conjurer le mauvais sort.

— Oh épargne-moi tes bondieuseries, Perrine ! On voit bien que ce n'est pas toi qui souffres ! Par Thor !

Elle grogna de nouveau et sentit croître l'intensité de la douleur.

— Oh ! tous les diables et tous les dieux, aidez-moi, je vous en prie gémit-elle, une fois la contraction passée.

— Essaie Loki, c'est le dieu de la discorde, proposa Rurik. Il est rusé, mais il peut être retors et cruel. « Fils de Loki » n'est pas vraiment un compliment, si tu vois ce que je veux dire.

— Je vois très bien. D'ailleurs, j'en connais, des fils de Loki. Ils viennent de débarquer chez nous sans crier gare pour anéantir nos vies. Aahhh !

Un cri de souffrance fit taire Jodelle, qui s'accrochait à l'enclume comme elle pouvait et se balançait doucement pour essayer de maîtriser la douleur.

— Elle ne pense pas ce qu'elle dit, dit Perrine, inquiète de la réaction de Rurik.

— Oh que si, elle le pense ! Allez, vas-y, Jodelle, crache ta colère si cela peut te soulager.

Le guerrier se plaça accroupi devant elle et saisit son menton pour relever son visage.

— Je vous hais, toi et tes Barbares ! cria-t-elle en le regardant droit dans les yeux.

— Et quoi d'autre ? C'est tout ? Tu peux mieux faire !

— Je voudrais que vous alliez tous brûler en enfer ! Toi, tes frères, et ce Rollon de malheur.

— Wulfric ne serait pas content de t'entendre parler ainsi, la provoqua-t-il encore.

— Wulfric ? Ce meurtrier ? C'est le pire de tous ! Je voudrais l'écraser avec mon marteau, ou lui faire avaler mon enclume et le précipiter dans la… Haaaaaaa !

Elle émit un bruit de gorge, venu du fond de ses entrailles et sentit le bébé s'engager en elle.

— Allez, pousse, Jodelle !

— Je ne veux pas mourir ! s'exclama-t-elle, tout à coup prise de panique.

— Tu ne vas pas mourir, la rassura Rurik en venant plus près d'elle.

Il lui prit la main et caressa son visage. Elle retenait des larmes de colère et de douleur, mais il voyait toute la fierté qui était la sienne dans ce combat pour la vie face à la mort.

— Dieu va me punir d'avoir péché. Cédric est mort et bientôt ce sera mon tour, se lamenta la parturiente.

— Je ne laisserai pas ton dieu prendre ta vie, asséna Rurik d'une voix ferme et forte qui calma Jodelle.

— Pousse, Jodelle, l'encouragea Perrine. Tu vas y arriver.

Jodelle hurla de douleur. Ses mains, crispées dans la paille, tremblaient.

— Promets-moi de protéger mon bébé, Rurik, je t'en supplie. Si je meurs, ne les laisse pas tuer mon bébé. Promets-le moi !

Dans sa voix, il y avait autant de peur que de douleur. Rurik prit ses bras et la força à les passer autour de son cou. Il se tenait ramassé devant elle afin qu'elle puisse rester à genoux tout en se suspendant à lui. Le visage enfoui dans le cou de Rurik, elle hurla lorsque le bébé traversa son corps pour naître à la lumière. Rurik caressait ses cheveux en silence.

— Un dernier effort et tu seras délivrée, Jodelle. Courage ! dit Perrine, qui voyait la tête du bébé.

Jodelle s'arma de courage et poussa de toutes ses forces, accrochée à Rurik. Enfin le petit être vit la lumière du jour et cria à pleins poumons. Rurik installa Jodelle sur la paille et la garda contre lui, lui servant de dossier.

— C'est un beau petit garçon, il est fort et parfait ! s'enthousiasma la guérisseuse, avant de placer deux petits bâtons autour du cordon.

Elle les lia avec une petite lanière de cuir puis sépara l'enfant de la mère avec un couteau bien tranchant. Jodelle prit le drap de lin que Rurik lui tendit et y emmaillota le nourrisson.

— J'aurais préféré que ce soit une fille, dit Jodelle, désemparée.

— Fille ou garçon, cet enfant est mon enfant, dit Rurik en caressant sa joue. Sois le bienvenu chez toi, mon fils. Il ne nous reste plus qu'à te trouver un nom.

Le bébé était vigoureux et donnait déjà de la voix avec une grande conviction.

— On ne peut pas décemment l'appeler Loki, dit Jodelle souriante, en mettant son bébé au sein.

— Karnut ! proposa Rurik.

— Non, rétorqua Jodelle, en faisant la moue.

— Leif !

— Non.

— Thorkell !

— Toujours non…

— Que proposes-tu ? Je m'oppose à Cédric…, dit Rurik sur un ton joyeux.

Les deux femmes cessèrent de respirer et regardèrent le guerrier qui semblait trouver la plaisanterie très drôle.

— Tu es étrange, dit simplement Jodelle qui ne comprenait toujours pas pourquoi Rurik avait accepté cet enfant. Et ne compte pas sur moi pour l'appeler Wulfric.

Rurik rit sous cape et veilla à ce que Jodelle soit confortablement installée.

— C'est un fils de forgeron, il devra résister aux feux des forges. Que proposes-tu ?

— Daniel. C'est un prophète qui est sorti de flammes, indemne, après avoir été condamné au bûcher.

— Daniel ? Qu'est-ce que ça veut dire ?

— Le lion de Dieu.

— Ça me plaît. Va pour Daniel, acquiesça Rurik, en regardant le bébé téter goulûment le sein de sa mère. Bienvenue, Daniel Rurikson !

Plus tard, une fois que le petit eut cessé de téter, Perrine s'occupa de la délivrance, et Rurik en profita pour faire quelques pas en tenant dans ses bras le bébé emmailloté qui le regardait de ses petits yeux bruns.

— Je te raconterai l'histoire de nos ancêtres et les légendes de nos dieux. Tu verras comment le loup Fenhrir a mangé la main de Tyr et comment le serpent Jormungand veille sur le monde afin d'en garder les limites. Ces deux fils de Loki sont les deux frères de Hell, gardienne des morts. Mais ne dis rien à ta mère, elle veut faire de toi un chrétien, ajouta le guerrier en faisant la moue.

— J'ai tout entendu ! fit une voix distante.

Rurik sourit et continua de bercer le petit Daniel.

— Baptise cet enfant si tu veux, ce sera mieux ainsi, dit-il, en sachant que ce serait aussi la volonté de Rollon.

— Et toi, d'ailleurs, es-tu baptisé ? demanda Jodelle. Le duc de Normandie ne souhaite-t-il pas que tous ses hommes se convertissent, afin de plaire au roi ?

— Non. Ce qui est valable pour Kol et Daniel ne s'applique pas à moi.

Depuis sa couche, Jodelle tressaillit. Il y avait dans la voix de Rurik quelque chose qui ne prêtait pas à discussion. Autant ne pas insister, alors. Une fois lavée, Jodelle reprit son bébé et le remit au sein.

— Je vais passer la nuit avec eux, si tu veux aller te reposer, proposa Perrine en installant une autre paillasse pour elle.

— Cette nuit, les esprits sont échauffés, je préfère rester près de vous.

Rurik étala une couverture sur une selle de cheval et s'y adossa. Jodelle le regardait, espérant croiser son regard.

— Je suis désolée de t'avoir insulté tout à l'heure, commença-t-elle, contrite.

— Tu as dit ce que tu pensais, Jodelle. La douleur nous rend souvent loquaces et honnêtes.

— Je ne voulais pas…

Mais elle se tut car elle ne voulait pas mentir : en effet, elle avait pensé chaque mot qu'elle avait prononcé.

— La discussion est close, Jodelle. Nous ne reviendrons pas sur cet épisode. Disons que les circonstances t'ont accordé l'immunité.

Rurik ne semblait pas plus affecté que cela, mais Jodelle se sentait mal à l'aise.

Et Perrine également.

— Merci pour ta clémence, intervint Perrine, soulagée que son amie n'ait pas à craindre de représailles. Jodelle est une femme courageuse et une bonne mère, crut-elle bon d'ajouter pour défendre sa cause.

— Nous verrons cela, fit Rurik avec un petit sourire, avant de fermer les yeux pour essayer de dormir un peu.

Le bébé se mit à pleurer et Jodelle le prit contre elle. Elle le berça et chantonna une petite berceuse. Apaisé, le bébé finit par s'endormir.

Dans la pénombre de la forge, il régnait enfin une certaine sérénité.

Chapitre 7

Le lendemain, Perrine aida Jodelle à se réinstaller dans la maison.

— Tu seras mieux dans ton lit. As-tu un berceau pour Daniel ?

— Celui d'Yvan se trouve à la remise attenante à la forge. Avec tous ces événements, je n'ai pas eu le temps d'aller le chercher ni de le remettre en état.

— Je crois que ceci pourrait être utile, dit Rurik en entrant avec, dans les bras, un berceau en fer forgé.

Le berceau ressemblait à un bateau dont les deux extrémités portaient des crochets dans lesquels était passée une chaîne qui maintenait le tout. Le guerrier suspendit le berceau à un anneau qu'il avait fixé sur une poutre. C'était un très bel ouvrage, et Jodelle comprit que Rurik l'avait fabriqué la nuit où il avait passé tant de temps à la forge après l'enterrement de Cédric.

Jodelle apporta un petit matelas de laine épaisse et une couverture qui lui venait de sa mère et avec laquelle elle avait bordé tous ses enfants. Puis délicatement elle y déposa Daniel, et Rurik le balança doucement.

— Je te remercie, c'est très beau, dit Jodelle en admirant toutes les finitions parfaites de l'objet.

— Il sera à l'abri des animaux ainsi, dit Perrine, admirative elle aussi.

Le soleil qui entrait par la porte ouverte réchauffait agréablement la pièce. Rurik ralluma la cheminée et Perrine proposa une tisane d'herbes amères à Jodelle.

— Cela t'aidera à cicatriser. Les saignements dureront plusieurs jours encore, c'est normal.

— Je sais tout cela, Perrine. Merci pour ta présence, dit gentiment Jodelle, en posant la main sur celle de son amie.

— Je vais chercher des plantes fraîches pour préparer plusieurs macérâts qui t'aideront bien.

— Merci de te donner autant de peine pour moi, Perrine.

La guérisseuse sortit de la maison et contourna le potager vers le petit carré de simples que toutes les maisonnées cultivaient.

Rurik remit la soupe à chauffer puis en servit un bol à Jodelle. Ces gestes simples l'ancraient chaque jour davantage dans le quotidien de la maison.

Il est le maître chez nous à présent, se répétait Jodelle pour essayer de s'en convaincre.

Soudain des voix parvinrent jusqu'à eux.

— Mère ?

— Yvan, entre, mon enfant, viens admirer ton petit frère, dit Jodelle en accueillant chaleureusement son fils.

Le jeune garçon se pencha au-dessus du berceau et fronça les sourcils.

— Il est petit.

— Il grandira et essaiera de te battre à la course, plaisanta Rurik.

— Il pourra toujours essayer, lança Yvan, l'air fier.

Eulalie vint embrasser sa mère et lui demanda comment elle allait.

— Je vais bien, la rassura Jodelle.

— Je peux le prendre ?

— Si tu pouvais éviter : il a beaucoup pleuré cette nuit et je voudrais juste dormir un peu, dit Jodelle tout doucement pour ne pas réveiller le bébé.

— Tu vas avoir besoin d'aide, mère. Je vais dire à tante Lise de trouver une autre fille au bourg pour la seconder.

— Non, Eulalie, Lise a cinq petits, moi je n'ai que celui-là qui ait besoin de moi.

— Es-tu sûre ?

Rurik s'approcha des femmes qui discutaient et intervint.

— Ta mère a un mari à présent. Je suis forgeron, je vais honorer les commandes et rattraper le retard. Jodelle peut rester à la maison avec Daniel. Et puis il est temps que Kolstein se mette à travailler le fer lui aussi.

— Je comptais plutôt rester sous les ordres de Sven au château, dit l'intéressé.

— Eh bien, nous pourrions trouver un compromis, fils, si tu es d'accord.

— Marché conclu, accepta le jeune guerrier en serrant la main de son père adoptif.

Rurik porta un regard rapide sur sa maisonnée et se sentit bien. Trois fils et une fille lui avaient été donnés malgré la perte de sa première famille. Et il avait une épouse. Une épouse qui le maudissait et lui prédisait tous les tourments de l'enfer. Peut-être le petit Daniel les rapprocherait-il. C'était son souhait en tout cas.

— Des hommes sont passés hier soir pour une commande. Ils ont passé la nuit au bourg, dit Jodelle.

— Je vous les enverrai lorsque j'irai chez oncle Jehan et tante Lise, proposa Eulalie.

— Qui étaient ces hommes ? demanda Rurik pour se faire une idée de ses futurs clients.

— Des commerçants de Caen, apparemment, dit Jodelle en repensant à leurs visiteurs.

— Rollon a aussi donné Caen à Wulfric, expliqua Rurik, pour tenir les deux femmes au courant de ce qui avait été décidé par l'évêque et Rollon.

— Bertrand de Caen était promis à Dame Aigline, dit Eulalie en prenant un châle et un panier de prunes qu'elle avait ramassées la veille. Est-il mort lui aussi ?

— Il semble s'être enfui, selon ces hommes, répondit Jodelle de sa couchette.

— Quelles nouvelles du château ? coupa Rurik.

— Rollon et l'évêque discutent des lois qui régiront le comté, répondit Kolstein en prenant un morceau de pain. Les tractations risquent de durer longtemps, ajouta le jeune homme en levant les yeux au ciel.

Des bruits de pas se firent entendre au dehors.

— Bonjour, vous, dit Sven en entrant et en saluant son frère d'une vigoureuse poignée de main. Le mariage a été consommé, et apparemment Dame Aigline a donné du fil à retordre à Wulfric, dit le guerrier en riant. Ce matin, il avait le visage tout griffé !

— Mon Dieu, est-ce vrai ? demanda Jodelle en écarquillant les yeux.

— J'ai pu le constater par moi-même, Jodelle. Mais un petit chaton ne peut pas grand-chose face à un loup aux mâchoires acérées, conclut-il, visiblement satisfait.

— Mon Dieu, comment va Dame Aigline ? demanda Jodelle, affolée.

— Elle semble encore entière, plaisanta Sven, tout en croquant dans une prune chipée dans le panier d'Eulalie.

La jeune fille baissa les yeux et sortit, les traits crispés.

— Je te remercie, Sven…, grogna Kolstein, en sortant à la suite d'Eulalie.

— Eh bien quoi ? Qu'ai-je fait ?

— Je crois que Kolstein aurait souhaité que tu passes sous silence certains détails au sujet de la nuit de noces mouvementée de Wulfric, expliqua Rurik en s'asseyant sur un banc.

— Il joue les vierges effarouchées maintenant ?

— Lui, je ne sais pas, mais Eulalie en est une, coupa Jodelle en foudroyant Sven du regard.

Sven sentit une présence derrière lui et vit Perrine dans l'encadrement de la porte qui le regardait sans oser entrer. Elle semblait avoir entendu leur conversation.

— Le bonjour à toi Perrine.

— Bonjour, messire, bredouilla la jeune fille, mal à l'aise, avant de déposer les plantes sur la table.

Elle alla faire bouillir de l'eau et y jeta les herbes et les racines qu'elle avait nettoyées auparavant.

Il était clair que Sven faisait peur à Perrine, elle en devenait gauche. Elle se brûla avec la marmite et laissa échapper un cri.

— Montre-moi, dit Sven en prenant sa main.

Perrine la lui reprit et recula d'un pas.

— Il y a un baume, Perrine, dans le coffre près de l'entrée, dit Rurik en se levant.

— Attends, je vais le faire, dit Sven en allant chercher le remède. Laisse-moi t'aider, dit-il à Perrine qui gardait toujours une bonne distance.

La jeune fille était écarlate et elle lança un regard désespéré à Jodelle.

— Perrine est guérisseuse, Sven, elle est capable de se débrouiller seule.

— Ce n'est rien du tout, dit la jeune fille, en reprenant ses tâches et en ignorant le flacon que lui tendait Sven.

— Bien, comme tu voudras, répondit le géant blond, l'air un peu déçu. Félicitations pour le bébé, Jodelle. Comment s'appelle mon neveu ?

— Daniel, répondit Rurik.

Sven eut une moue dubitative.

— Au fait, Rollon avait lancé les paris sur le sexe du bébé et tu viens de lui faire gagner une somme rondelette, Jodelle. L'évêque et Wulfric avaient parié que ce serait une fille.

— Tant pis pour eux, tant mieux pour Rollon, dit Rurik, philosophe.

— Perrine ? poursuivit Sven en regardant la jeune fille qui filtrait son infusion des plantes à travers une étoffe fine. Sache que j'ai tenu ma promesse : Wulfric garde Simon comme intendant. Et ton père m'a donné ta main. Bonne journée à tous, dit-il avant de partir.

Perrine regarda la porte se fermer et semblait nerveuse.

— Mon frère ne te veut pas de mal, Perrine, dit Rurik, en regardant la jeune fille avec intérêt.

— Alors, il aurait dû me laisser fille, répondit-elle en refermant deux flacons d'une main tremblante.

Puis, se tournant vers Jodelle, elle ajouta :

— Celui-ci est pour aider ton ventre à se raffermir, il peut provoquer des saignements plus abondants, mais sans gravité, ne t'inquiète pas. Et celui-là est pour aider à la montée de lait qui arrivera dans trois jours. As-tu tout ce qu'il te faut ?

— Oui, je te remercie, dit Jodelle qui était navrée de

voir une autre femme mariée contre sa volonté. J'ai des langes dans le coffrage du lit et tout ce qu'il faut pour Daniel, merci pour ton aide précieuse. Rentre chez toi, Perrine, et va te reposer.

— Je vais aller voir Dame Aigline, je pense qu'elle doit avoir besoin de moi, répondit la jeune fille, l'air sombre et préoccupé.

Une fois Perrine sortie, Rurik versa un peu de potion dans un verre et, sur les conseils de Perrine, il la dilua en y ajoutant une touche de miel pour la rendre moins âcre. Puis il tendit la préparation à Jodelle.

— Je vais aller travailler, dit-il en enfilant sa tunique de cuir sur sa chemise sans manches.

Il noua sa ceinture par-dessus et glissa sa hache dans l'anneau qui la maintenait contre lui. Il avait retrouvé son apparence guerrière, et Jodelle se demanda si elle s'y ferait jamais.

Le jour passa lentement pour la nouvelle accouchée qui savoura chaque minute avec son bébé. À un moment, elle se demanda si les hommes qui étaient passés à la forge la veille étaient venus voir Rurik, mais les pleurs de Daniel la ramenèrent à sa première préoccupation.

Les jours suivants, une certaine routine s'installa entre eux. Les enfants venaient leur rendre visite régulièrement, Eulalie s'occupait de Daniel le temps que Jodelle puisse se laver ou préparer le repas. La jeune fille aimait les enfants et semblait se rapprocher de Kolstein.

— L'évêque nous a envoyé un nouveau chapelain et a rappelé l'ancien.

— Qui est-ce ? demanda Jodelle curieuse.

— C'est le père Anthelme. Auparavant, il a été missionnaire aux Orcades où il y a des communautés chrétiennes parmi les Vikings. L'évêque a pensé que le père Anthelme saurait parler à ces hommes. Dame Aigline semble trouver du réconfort auprès de lui.

— Pauvre femme, soupira Jodelle navrée.

— Elle est courageuse et régit toujours la vie du château. Messire Wulfric semble écouter ses avis pour ce qui est de la gestion du domaine. Simon est toujours présent pour elle.

— Je suis heureuse que le nouveau vicomte semble vouloir faire preuve de bonne volonté.

La porte de la maison s'ouvrit et Rurik entra, accompagné de Wulfric et Dame Aigline. La mère et la fille se regardèrent, espérant que les nouveaux arrivés n'aient pas entendu leurs propos.

— Je suis heureuse de vous voir, madame, dit Jodelle en approchant du bord de la couche.

— Reste couchée, Jodelle, intervint Aigline en allant vers elle. Il faut rester prudente jusqu'à tes relevailles.

— Mère n'en fait qu'à sa tête et passe son temps à faire toutes sortes de travaux, gronda Eulalie.

— Ta mère a la tête dure, semble-t-il, lança Wulfric en s'approchant du berceau.

Le nourrisson dérangé dans sa sieste se mit à pleurer et la châtelaine vint à son secours.

— Allons, petit ange, ne pleure pas, dit-elle en le prenant contre elle. Il est beau, félicitations, Jodelle, dit-elle chaleureusement. Calme-toi, mon ange, chuchota la jeune femme en berçant l'enfant.

Jodelle remarqua que les traits du vicomte s'étaient détendus, il regardait à présent sa jeune épouse avec un air étrange. Il semblait évident qu'il aspirait à une descendance.

— Vous semblez à l'aise avec les bébés, madame, dit gentiment Jodelle.

— Peut-être pas tout à fait, puisque je n'ai pas réussi à faire taire les pleurs de ce petit polisson, dit Aigline en redonnant son fils à Jodelle.

— À cet âge, pour les calmer, il n'y a qu'une chose à faire : les nourrir, sourit la forgeronne en se détournant pour allaiter son enfant.

— Comment te portes-tu ?

— Bien, les suites de couches sont tout ce qu'il y a de plus normales et ce petit glouton dévore jour et nuit. Mais j'ai de la chance, il est très calme et ne pleure pas beaucoup. Et vous, madame, comment vous portez-vous ? demanda Jodelle, sans pouvoir éviter Wulfric du regard.

— Bien, je te remercie. Nous nous apprêtons à aller inspecter le bourg. Je voulais présenter nos artisans à mon époux. Jehan nous accompagnera, ainsi que Simon pour que Messire Wulfric puisse évaluer nos réserves et se rendre compte par lui-même que nos registres sont tenus à jour.

— C'est grâce à vous, madame. Vous avez toujours très bien régi le domaine.

— Cédric ne s'intéressait pas à cela, ce qui faisait ma joie, puisque j'ai toujours aimé ce rôle, avoua Aigline, en rosissant de plaisir.

À l'évocation de Cedric, Jodelle ne put s'empêcher de regarder le vicomte, et celui-ci la fixa sans ciller. Cet homme était impressionnant, et Jodelle ne put soutenir son regard. Sentant sa mère nerveuse, le bébé lâcha le sein et se mit à pleurer.

Rurik intervint et prit son fils dans ses bras pour laisser Jodelle se couvrir.

— Te voir avec cet enfant, Rurik, me rappelle la naissance de Jarlaug, dit Wulfric.

— De lointains souvenirs…, répondit le guerrier de sa voix grave.

— Qui est Jarlaug ? demanda Aigline qui ne savait rien du passé de ces hommes ni du massacre de Kragero.

— Mon fils. Il est mort il y a longtemps déjà.

— Je suis désolée, dit Aigline, en se sentant maladroite.

La châtelaine réajusta sa position et porta la main à son cœur.

— Vous ne pouviez pas savoir, madame, dit Jodelle, en se levant pour proposer du cidre de sa fabrication à ses visiteurs. Mais c'est vrai que Rurik est étonnamment à l'aise avec Daniel. Mes précédents maris supportaient mal les pleurs d'Eulalie et Yvan.

— C'est la raison pour laquelle existent les nourrices, répondit Wulfric en acceptant le gobelet tendu par Jodelle.

— Nourrir son enfant est aussi une grande joie pour la mère. Je n'aurais jamais laissé aucune autre femme allaiter mes enfants.

— En cela, tu m'as toujours un peu fait penser à une louve, reconnut Aigline.

Jodelle sourit de cette comparaison, mais elle devait avouer que Dame Aigline avait trouvé une image assez juste. Elle vivait sa maternité de façon instinctive et cela lui convenait très bien. Et comme Eulalie était une belle jeune fille et Yvan un garçon en pleine santé, elle avait sans doute bien agi.

— Le père Anthelme nous a été envoyé par mon oncle comme chapelain et il souhaiterait te rencontrer, si tu le désires bien sûr.

— Pour quoi faire ? demanda Rurik, en prenant place près de Jodelle, le bébé toujours contre lui.

— Jodelle pourrait avoir besoin de conseils spirituels, supposa Aigline qui sentait une réticence, à peine masquée, chez Rurik.

— Mon fils sera baptisé, si c'est ce qu'il veut savoir. Kolstein et Sven aussi.

— Je suis heureuse de l'apprendre, Rurik, dit simplement Aigline avec douceur.

— Je serais heureuse de rencontrer le père Anthelme s'il n'a pas peur de pénétrer dans l'antre d'une pécheresse.

— Cesse de t'humilier, Jodelle. Seul Dieu peut nous juger.

Et le père Anthelme est un homme bon. Je crois qu'il veut seulement connaître toutes les âmes de ce bourg et apporter son soutien à ceux qui le désirent. Il m'a été d'une grande aide, et je n'ai pas honte de dire qu'il est une oreille attentive et un bon guide spirituel.

— Jodelle, tu pourras aller lui rendre visite au château si tu veux, intervint Rurik, je ne peux pas t'empêcher de croire en ton dieu. Mais je ne veux pas que le père vienne dans cette maison. Ici je suis seul juge et maître, conclut Rurik en déposant son fils dans le berceau.

Aigline sourit avec bienveillance et inclina la tête comme pour montrer qu'elle ne voulait pas s'immiscer dans la vie de Rurik et Jodelle.

— Merci pour votre visite, madame, je suis très heureuse de vous avoir vue. Perrine se faisait du souci pour vous.

— Elle a été d'une aide et d'une compagnie précieuses après notre mariage, commenta la châtelaine en rougissant.

Un petit silence gêné suivi cette phrase, mais, comme à son habitude, Aigline sourit et essaya de faire bonne figure.

— Sven et Perrine se marieront au solstice d'été, dit Wulfric, visiblement satisfait que ses lieutenants prennent femme.

Jodelle profita du moment où les hommes allèrent visiter la forge pour parler librement à la châtelaine.

— La situation n'est-elle pas trop difficile pour vous, madame ? demanda-t-elle.

— J'ai connu de meilleurs jours… Heureusement, le domaine est un de nos terrains d'entente. J'essaie de faire au mieux, mais, parfois, le désespoir me saisit.

— Être forcée de partager le lit du meurtrier de son frère…, dit Jodelle avec une moue de dégoût.

— Il m'arrive de me demander ce que j'ai fait pour mériter cela, dit Aigline tristement. Mon époux est dur et si dominateur, j'ai toujours peur de ses réactions, peur de faire quelque chose qui pourrait l'irriter.

— Je comprends parfaitement ce que vous voulez dire, les choses sont pareilles ici. Rurik n'est pas méchant en soi et il ne me maltraite pas, mais je n'arrive pas à pardonner. Je suis en colère et amère. Je me sens dépossédée de tout et de moi-même. Même mes enfants lui appartiennent. Ma forge aussi.

— Tu as toujours été très indépendante et j'envie ta force. Moi, j'ai besoin de l'approbation des miens pour me sentir pleinement vivre.

Jodelle soupira et entendit Aigline faire de même.

— Comment se portent les autres femmes qui ont été choisies par les hommes du vicomte ?

— Dans le même état d'esprit que nous, je suppose, fit la châtelaine en reposant son gobelet de cidre. Il lui ressemble, je trouve, ajouta-t-elle en caressant la petite tête brune de Daniel. Je suis sûre que Cédric l'aurait adoré.

La voix de la châtelaine se brisa, mais elle reprit contenance et se força à contrôler ses émotions.

— Daniel est un joli prénom. Je te souhaite de trouver la paix, Jodelle.

— Je vous le souhaite également, madame, répondit la forgeronne en prenant la main de sa châtelaine dans les siennes avec un geste amical.

Elles sortirent de la maison et Jodelle referma le bas de porte pour empêcher les poules d'entrer. Dehors, les hommes bavardaient au sujet des travaux à effectuer au château.

— Je dois avouer qu'Aigline a été de très bon conseil, dit Wulfric après avoir expliqué qu'ils devaient commencer par la cour où les eaux de pluie s'évacuaient mal.

Voir un homme comme Wulfric faire preuve d'humilité surprit Jodelle, qui le regarda avec stupéfaction.

— Je ne suis pas le monstre que tu crois, la taquina-t-il.

— Je n'ai jamais dit cela, bredouilla Jodelle, qui sentit sur elle le regarda moqueur de Rurik.

— Oh non, tu nous as juste voués à tous les tourments de l'enfer, avant de souhaiter écraser nos têtes avec ton marteau, lâcha le guerrier.

Jodelle ouvrit la bouche et la referma aussitôt en se mordant les lèvres. Elle s'attendait à devoir essuyer le courroux du vicomte, mais rien ne vint.

— Un conseil, Rurik, range les marteaux et les outils de la forge loin de cette femme, lança joyeusement Wulfric en aidant Aigline à monter en selle.

— Au revoir, messire, au revoir, madame, dit Jodelle, honteuse.

Les deux cavaliers repartirent vers le bourg pour y poursuivre leur visite.

— Et cette immunité dont tu m'avais parlé ? Tu as déjà oublié ta promesse ? demanda Jodelle, courroucée, en foudroyant son époux du regard.

— J'ai parlé d'immunité, moi ? répondit Rurik en prenant son menton d'un air concentré. L'occasion était trop belle, je n'ai pas pu résister, avoua-t-il, hilare.

— Ravie de constater que je te fais rire, jeta-t-elle vexée, avant de se détourner, le dos droit.

Jodelle rentra chez elle avec le sentiment d'avoir été jouée. Elle était d'humeur irascible. Tous ces changements et bouleversements dans son existence et dans la vie du bourg étaient difficiles à surmonter.

Rurik alla puiser de l'eau et la déposa sur la table. Il en versa une partie dans une petite bassine.

— Daniel va avoir droit à son premier bain.

— Il est trop petit, et l'eau est trop froide, dit Jodelle, après avoir trempé la main dans la bassine. Le laver comme je le fais suffit bien.

— Il doit s'aguerrir, coupa Rurik fermement.

— Ce n'est qu'un bébé, dit Jodelle en se plaçant devant le berceau pour faire écran.

— Tu vas en faire une mauviette. Mon fils sera un guerrier. D'ailleurs à ce propos, Sven et Kol vont entraîner Yvan, il a déjà dix ans et vit toujours dans tes jupes, dit Rurik, avec une moue méprisante.

— Il est en apprentissage chez Simon et sera intendant. Pas guerrier ! coupa Jodelle en pointant un doigt menaçant vers son époux.

— Et alors ? L'un n'empêche pas l'autre, dit Rurik en haussant les épaules. Chez nous tous les hommes doivent apprendre à tenir une épée ou une hache.

— Vous n'êtes pas chez vous ici ! hurla-t-elle en colère.

— Tu es ma femme et tu vas obéir. Baigne mon fils.

Les yeux noirs de Rurik auraient dû pousser Jodelle à plus de retenue, mais ses instincts de louve la privaient de toute prudence.

— Ce n'est pas ton fils !

— Retire ce que tu viens de dire tout de suite, dit-il d'une voix trop calme pour ne pas préfigurer la tempête.

— C'est la vérité, tu peux dire ce que tu veux, mais ça ne changera rien ! Je ne suis ta femme que parce que tu m'as forcée à le devenir, avec la complicité de ce chien de Rollon.

Rurik ouvrit la boucle de sa ceinture et Jodelle blêmit.

— Tu peux me battre si cela te chante, mais cela ne changera rien.

Le visage du guerrier se fit froid et hostile.

— Si ce n'est pas mon fils, alors la place de Daniel n'est pas ici.

— Non ! Que fais-tu ? demanda-t-elle, prise de panique en voyant Rurik prendre le bébé et sortir de la maison.

Jodelle courut derrière lui et le retint par la manche.

— Arrête ! Mais arrête !

— C'est toi qui l'as voulu, tu dois assumer tes propos. Après tout, Frédéric avait peut-être raison. Sa place est sûrement à ses côtés.

— Non ! Pitié, laisse-moi mon fils !

Rurik la poussa et elle tomba par terre, en larmes.

— Je t'en supplie, laisse-moi Daniel. Je te demande pardon. Je ferai tout ce que tu diras.

Rurik reprit sa marche vers le château et Jodelle se releva à la hâte. Elle souleva ses jupes pour courir devant lui et lui barrer le passage. Le bébé se mit à pleurer et elle sentit son cœur se déchirer.

— Daniel est ton fils… essaya-t-elle, désespérée.

Rurik la regardait sévèrement et semblait attendre autre chose.

— Je suis ta femme, dit-elle en larmes, en triturant son tablier, le regard rivé sur Daniel.

Le silence de Rurik dura plusieurs secondes encore.

— Sven et Kol entraîneront Yvan.

Le vent jouait dans ses boucles rousses et ses traits tirés ne semblaient pas émouvoir le guerrier.

— Je t'en prie, supplia-t-elle de nouveau, en tendant les bras vers son fils qui pleurait toujours.

— C'est la dernière fois que tu me défies, Jodelle, dit Rurik en la dominant de toute sa taille, mais sans lui rendre Daniel pour autant. J'ai tous les droits sur vous. Si tu veux partir, alors pars. Mais les enfants resteront ici.

Elle ne disait rien et pleurait en silence, priant le ciel qu'il se montre clément. Elle n'avait pas le choix, elle devait céder.

Lorsqu'ils furent de retour dans la maison, Jodelle se cacha dans son alcôve avec le bébé et pleura amèrement. Rurik fouilla dans une sacoche et en sortit une statuette de bois à l'effigie d'Odin. Il la posa sur la cheminée, à côté du crucifix, et défia Jodelle de dire quoi que ce soit contre son geste.

Elle garda le silence.

Les semaines passèrent les unes après les autres. Rollon et ses hommes quittèrent Lisieux, et le bourg reprit ses habitudes sous le commandement de ses nouveaux maîtres. Un jour, Jodelle reçut la visite du père Anthelme. C'était un homme bon et doux, dévoué aux habitants de la ville.

Il avait célébré les mariages chrétiens des hommes du Nord et des femmes de Lisieux, à l'exception de celui de Jodelle et Rurik. Daniel avait plus d'un mois à présent, mais Jodelle n'était pas retournée au bourg ni au château depuis la naissance. Elle se renfermait sur elle-même et sur son bébé.

— Dieu bénisse cette maison, maîtresse Jodelle, ainsi que tous ses occupants.

— Merci, mon père, dit poliment Jodelle. Rurik est à la forge si vous avez besoin de quelque chose.

— Ce n'est pas ton mari que je viens voir, mais ton fils et toi, lui dit le chapelain en souriant.

— Rurik ne souhaite pas… Mon mari préférerait que je vous voie à la chapelle.

— Alors pourquoi n'es-tu pas venue à la messe ? demanda le prêtre en acceptant le banc que Jodelle lui montra.

— Je n'ai pas reçu la bénédiction des relevailles, prétexta-t-elle.

— Pour cela il te suffisait de le demander, et je te l'aurais accordée. Mais je suis là maintenant, alors peut-être pourrais-tu m'accompagner au château ?

— Je ne sais pas… Nous pourrions aller marcher sur le chemin qui mène à la forêt ? proposa-t-elle en regardant si son mari était là.

Mais le bruit du marteau et la fumée de la forge lui apprirent que Rurik y travaillait toujours.

— Crains-tu que ton époux ne soit fâché de ma présence ?

— C'est possible.

— T'empêche-t-il de mener une vie chrétienne ?

— Non, il me laisse libre de prier et d'aller à l'église, mais ne veut pas de vous dans la maison. Il a posé une statuette représentant un de ses dieux païens à côté de mon crucifix.

— Tu remarqueras qu'il l'a juste posée et qu'il n'a pas touché à la croix de Notre Seigneur, dit le bon père en insistant bien. Je respecte cela, et je ne veux pas que ton mari se mette inutilement en colère contre toi.

Le père Anthelme se leva et Jodelle crut qu'il partait, mais elle le vit frapper à la porte de la forge et le suivit, sans entrer pour autant.

— La paix soit avec toi, Rurik. Je suis le père Anthelme envoyé par l'évêque Frédéric.

— Oui, je sais, répondit le forgeron en continuant à travailler.

— Dame Aigline m'a envoyé voir ton épouse, mais celle-ci souhaite avoir ton autorisation.

— Elle vous verra au château, quand Daniel sera en âge de se passer de sa mère plus d'une heure.

Les coups de marteau reprirent, mais le vaillant père ne semblait pas s'en offusquer.

— Acceptes-tu que Jodelle fasse quelques pas avec moi afin que je lui accorde la bénédiction des relevailles ?

— Qu'est-ce que c'est que ça ?

— Une action de grâce de la part des jeunes mères, désireuses de remercier Dieu pour le précieux don qu'il leur a fait en leur permettant de donner la vie. Après une période de quarante jours, elles peuvent alors présenter leur enfant et reprendre leur place dans ce bas monde. Ton fils a plus d'un mois, ta femme peut revenir parmi nous.

— Si elle y tient, je ne suis pas contre. Mais je ne veux pas que cela se fasse ici.

Le père Anthelme était un homme sage et savait que, chez les Vikings, le père est aussi le chef spirituel de la famille. Il ne voulait pas froisser Rurik ni causer de tort à son épouse, dont il avait l'intention de plaider la cause.

— Jodelle ne semble pas vouloir quitter la maison, sais-tu pourquoi ?

— Non.

— Puis-je émettre une opinion ?

Rurik souffla et posa son marteau.

— Je t'écoute, moine.

— Je crois que Jodelle s'estime pécheresse à cause de la naissance de Daniel et des circonstances dans lesquelles elle est advenue, mais aussi parce que votre mariage n'a pas été célébré selon le rite chrétien. Elle n'ose pas paraître en public et encore moins montrer votre fils.

— Elle a honte, c'est cela ? demanda Rurik, amer.

— C'est possible. Mais pas de toi, le détrompa le père Anthelme.

— Alors de quoi ?

— D'elle-même.

Jodelle, qui en avait trop entendu, fit demi-tour vers la maison. Le père Anthelme avait deviné ses sentiments, et elle se sentait exposée. Elle était persuadée que Rurik devait se moquer d'elle et de ses scrupules.

Mais dans la forge, l'heure n'était pas à la moquerie.

— J'ai célébré une dizaine d'unions depuis trois semaines. À ma connaissance, vous êtes les seuls qui vivez ensemble sans être mariés selon nos coutumes chrétiennes.

— Nous sommes mariés selon les miennes, rétorqua Rurik froidement.

— Tu dis vrai, mais aux yeux des gens d'ici, vous vivez dans le péché. Jodelle est originaire de ce bourg. Elle y a ses habitudes, sa famille et ses amis. Elle se sent exclue depuis la naissance de Daniel. Ou elle s'exclut elle-même, ce qui revient au même.

— Je comprends, dit Rurik en se servant une rasade de bière qu'il avala d'un trait, assoiffé par les travaux de la forge. Tu peux aller la trouver, il y a un verger derrière la maison avec un banc de pierre. Vous y serez tranquilles et Jodelle ne sera pas loin de Daniel s'il se réveille.

— Il est de coutume que le père présente l'enfant sur les fonts baptismaux le lendemain de sa naissance. Et qu'il lui choisisse un parrain.

— J'ai dit à Jodelle qu'elle pouvait faire baptiser mes fils.

— On dirait que tu te désintéresses de la chose. Considérerais-tu que ce sacrement n'est pas ton affaire ?

— Pour le moment, oui… J'ai trop de travail à la forge, trop de commandes à honorer, cela accapare tout mon temps.

Rurik se releva et reprit son travail. La discussion était close.

— Dieu t'a donné une belle famille, Rurik.

Le guerrier arrêta son geste et regarda le père Anthelme.

— Mes dieux m'ont abandonné et m'ont repris ma famille. J'ai perdu une femme, deux enfants, une forge et des terres. Un moine m'a annoncé que ton dieu donnait au centuple ce qui avait été perdu. En arrivant à Lisieux, j'ai trouvé une femme, trois enfants, une forge et des terres. Donc, c'est vrai, reconnut le guerrier, j'ai reçu un beau présent, peut-être de la part de ton dieu.

— Et toi, Rurik que donnes-tu en retour ?

Rurik regarda le prêtre en fronçant les sourcils.

— Bientôt Kolstein et Daniel seront baptisés, que veux-tu de plus ?

— Moi, rien. Mais Jodelle, peut-être. Je te remercie pour le temps que tu m'as accordé, Rurik, ajouta le père après une courte pause.

L'homme d'Église sourit et repartit vers la maison, où il trouva Jodelle inquiète.

— Ton mari accepte que nous parlions au jardin. Il y a un banc au verger, paraît-il…

— Oui, acquiesça Jodelle, soulagée qu'il n'y ait pas eu d'altercation à la forge. Mais je n'arrive pas à y croire : a-t-il vraiment accepté ?

— Oui, rassure-toi. Les décisions du roi ont bouleversé nos existences. Et certaines plus encore que d'autres, dont la tienne. Mais n'oublie pas non plus que la plupart de ces hommes du Nord font de gros efforts pour s'adapter. Avec plus ou moins de succès, ajouta malicieusement le père Anthelme.

Jodelle prit soin de vérifier que Daniel n'avait besoin de rien avant de sortir avec le chapelain. Elle le conduisit au banc situé sous les arbres et s'agenouilla pour recevoir la bénédiction.

— Dieu éternel et tout-puissant qui par la maternité de la Sainte Vierge Marie avez changé en liesse les douleurs des femmes qui deviennent mères, jetez un regard de bonté sur Jodelle, qui, pleine de joie et d'espérance, vient dans votre temple divin pour rendre grâce. Faites qu'après la vie sur cette terre, par les mérites de l'intercession de la Vierge, elle obtienne, ainsi que ses enfants, la béatitude éternelle. Par le Christ Notre Seigneur, dit le père Anthelme, en dessinant une croix dans le ciel pour la bénir.

— Amen, répondit Jodelle pieusement, avant de se relever. Merci, mon père, d'être venu.

— Viens me voir quand tu seras prête, afin que l'on puisse baptiser ton fils.

Jodelle hocha la tête et raccompagna le père Anthelme jusqu'au sentier qui menait au château. Depuis l'encadrement de la porte, où il se tenait depuis de longues minutes, Rurik les regardait.

Comme tous les soirs, Rurik se coucha près d'elle. Jodelle attendait qu'il prenne la parole, mais il resta silencieux, comme il l'avait été durant tout le dîner.

— Es-tu fâché que le père Anthelme soit venu me voir ? demanda-t-elle enfin.

— Non. Je ne connaissais pas cette coutume qui consiste à bénir les mères afin qu'elles puissent reprendre leur place dans le monde. Si c'était important pour toi, tu aurais dû m'en parler. Il y a certaines choses que je ne peux pas deviner.

— Quelles sont vos coutumes à vous ? demanda-t-elle, curieuse.

— Le père présente son enfant à la maisonnée puis l'annonce de la naissance est faite aux autorités, publiquement. Ce que j'ai fait auprès de ton évêque, de Rollon et Wulfric.

Il marqua une pause et se redressa sur son coude pour la regarder.

— J'ai dit à ton prêtre que tu pourras te rendre au château et à l'église dès que Daniel sera capable de se passer de toi le temps nécessaire, ajouta-t-il.

— Merci, dit-elle simplement.

Elle lui adressa un regard reconnaissant. En guise de réponse, Rurik caressa sa joue. Surprise par cette douce marque d'affection à laquelle elle n'était pas habituée, elle battit des paupières. Il laissa errer ses doigts sur son visage, puis dans ses cheveux détachés. Jodelle, qui ne put retenir un frisson, ferma les yeux. Elle sentit alors la caresse d'une bouche sur ses lèvres. Sans ouvrir les yeux, elle répondit à ce baiser et laissa échapper un petit soupir d'aise. Sans doute enhardi par son abandon, Rurik glissa une main sous sa chemise et prit un de ses seins dans le creux de sa paume. Aussitôt, leur baiser devint plus intense et Rurik caressa voluptueusement son ventre et ses hanches avant d'attraper un pan de sa chemise pour dénuder ses jambes. Jodelle l'interrompit en posant sa main sur la sienne.

— Je ne peux pas. Pas encore…

— Je sais, dit Rurik en continuant néanmoins ses caresses. Ton retour de couches…

— Comment sais-tu cela ? demanda-t-elle, surprise.

— J'ai déjà été marié, Jodelle, et père. Je sais que ces choses prennent du temps, et qu'après une naissance, un homme doit se montrer patient. Je serai patient.

— Et n'oublie pas que tu dois aussi attendre que je sois d'accord, précisa-t-elle.

— Je n'oublie pas.

Rurik caressa ses courbes douces et chaudes. Sa peau, qui sentait délicieusement bon, était douce et veloutée comme celle des pêches qu'il avait découvertes lors de l'un de ses voyages vers le sud. Il la serra contre lui comme il faisait chaque soir. Mais, cette fois, il sentait chez elle moins de résistance et de réticence. Le moment était peut-être propice pour parler.

— Si tu ne vas pas plus au bourg, ni au château, c'est parce que je ne t'ai pas épousée selon tes coutumes ?

— Peut-être, admit-elle de mauvaise grâce.

— Je croyais pourtant que tu te moquais du regard et du jugement d'autrui…

— C'est ce que je pensais moi aussi, avoua-t-elle. Mais finalement, je ne suis peut-être pas aussi forte que cela.

Cette constatation laissa Jodelle songeuse. Qu'y avait-il d'autre chez elle qu'elle ignorait encore ?

Chapitre 8

Le solstice d'été arriva deux semaines plus tard, et avec lui, les préparatifs du mariage de Sven et Perrine. Grâce à l'intervention de Dame Aigline, la jolie guérisseuse avait réussi à dominer sa peur, et Sven s'était montré honnête envers elle, lui promettant de ne jamais lever la main sur elle et de toujours pourvoir à sa sécurité ainsi qu'à ses besoins.

Tout le bourg serait présent et Eulalie ne parlait plus que de cela et de la robe que sa tante Lise comptait lui prêter pour l'occasion.

— Elle est bleue, et bordée d'un joli cordon, expliqua la jeune fille enthousiaste. J'espère qu'elle te plaira.

— Je suis sûre que tu seras très jolie, sourit sa mère, un peu agacée que sa belle-sœur ait pris cette initiative.

Jodelle avait voulu proposer à sa fille de porter la robe que lui avait offerte son premier mari – le père d'Eulalie – peu après leur mariage. Elle était d'un vert profond, et se portait par-dessus une chemise blanche brodée de fleurs jaunes et vertes au col et le long des manches. C'était un cadeau hors de prix qu'il avait acheté à Caen lors d'un voyage. Le seul qu'il lui ait jamais fait.

— Je voulais la garder pour ton mariage, mais si cela te fait plaisir, tu peux la porter, proposa Jodelle en sortant la jolie robe et la chemise d'un sac de toile précieusement rangé dans le coffrage du lit.

— Oh ! mère, c'est magnifique.

Eulalie souleva le tissu avec un évident plaisir, mais son regard se voila un peu.

— Je ne voudrais pas que tante Lise me croie ingrate.

— Mais non, rassure-toi, elle comprendra. Ton père m'a fait ce cadeau, et il est normal qu'il te revienne.

— Je serais heureuse de porter cette robe. Pour mon mariage, peut-être ?

Jodelle reposa la robe dans son sac de toile et invita sa fille à prendre place autour de la table.

— Eulalie, ma fille, le mariage n'est pas une formalité. C'est un engagement à vie, il faut que tu sois sûre de toi. Je ne veux pas que tu choisisses Kolstein par peur ou parce que tu crois que nous sommes obligées de nous plier aux désirs de nos nouveaux maîtres. Tu es née libre et non attachée à cette terre. Tu as le choix, tu comprends ?

— Je le sais, ne t'inquiète pas, et je mesure ce privilège, d'autant plus que nombreuses sont celles d'entre vous qui n'ont pas eu le choix. Mais… Si je voulais vraiment de Kolstein comme époux ? demanda la jeune fille en rougissant.

Jodelle savait que le jeune guerrier troublait sa fille. C'était naturel : il était beau malgré la cicatrice qu'à cause d'elle il avait conservée, et bien fait de sa personne. De plus, il était attentif et d'une agréable compagnie.

— Je ne peux pas lire dans ton cœur à ta place.

— Je crois que je suis amoureuse, mère, avoua Eulalie, la main sur la poitrine. Mon cœur bat plus vite quand il est là, et quand je suis près de lui je me sens bien.

— Et quand il te tient dans ses bras et t'embrasse, que ressens-tu ?

— Mère ! s'exclama Eulalie, surprise et choquée par la question.

— Je connais les choses de la vie, Eulalie. Kolstein n'est pas fait de bois, et toi non plus je suppose.

— Eh bien, oui, il est peut-être arrivé, une ou deux fois, qu'il m'embrasse, et peut-être aussi que…, qu'il…, bredouilla la jeune fille.

Eulalie lissa ses boucles rousses, l'air préoccupée.

— Est-il mal de vouloir plus que quelques baisers ? demanda l'adolescente d'une petite voix.

Jodelle, heureuse que sa fille lui demande conseil, essaya de trouver les mots justes.

— Tu deviens une femme, ma chérie, il n'y a rien de mal à cela. Le désir et l'amour sont cependant deux choses différentes.

— Comment les reconnaître ? demanda Eulalie, peu sûre d'elle.

— Le désir mène au plaisir, l'amour au bonheur. Les deux ne sont pas incompatibles.

— As-tu été amoureuse de mon père ou de celui d'Yvan ?

Eulalie était suffisamment grande pour que Jodelle soit honnête avec elle.

— Non, nos mariages ont été arrangés. J'ai essayé d'être une bonne épouse, mais ton père était un homme dur. Et quand il était ivre, ce qui arrivait souvent, il était violent.

— Il t'a battue ? demanda Eulalie, choquée.

— Tout cela appartient au passé, ma chérie. Mais sache que ton père t'aimait et qu'il n'a jamais levé la main sur toi. C'est tout ce que tu dois retenir de lui.

— Kol ne sera pas comme cela, déclara Eulalie, convaincue.

— Parfois les gens changent, et on ne les reconnaît plus, dit Jodelle, pessimiste.

— Ta mère a raison, Eulalie, intervint Rurik, venu déposer des bûches devant le feu. Il arrive même qu'ils s'améliorent.

Les deux femmes, absorbées par leur conversation, ne l'avaient pas entendu arriver.

— Kol est à la forge, va le rejoindre le temps que je parle à ta mère.

— D'accord, répondit Eulalie, tout sourire, en sortant.

Rurik lava ses bras et aspergea sa nuque d'eau, puis il retira sa veste de cuir et sa chemise.

— Je crois que je n'ai plus besoin de cela, dit-il en défaisant le bandage qui maintenait son épaule.

— Tu as bien cicatrisé, c'est vrai, admit Jodelle en regardant la marque rouge qui laisserait une cicatrice.

Une parmi tant d'autres sur son corps de guerrier. Il se lava puis se sécha avant de lui faire face. Jodelle sentit son cœur s'accélérer en voyant cet homme très viril faire étalage de sa musculature. Elle qui justement venait de parler de désir à sa fille sentait son corps sevré de plaisir depuis bien longtemps s'enflammer. Elle passa nerveusement sa langue sur ses lèvres sèches et se servit à boire un gobelet d'eau.

— Tu voulais me parler ? demanda-t-elle pour se concentrer sur autre chose que sur ce torse parfait.

— J'ai discuté avec Rollon et Wulfric à ton sujet.

— Je dois m'attendre au pire alors, dit-elle en se rembrunissant.

— Je pensais que ta colère pour eux s'était éteinte. N'as-tu pas vu tout ce qu'ils font pour le comté ?

— Je ne suis pas en colère, coupa-t-elle sombrement.

— Oh non, tu débordes de joie et de bonne humeur ! ironisa-t-il en s'approchant.

Afin qu'elle se radoucisse, Rurik passa la main dans la chevelure mal attachée de sa femme. Se perdre dans son épaisseur était toujours un délice.

— J'aime quand tes cheveux sont libres sur ton dos. Tu devrais les porter détachés plus souvent.

— J'ai passé l'âge, tu ne crois pas ? Mais les tresses ne me vont pas, mes cheveux sont trop bouclés pour être domptés. Une queue-de-cheval, ce n'est pas si mal, conclut-elle, philosophe, en haussant les épaules.

— C'est vrai et cela peut même avoir une autre utilité, dit-il en enroulant ses cheveux autour de son poing pour lui faire redresser la tête vers lui.

Jodelle attendait qu'il l'embrasse, mais rien ne vint. Il se contentait de scruter son regard.

— Je suis venu te demander ce que tu as décidé.

— À quel sujet ?

— À notre sujet. Comptes-tu quitter Lisieux ou bien rester ici avec nous ?

— Sous-entendu, avec toi ?

— L'un ne va pas sans l'autre, je te l'ai dit. Les enfants m'appartiennent et j'ai décidé de m'installer ici. Je veux une famille. Et je préférerais que cette famille ait une mère, ajouta-t-il en approchant son visage du sien.

Jodelle respirait vite, ils étaient si près l'un de l'autre.

— Je te veux, Jodelle, et je t'ai choisie. À toi maintenant de faire ton choix.

— Tu appelles cela un choix ? Comment pourrais-je laisser mes enfants ?

— Je te propose un choix honnête, fait selon mes coutumes. Que proposeraient les tiennes ? Que disent tes lois quand une mésentente survient entre le père et la mère ?

— Les enfants appartiennent à leur père, avoua-t-elle, sachant qu'elle n'obtiendrait jamais gain de cause dans cette affaire.

— Alors choisis-tu de partir ou de rester ?

Jodelle sentit de nouveau cette vague de colère et de tristesse submerger son cœur.

— Ce sont mes enfants, je reste.

Une larme coula sur une de ses joues, et Rurik prit ses lèvres avec douceur. Ce fut un baiser salé, persuasif et tendre à la fois. Elle le laissa prendre ses lèvres sans résistance, depuis longtemps elle aimait ses baisers et la force de ses bras. Jodelle posa ses mains sur les épaules de son mari et approfondit le baiser. Tenant toujours ses cheveux autour de son poing Rurik la souleva avec précaution et l'assit sur la table, il se positionna entre ses cuisses et lui caressa un sein.

— J'ai envie de toi, Jodelle.

Jodelle sentait son désir contre elle, et tout son corps réclamait cet homme.

— Je vais sûrement brûler en enfer pour cela, aussi, dit-elle, sans pour autant l'attirer vers elle.

Le combat qui faisait rage entre sa raison et son corps la paralysait.

— Je ne sais pas quoi faire, Rurik, il faut que tu m'aides.

— C'est à toi de me choisir, Jodelle, je t'ai dit que je ne te forcerais pas. Je l'ai fait une fois et je ne recommencerai plus jamais, je te le jure.

Jodelle leva ses yeux vers ceux de Rurik. Il semblait sincère. Devait-elle le choisir ? Accepter définitivement sa présence ? Lui faire confiance et abandonner son avenir entre ses mains ?

— J'ai peur, avoua-t-elle, en posant sa tête contre son torse pour qu'il ne la voie pas pleurer.

— Peur de moi en tant qu'homme ? demanda-t-il pour essayer de comprendre.

— Non. Enfin si, un peu, mais… J'ai peur de te faire confiance et que tu me trahisses. Peur de te donner mes enfants et que tu leur fasses du mal. Peur qu'Eulalie fasse le mauvais choix avec Kolstein. Peur qu'Yvan et Daniel souffrent à cause de mes choix et…

Rurik releva son visage tourmenté. Elle était en plein désarroi.

— Je suis fatiguée, Rurik, fatiguée de porter tout cela à bout de bras. Fatiguée d'avoir peur. Ma vie part en morceaux, et je ne maîtrise plus rien depuis la mort du père d'Yvan. Cédric d'abord, puis toi…

— Tu as besoin de dormir, ma douce, dit Rurik en la portant comme une enfant jusqu'au lit. Dors, je veillerai sur Daniel. Une fois que tu seras reposée, nous reparlerons de tout cela.

Jodelle sécha ses larmes et le regarda avec incompréhension.

— Pourquoi es-tu gentil avec moi ? Tu devrais me détester.

— Je te l'ai déjà dit, Jodelle, je t'ai choisie dans la forêt ce jour-là, j'ai su tout de suite que je te voulais. Même avec tes indomptables cheveux roux et ton mauvais caractère, ajouta-t-il en caressant sa tête.

— Je n'ai pas mauvais caractère, dit-elle en bâillant et en posant la tête sur l'oreiller.

Jodelle laissa le sommeil l'emporter et dormit une bonne partie de l'après-midi. C'était la première fois qu'elle s'abandonnait au sommeil de cette façon depuis bien longtemps.

Elle se réveilla en fin d'après-midi les seins tendus et gorgés de lait. Il était temps que Daniel tète. Jodelle se leva et ne vit pas le berceau. Paniquée, elle se précipita dehors et ne vit personne. Rurik aurait-il mis sa menace à exécution ? Soudain, elle entendit la voix grave et profonde de son mari lui parvenir depuis la forge, dont la porte était entrouverte.

— « Et ainsi le corps du géant façonna la terre, et Odin créa les étoiles afin que les hommes n'oublient pas que la vie était un cadeau précieux. Et que dans les ténèbres de la nuit, ils étaient guidés et protégés. »

Rurik était assis sur un banc, avec Daniel dans les bras, et lui contait une histoire.

— Vous êtes là, dit-elle, soulagée. Pour l'amour de Dieu, donne-moi cet enfant, mes seins me font mal.

— Daniel, je crois que le dîner est servi, dit Rurik en regardant Jodelle ouvrir sa chemise et dévoiler un sein tendu.

Du lait se mit à couler de son mamelon rose et le bébé commença à pleurer.

— Ça vient, petit ogre, dit Jodelle en le mettant au sein.

Le bébé ouvrit grand la bouche et agrippa le sein maternel. Jodelle soupira de soulagement.

— Seigneur il était temps. J'ai trop de lait.

— Daniel grandira bien grâce à cela. Tu as beaucoup dormi.

— Merci de t'être occupé de Daniel. Cela ne t'a pas mis trop en retard dans ton travail ?

Jodelle balaya la forge d'un regard circulaire. Tout y était parfaitement en ordre : les outils étaient accrochés au mur par catégories et les objets déjà réalisés étaient rangés au fond et sur les côtés, des plus récents aux plus anciens.

— Rien n'est plus important que mes enfants, Jodelle. Le travail peut attendre.

— Tu sembles bien connaître le travail de la forge. Merci encore pour le berceau de Daniel, il est magnifique.

Jodelle essayait de se montrer gentille, et Rurik accueillit ses efforts avec bienveillance.

— Que lui racontais-tu ? L'histoire du géant ?

— C'est l'histoire de la création selon nos Anciens.

— Nous en avons une aussi, dans la Bible. C'est l'histoire de la Genèse.

— Oui, je connais cette histoire, un homme et une femme nus au paradis terrestre.

— Tu n'as retenu que certains détails, dit Jodelle, amusée. Tu n'es pas un homme pour rien.

— Disons que, en tant qu'homme, si j'avais été Adam, j'aurais étripé le serpent. Et ce n'est pas la pomme que j'aurais croquée… Mais Ève aux seins nus et aux jolies fesses blanches.

— Qui te dit qu'elles étaient jolies et blanches, ses fesses ?

— Je les imagine semblables aux tiennes, dit Rurik, en jouant des sourcils.

— Tu dis n'importe quoi, tu ne les as jamais vues…, rougit Jodelle, en proposant l'autre sein au bébé.

— C'est vrai, mais je les ai tenues à pleines mains, ici même, fit Rurik en désignant la paillasse sur laquelle ils avaient consommé leur mariage.

Jodelle eut une grimace très explicite.

— J'aimerais autant effacer ce souvenir de ma mémoire, avoua-t-elle.

— Pas moi dit Rurik, en la dévorant du regard. Je ne regretterai jamais de t'avoir épousée.

— En ce qui me concerne, disons que j'aurais préféré ne pas être épiée par ce rustre de Rollon.

— Tu lui as laissé un souvenir impérissable, dit Rurik en la provoquant à dessein.

— Pardon ?

— Il m'a dit que ce serait le meilleur souvenir qu'il garderait de Lisieux après son départ.

— Est-ce que tu plaisantes ? demanda Jodelle, ulcérée.

— Oui ! acquiesça Rurik, en riant franchement. Rollon a juste dit qu'il m'avait vu au-dessus de toi puis qu'il s'en était retourné jouer aux osselets près de son arbre. Je te le promets, insista-t-il, devant son air dubitatif. Mais pour être honnête, je trouve qu'il a manqué quelque chose : tu es loin d'être désagréable à regarder.

Il l'observait allaiter leur fils avec un évident plaisir.

— Serais-tu en train de me faire un compliment ?

— Peut-être..., fit Rurik, en se penchant pour lui voler un baiser. Je pars au château pour l'entraînement. Je serai de retour pour le souper.

Rurik sortit de la forge et partit vers le château à pied. Jodelle sentait encore la marque des lèvres de Rurik sur les siennes. Si elle lui en voulait d'être venu bousculer leur vie, si elle en voulait à ces hommes d'avoir envahi leurs terres, si elle ne leur pardonnerait jamais la mort de Cédric, elle était néanmoins touchée de toutes les attentions que Rurik prodiguait à sa famille. Il semblait être un homme juste et bon, derrière son apparence abrupte et dominatrice. Et étrangement, elle se sentait en sécurité quand il était à la forge.

Une fois la tétée finie, Jodelle ramena son fils à la maison et défit ses langes.

— Et voilà, on est mieux au sec, non ?

Elle posa le bébé sur le lit et mit les langes sales de côté. Elle préparait de l'eau savonneuse pour les laver lorsqu'elle entendit la porte s'ouvrir doucement et vit un homme encapuchonné entrer chez elle.

— Qui êtes-vous ? demanda-t-elle en faisant bouclier entre l'étranger et son fils.

— Chut, ne fais pas de bruit, dit l'étranger en regardant par la fenêtre. Je ne te veux pas de mal, je veux seulement parler.

— Qui es-tu ? Que me veux-tu ? demanda-t-elle, agressive.

— Calme-toi, Jodelle, je suis un homme de Bertrand de Caen.

— Alors, pars, si tu tiens à la vie, mon mari va te tuer s'il te découvre ici.

— Il a pris le chemin du château. Nous attendons son départ depuis ce matin, cachés dans les sous-bois.

— Nous ? Combien êtes-vous ? Les troupes du seigneur Bertrand seraient-elles là ?

— Je ne peux pas te le dire. Mais sache que ton fils a un bel avenir devant lui.

— De quoi parles-tu ?

— Il est le fils du seigneur Cédric. Et Bertrand veut lui rendre ce qui lui revient de droit.

— Mon fils est un enfant de l'amour, un bâtard si tu préfères. Et il a un père à présent. Sors de chez moi avant que quelqu'un te voie.

— Cédric a reconnu ton fils.

Le choc laissa Jodelle sans voix.

— Tu mens…

— Non je le jure sur la sainte Croix. Un courrier nous est arrivé, le cavalier a apporté un parchemin sur lequel Cédric reconnaît ton fils comme le sien et lui donne L'Allier-Morel et ses terres en héritage. Il le confie à la tutelle de Bertrand et te fait allouer une rente confortable.

— Je ne veux rien entendre de tout cela, va-t'en, dit Jodelle, atterrée.

— Le Viking qui a pris le château ne sait rien de ces dispositions, s'il l'apprenait, ton fils serait une menace pour ses descendants. Avec nous, tu serais en sécurité. Ne veux-tu pas que ton fils devienne seigneur ?

— Je veux que tu quittes ma maison, dit-elle, bouleversée.

— Que tu le veuilles ou non, Daniel de L'Allier-Morel existe bel et bien. Et nous lui rendrons ses terres.

Le cavalier tenta de se saisir du bébé, mais Jodelle attrapa le tisonnier et le frappa à la tête, le blessant sérieusement. Au même moment, un autre homme entra et releva son compère en lui annonçant que des hommes arrivaient.

— Vite, partons, dit le second en entraînant vers la forêt le premier qui se tenait la tête.

Les mains tremblantes, Jodelle remit de l'ordre dans sa tenue et sortit pour voir qui arrivait, en priant que ce soit son mari. Non loin d'elle, elle vit Rurik, Sven et Kolstein descendre le chemin vers la forge. N'avait-il pas dit qu'il allait s'entraîner au combat ?

— Peux-tu ramener le berceau à la maison, s'il te plaît ? demanda-t-elle à son mari. Kol, j'ai besoin d'eau, aussi.

Tout était bon pour gagner un peu du temps. La maison portait encore les traces de la bagarre et elle remit debout deux tabourets et un coffre. Elle découvrit alors une tache de sang sur le sol et renversa de l'eau de lessive volontairement pour la diluer et la faire disparaître avant que Rurik ne rentre dans la maison.

Il accrocha le berceau et y déposa Daniel qui dormait, repu. Soudain, il vit le tisonnier par terre et le ramassa. Jodelle cessa de respirer. L'outil était taché de sang.

— Qu'est-ce qui s'est passé ?

Jodelle blêmit et chercha à inventer une explication plausible.

— Un rat. Je l'ai blessé, mais il a réussi à s'enfuir. Je remettrai des bouquets d'angélique pour les faire fuir.

— Tu devrais prendre un chien, proposa Sven. Un excellent moyen de mettre en fuite les rats comme les visiteurs indésirables.

— Excellente idée. Et les garçons seraient ravis d'avoir un compagnon de jeu plus tard, conclut Jodelle sur un ton léger malgré les battements précipités de son cœur.

— Est-ce que tu te sens bien ? s'inquiéta Rurik qui la trouvait nerveuse.

— Je n'aime pas les rats, prétendit-elle. Ils attaquent les enfants, et j'ai eu peur pour Daniel, ajouta-t-elle, sans mentir cette fois.

Elle servit de la bière aux hommes et poursuivit ses tâches. Jodelle lava les langes et les étendit dehors en prenant soin de regarder autour d'elle. Personne ne semblait rôder autour de la maison. Avec trois hommes – et pas des moindres – chez elle, elle n'avait pas peur. Mais que se passerait-il si ces individus revenaient ? Si Wulfric apprenait que Daniel avait été reconnu par Cédric, il lui retirerait son fils, et elle ne pourrait pas l'élever. Ou pire encore… Elle devait se taire et espérer ne jamais revoir les envoyés de Bertrand de Caen. Rurik était sa meilleure protection. Elle devait se montrer coopérative et faire en sorte qu'il l'épouse religieusement, au plus vite. Jodelle regarda le ciel et pria la Vierge de ne pas l'abandonner. Cette nuit, elle se donnerait à Rurik pour obtenir de lui un mariage chrétien et mettre encore un peu plus Daniel à l'abri. Elle rentra chez elle, déterminée à protéger ses enfants de tous les dangers. Daniel réclama de nouveau le sein et Jodelle prit le temps de l'allaiter pendant que les hommes bavardaient des dernières avancées des travaux au château et au bourg.

— Profite bien de cette bière, Sven, car demain tu seras un homme marié, le taquina Kolstein en lui donnant une tape amicale dans le dos.

— Qu'est-ce que cela va changer ? Je compte bien pouvoir boire une bière de temps à autre, marié ou pas.

— Et c'est Perrine qui le débarbouillera, dit Jodelle en tendant un linge à Sven afin qu'il essuie la mousse qui ourlait sa bouche.

Tous, sauf Sven, éclatèrent de rire.

— Je ne suis pas un bébé, protesta Sven, visiblement blessé dans son amour-propre. Je n'ai besoin de personne !

— Regretterais-tu de te marier, mon frère ? demanda Rurik, en prenant Jodelle par la taille. Pourtant, je t'assure, le mariage est loin d'être désagréable…

— Perrine sera ma femme ! Et pas seulement le jour, comme certaines autres, railla-t-il.

Rurik sentit Jodelle se raidir à ses côtés. Mais elle avait raison, Sven outrepassait certaines limites.

— Cela ne regarde que Jodelle et moi, coupa Rurik, sans agressivité néanmoins.

— Mais les gens parlent. Vous n'êtes pas mariés à

l'Église, Jodelle refuse de voir quiconque... Bref, les gens parlent, répéta-t-il.

— Je n'ai chassé personne, protesta Jodelle. Si les gens voulaient de mes nouvelles et de celles de notre fils, ils pouvaient venir nous saluer, dit la forgeronne en posant la main sur l'épaule de Rurik.

Après le départ de Sven et Kolstein, Jodelle desservit la table, et Rurik alla border Daniel qui s'était endormi.

— Sven a raison, commença-t-elle d'une voix calme, en essuyant ses mains mouillées sur un torchon. Je ne suis pas vraiment ta femme. Pas encore.

— Que proposes-tu ?

— Il nous reste deux choses à faire avant d'être vraiment mari et femme, je crois, dit-elle en posant le torchon sur la table.

Elle s'approcha et posa sa main sur le bras de son mari.

— Et quelles sont ces deux choses ? demanda Rurik en passant ses bras autour de Jodelle.

Sans lui laisser le temps de répondre, il prit ses lèvres.

— Attends, dit-elle en le repoussant. Quand tu me touches, j'ai du mal à raisonner, et...

— Tu me flattes, femme, et cela n'est pas pour me déplaire, lança-t-il joyeusement avant de l'embrasser de nouveau.

— C'est important, écoute-moi, protesta-t-elle.

— Je sais ce que tu vas dire, nous ne sommes pas mariés selon les lois de ton Église. Mais, soit, je t'épouserai devant ton prêtre, si cela peut te faire plaisir, grommela Rurik en espérant pouvoir passer rapidement au deuxième point de cette intéressante conversation.

— Merci, souffla Jodelle, soulagée.

— Et cette deuxième chose, maintenant ? demanda-t-il alors, l'air de rien.

Jodelle rougit violemment.

— Je pense que tu as très bien compris, il n'est pas besoin que je te le dise.

— Au contraire, j'aimerais beaucoup que tu me le dises. Que faut-il que nous fassions pour être réellement mari et femme ?

— Il faudrait que…

— Que ?

— Que nous fassions l'amour, chuchota-t-elle.

Voilà, c'était dit. Mais, visiblement, cela ne suffisait pas à Rurik, qui semblait vouloir continuer de la tourmenter.

— Je ne demande que cela, reprit-il d'une voix amusée. Mais pour que je te fasse l'amour, il faut que tu en aies envie. Rappelle-toi, je t'avais promis de ne plus jamais te prendre par la force. Alors, je te le demande : as-tu envie de moi ? demanda-t-il en prenant ses lèvres. As-tu envie que je te fasse l'amour ? Que je te donne du plaisir ?

— Oui, souffla Jodelle qui sentait sa résistance fondre comme neige au soleil sous les baisers de Rurik.

Il caressait son dos et la serrait contre lui.

— Dis-le, chuchota-t-il, en dévorant son cou de baisers ardents.

— Je veux…

— Oui ?

— Aime-moi, supplia-t-elle en offrant sa gorge.

Rurik attrapa son menton pour la forcer à le regarder. Puis il plongea ses yeux bleus comme l'océan dans ceux de Jodelle et prit ses lèvres avec passion. Elle était enfin à lui. Il avait désiré cet instant jusqu'à l'obsession. Il avait eu si souvent envie de la prendre et de se noyer en elle.

Mais il avait voulu tenir sa promesse coûte que coûte, pour Jodelle, et pour leur avenir.

Il se dévêtit à la hâte et l'aida à retirer ses jupes et son tablier.

— Enlève ta chemise, je veux te voir, demanda-t-il, les yeux brillants de désir.

— Je ne sais pas, je viens d'avoir un enfant et…

— Et tu es belle, et désirable.

— Je suis belle et désirable…, répéta Jodelle, comme pour s'en convaincre.

Rurik leva la chemise pour dévoiler le corps de Jodelle. Elle avait de longues jambes aux cuisses fuselées, des hanches rondes et des fesses pleines. Son ventre était encore un peu rond, mais il aimait cela. Ses seins étaient généreux et lourds, ses épaules nacrées, sa gorge laiteuse, et sa peau presque transparente. Elle était la féminité et la sensualité incarnées. Conquis, il passa la main dans ses cheveux pour défaire les liens de cuir qui les retenaient.

Jodelle, se souvenant qu'il avait dit aimer les voir lâchées, secoua la tête pour libérer ses boucles. Sous son regard, elle se sentait belle. Une douce chaleur la parcourut, et son souffle s'accéléra.

La poitrine de Jodelle se soulevait à chaque respiration, comme un appel, et le guerrier posa ses mains sur ce corps offert. Il en caressa chaque parcelle de ses larges mains et en apprécia les contours et la douceur.

— Tu es à moi, Jodelle ! cria-t-il presque, grisé par une irrépressible sensation de triomphe.

Il porta Jodelle jusqu'au lit et s'étendit au-dessus d'elle. Il prit ses lèvres et sentit les mains de sa femme caresser son dos et descendre vers le creux de ses reins. Jodelle saisit ses fesses à pleines mains et lui arracha un grognement lorsqu'elle le plaqua contre elle comme pour l'inciter à la hardiesse. Il entra en elle d'un coup de reins et il la sentit s'agripper à lui. Il souleva ses genoux pour entrer plus profond encore. Il bougea en elle et enfouit son visage dans son cou. Le rythme se fit frénétique et sauvage. Il avait attendu plus que de raison avant de prendre cette femme et de la faire de nouveau sienne. Mais l'attente valait la peine. Elle comblait tous ses désirs, en se montrant déjà libre, passionnée, ardente. Elle planta ses ongles dans ses épaules Enfin, il la sentait s'ouvrir à lui. Elle soupira, gémit, puis cria sous l'effet d'un plaisir qui venait le cueillir lui aussi. À son tour, il s'y abandonna et se libéra dans un cri où se mêlaient rage et satisfaction.

— C'est exactement comme cela que j'avais rêvé les choses, avoua-t-il en reprenant son souffle

Jodelle le regarda s'étirer comme un félin. Dans la pénombre, elle voyait son torse s'élever et s'abaisser au rythme de sa respiration, mais pas son visage. Cet homme la laissait perplexe, il aurait été plus facile de le haïr s'il avait été violent ou méchant. Elle éprouvait des sentiments complexes, et elle se sentait perdue. Et lorsque Rurik la prit dans ses bras pour s'endormir, elle sentit une honte diffuse la submerger. Elle venait de se servir de lui pour obtenir ce qu'elle voulait. C'était malhonnête, mais pouvait-elle lui avouer que des hommes de Bertrand de Caen étaient venus et que Cédric avait reconnu Daniel ? Certainement pas, car cela aurait mis en péril la fragile sécurité qu'elle venait d'obtenir. Mais, en même temps, si ces hommes revenaient pour s'emparer de Daniel, Rurik serait peut-être le seul à prendre sa défense. Elle se sentait tellement protégée par lui, comme en ce moment précis, où la chaleur de ses bras et la solidité de son étreinte atténuaient la panique qui s'était emparée d'elle.

Elle repensa à sa vie si simple et si douce lorsqu'elle était enfant avec ses parents. Son père était un homme bon et elle en gardait un tendre souvenir. Elle avait été mariée à quinze ans par sa mère, heureuse de montrer que sa fille aurait un époux qui succéderait au sien. Mais son mariage avait été un échec. Elle avait perdu ses parents et de précieux amis lors d'une épidémie, et elle s'était retrouvée seule face à Gontran et à sa violence. Elle se souvenait de ses violentes colères, des coups, de la façon horrible dont il la traitait. Elle avait ressenti une sorte de soulagement après sa mort. Puis il y avait eu Alois, soldat au château de L'Allier-Morel, un homme juste et droit, l'opposé de Gontran. Il lui avait avoué ses sentiments à maintes reprises et ne l'avait jamais battue, il l'avait laissée diriger la forge à sa façon et l'avait encouragée bien souvent. Mais les Bretons s'étaient jetés sur Lisieux comme des loups affamés. Il y avait eu beaucoup de morts, et Alois en avait fait partie. La peine de Jodelle avait été sincère. Plus tard, Cédric l'avait charmée par sa personnalité, et le veuvage étant pesant, Jodelle s'était laissé prendre au jeu de la séduction. Tous les hommes qui avaient partagé sa vie étaient-ils voués à mourir ? Si Bertrand attaquait L'Allier-Morel, Rurik y perdrait peut-être la vie… Son sentiment de culpabilité ne fit que croître. Car, dans son cœur, elle ne souhaitait pas sa mort, malgré ce qu'elle avait pu dire.

La sentant s'agiter, Rurik resserra son étreinte, à tel point que Jodelle entendait son cœur battre. Un rythme lent et profond, fort, fiable.

Que devait-elle faire ?

Après maintes réflexions, elle prit la décision de parler

de la visite des hommes de Bertrand à la châtelaine, mais elle passerait sous silence la reconnaissance de Daniel par Cédric. Avant tout, elle tenait à son enfant.

Le lendemain, Jodelle prétexta l'envie d'assister à la messe pour aller voir Dame Aigline. Elle savait que la pieuse jeune femme se rendait à la chapelle tous les jours.

— Profites-en pour demander au père Anthelme quand auront lieu le baptême de Daniel et notre mariage, dit Rurik qui, ce jour-là, allait délaisser la forge pour s'occuper du travail des champs.

— Je ne serai pas longue, promit-elle, en nouant un fichu sur sa tête.

— Prends tout ton temps, cela fait longtemps que tu n'es pas sortie de la maison. Je te rejoindrai peut-être tout à l'heure, j'ai à faire au château et au bourg.

Elle déposa Daniel qui babillait dans un couffin et se mit en route.

— Allons-y, mon garçon ! dit-elle heureuse de marcher un peu.

Le chemin qui menait au château lui parut plus long que d'ordinaire tant elle était pressée de parler à la châtelaine. Elle arriva à l'église avant le début de l'office et tous les visages se tournèrent vers elle. Certaines personnes lui adressèrent un signe de la main, d'autres la regardaient étrangement, attendant que le père Anthelme ou Dame Aigline s'expriment.

— Je suis heureux de te voir, Jodelle, et nous te souhaitons un bon retour parmi nous, dit gentiment le prêtre en lui désignant le premier rang. Viens confier ton petit Daniel à Notre Seigneur.

Il vint l'accueillir et l'accompagna à sa place.

— « Laissez venir à moi les petits enfants », disait Jésus.

— Daniel n'est pas encore baptisé, mais Rurik souhaiterait savoir si vous accepteriez de le faire.

— J'en serais heureux, Jodelle. Tout comme je serais heureux de vous marier.

Les visages s'étaient tournés de nouveau vers elle.

— Je suis heureuse que vous abordiez le sujet, mon père. Nous sommes prêts et nous n'attendons que vous.

— Grâce à Dieu ! dit le prêtre, heureux que le Viking ait consenti à un mariage chrétien finalement. Célébrons d'abord la sainte messe, mon enfant, et nous reparlerons de tout cela.

Jodelle, entendant des chuchotements derrière elle, se retourna. Le vicomte venait d'entrer et il prit place auprès de son épouse. Derrière eux se trouvaient également Marielle, la dame de compagnie d'Aigline, et Bjorn, un des compagnons de Sven.

Daniel se tint calme durant l'office, et Jodelle confia tous ses doutes aux saints du ciel. Elle pria pour le repos de l'âme de Cédric et se promit d'aller se recueillir sur sa tombe. À la fin de la messe, le père Anthelme la fit venir à la sacristie et proposa de baptiser Daniel le dimanche qui suivait, lors de l'office.

— Pour ton mariage, peu importe le jour de la semaine. Viens me voir avec Rurik quand bon vous semblera.

— Pourquoi pas maintenant, dit le guerrier qui venait d'entrer dans la sacristie.

Jodelle sursauta. Il y avait quelque chose de déplacé à voir un homme de la carrure de Rurik, les bras nus et tatoués de symboles païens, dans une église.

— Dépose ta hache avant d'entrer dans la maison de Dieu, Rurik, commanda le père Anthelme avec fermeté.

— Comment pourrais-je la défendre si je suis désarmé ? rétorqua le Viking.

— Par la foi et la prière, répondit le prêtre.

— Je préfère ma hache…

— Rurik, s'il te plaît, demanda doucement Jodelle, en posant sa main sur l'avant-bras de son mari.

— Très bien, si c'est ce que tu veux… capitula-t-il en déposant sa hache avec fracas. Bien, maintenant que je suis désarmé et pacifique, vous pouvez nous marier, mon père.

Le guerrier se tenait debout, les jambes légèrement écartées et croisait les bras sur sa large poitrine tout en fixant le prêtre, les sourcils froncés.

— Pacifique ? Je doute que tu connaisses le sens de ce mot, fit le prêtre à mi-voix, en observant le fier guerrier qui venait demander la main de Jodelle. Es-tu sûre de vouloir lier ton existence à cet homme ? demanda le père Anthelme, dubitatif.

— Oui, elle en est sûre ! clama le vicomte en entrant, accompagné d'Aigline. Tu vois ! Le père Anthelme n'a rien, c'était inutile de t'inquiéter.

— Tu ne ferais pas de mal au père Anthelme, n'est-ce pas ? demanda Jodelle, choquée par cette idée.

— Il a déjà tué certains de mes semblables, probablement, avança le prêtre, en regardant Rurik droit dans les yeux.

— Oui, c'est vrai, avoua Rurik, avec une moue amusée.

— Sainte Vierge Marie ! s'exclamèrent les deux femmes en chœur, avant de se signer.

— Mais c'était avant que Rollon promette à Charles que nous nous convertirions, précisa Rurik, comme si cela changeait tout.

— Très rassurant, lâcha le père Anthelme malgré lui. Jodelle et Rurik veulent se marier, expliqua le père au vicomte et à son épouse.

— À la bonne heure, dit Aigline en caressant la tête du bébé. Il grandit bien, cet enfant, et il est très beau.

— Merci, madame, dit Jodelle, reconnaissante de la bienveillance de la châtelaine envers elle et Daniel.

— Alors, qu'attendons-nous pour faire de Jodelle une femme honnête ? demanda le vicomte avec une pointe d'ironie.

— J'accepte le mariage à l'église par respect pour les croyances de Jodelle, mais nous sommes déjà mariés *more danico*. Elle a déjà son statut d'épouse.

— Statut qui n'est pas reconnu par l'Église, Rurik, expliqua le prêtre. Vous vivez en Francie à présent, et notre évêque comme notre duc ont choisi d'obéir à nos lois. Tout ce qui concerne le mariage, la naissance et la mort est régi par l'Église de Dieu. Et tout doit être consigné dans les registres de la chapelle.

— Je comprends et j'accepte aussi que vous baptisiez mon fils. Daniel sera chrétien, Kolstein aussi.

— Je t'en remercie, Rurik. Et maintenant, procédons au mariage. Avez-vous des anneaux ?

— Non, répondit le guerrier, mais nous arrangerons cela plus tard. Sauf si cela remet la cérémonie en cause.

— Pas du tout, cela formalise juste votre union, et pas seulement vis-à-vis de la société. Ces anneaux que vous porterez chaque jour vous rappelleront vos engagements, expliqua le prêtre en montrant son propre index.

— Je te trouverai cela, promit Rurik à Jodelle, qui acquiesça en souriant.

— Répondez « *Volo* » – je le veux – aux questions que

je vous poserai, annonça le père Anthelme en commençant les prières.

Le père Anthelme posa son étole sur ses épaules et bénit les futurs mariés avec un rameau de buis trempé dans de l'eau bénite.

— Rurik, acceptes-tu Jodelle comme unique et légitime épouse ?

— *Volo.*

La voix de Rurik, ferme et claire, résonna dans la sacristie.

— Promets-tu de la défendre au péril de ta vie s'il le faut, de la chérir, de la respecter, de lui être fidèle et de lui porter assistance dans la santé comme dans la maladie, la richesse ou la pauvreté, tous les jours de ta vie et ce jusqu'à ce que la mort vous sépare ?

— *Volo.*

— Et toi, Jodelle, promets-tu de respecter ton mari, de l'accompagner dans la foi chrétienne, de le chérir, de lui être fidèle et de lui obéir, et de lui porter assistance dans la santé comme dans la maladie, la richesse, ou la pauvreté, tous les jours de ta vie et ce jusqu'à ce que la mort vous sépare ?

— *Volo*, répondit la forgeronne sans hésiter.

Le prêtre posa la main de Jodelle dans celle de Rurik.

— Que Dieu bénisse votre union et la rende féconde. Veuillez signer les registres, ajouta le père Anthelme en notant leurs noms et la date du jour dans un gros volume relié de cuir.

Rurik apposa un *sigil* représentant son clan.

— Je ne sais pas écrire le latin.

— L'écriture runique sera parfaite, dit le vicomte.

Le guerrier apposa son nom et celui de son père en guise de patronyme.

— Je ne sais pas écrire non plus, dit Jodelle pour le rassurer, je suis juste capable d'inscrire mon prénom. Pour mes premiers mariages, je me suis contentée d'une croix, expliqua-t-elle en souriant, heureuse de faire mieux cette fois-ci.

Elle prit la plume et l'apposa à côté du *sigil* de Rurik.

— Qui t'a appris à écrire ton nom ? demanda le prêtre par simple curiosité.

Jodelle rougit et secoua la tête pour l'inciter à se taire.

— Peu importe. Merci pour le temps que vous nous avez consacré, mon père.

— Étant donné la situation, je n'allais pas vous demander d'attendre que les bans soient publiés. Et nous nous reverrons dimanche prochain pour le baptême de Daniel, si cela vous convient.

— Merci beaucoup, dit Jodelle, heureuse et soulagée que son fils soit bientôt baptisé.

Chapitre 9

Le vicomte et Rurik sortirent pour discuter de la fête du solstice qui aurait lieu le soir même, ainsi que du mariage de Sven. Bjorn les salua et passa devant eux d'un pas décidé.

— Où vas-tu, Bjorn ? demanda Wulfric, surpris de voir son camarade se rendre à la chapelle de son propre chef.

— Un petit détail à voir avec le père Anthelme, dit le guerrier.

— Bjorn semble sensible au charme de Marielle, la cousine d'Aigline, expliqua Wulfric à son compagnon. Il l'épousera à la Saint-Michel.

— Une dizaine d'entre nous a déjà pris femme et c'est une bonne chose. En ce qui concerne les autres, j'espère qu'ils sauront se tenir, si tu vois ce que je veux dire, fit Rurik en fronçant les sourcils.

— Je les ai à l'œil, ne t'inquiète pas, Rurik, dit le vicomte, conscient que ses guerriers laissaient parfois parler des instincts quelque peu brutaux.

Jodelle profita de l'absence des deux hommes pour raconter à sa châtelaine sa rencontre plutôt mouvementée avec les envoyés de Bertrand de Caen.

— Tu n'as pas été blessée, j'espère, dit tout de suite Aigline.

— Moi non, mais l'un de mes visiteurs est reparti avec le crâne en sang.

— Tu en as parlé à Rurik ?

— Non, je n'ai pas osé.

— Essaie de ne plus y penser, Jodelle, et concentre-toi sur ta famille et ton foyer. Je verrai moi-même les suites que je compte donner à cette affaire. Les hommes de Bertrand sont venus me trouver moi aussi, avoua la châtelaine. Leur maître souhaite que nous nous rencontrions.

La châtelaine regarda d'un air inquiet dans la direction de son mari.

— Ma préoccupation première est d'éviter un nouveau bain de sang, conclut la jeune femme, préoccupée.

— Soyez prudente, madame, je vous en conjure. Si cela tournait mal…

— Je ferai de mon mieux, Jodelle. Bertrand est censé obéir à son roi, j'ai déjà perdu un frère. Trop de seigneurs francs se sont déjà rebellés contre l'autorité royale. Tout cela ne donnera rien de bon.

— Allez-vous en parler au vicomte ?

— Je ne sais pas. Dans l'idéal, j'aimerais mieux régler le problème par la diplomatie plutôt que par les armes.

— Il est certain que nos maris n'auraient pas ces états d'âme s'ils l'apprenaient.

— Pour l'heure, je n'ai encore rien décidé. Je m'adapterai aux circonstances, déclara calmement Aigline en ajustant son voile. Et comment se passe ta vie avec Rurik, Jodelle ? Les choses se sont-elles améliorées ?

— Nous essayons de nous comprendre. Ce qui ne se fait pas sans heurts, parfois. Et vous-même ?

— Je crois que nos vies se ressemblent sur ce point.

Ces hommes ne sont pas faciles, mais je dois avouer qu'ils sont droits et francs.

Le vicomte se tourna vers elles et leva le bras pour les appeler.

— Pourquoi n'iriez-vous pas au bourg ? suggéra Wulfric. Je dois m'entretenir avec Rurik au sujet de la construction d'un moulin à eau.

Jodelle déclina poliment cette proposition, car à la forge l'attendaient encore de nombreuses tâches ménagères.

— Es-tu sûre de vouloir rentrer tout de suite ? demanda Aigline, enjouée. J'aimerais tant te montrer ce que nous avons préparé pour ce soir !

— C'est que... j'ai Daniel avec moi..., bredouilla la forgeronne, gênée.

— Allons, Jodelle, je serais ravie que vous nous accompagniez, toi et ton bébé, au bourg. Avec Marielle et tous les habitants, nous avons consacré tant de temps aux préparatifs. Perrine aura un très joli mariage, tu peux en être sûre.

— Ah, il n'aura pas lieu au donjon ? demanda Jodelle, surprise.

— Non, bien que Sven soit chevalier, il a pensé que Perrine voudrait être parmi les siens pour cette grande journée.

— Délicate attention, commenta Jodelle qui était heureuse que ses conseils aient été écoutés.

Elles descendirent la route et gardèrent leur secret bien enfermé dans leur cœur. Jodelle, qui faisait confiance à sa châtelaine pour qu'elle trouve une solution, se sentait soulagée d'un gros poids.

— Au bourg, tous vinrent saluer leur dame, qui leur annonça le mariage de Rurik et Jodelle. Beaucoup félicitèrent aussi la forgeronne pour le petit bébé qu'elle portait dans ses bras.

— Dieu bénisse cet enfant, dit la femme du vannier.

— Je vais chercher Jehan, déclara Aigline, il sera heureux de nous montrer toutes les installations pour la fête.

Dame Aigline s'en alla d'un bon pas vers la maison du bourgmestre. Jodelle, qui n'avait pas très envie de croiser sa belle-sœur Lise, resta là où elle était.

— Tu as bien du courage, chuchota la fille du bouvier. Ton mari me fait peur, comme tous ces hommes venus du Nord. Ils sont si… impressionnants.

— Ce ne sont que des hommes, la rassura Jodelle. Des hommes qui aspirent à la même chose que nous, au fond : une terre, une famille, un avenir.

— Tu avoueras tout de même que leurs manières sont un peu barbares…

— Nous avons eu de la chance, messire Wulfric ne nous a pas réduits en esclavage. La situation aurait pu être bien pire.

— Tu n'as pas tort, répondit la femme du vannier, en agitant joyeusement les mains pour attirer l'attention du bébé. Nous sommes ravies de te revoir parmi nous, Jodelle.

Deux autres femmes chuchotaient derrière elles et, lorsqu'elle se retourna, Jodelle comprit à leurs regards que ce n'était pas l'avis de tous.

— Il n'y a qu'un Barbare pour vouloir d'une pécheresse, lança l'une d'elles avant de s'en aller.

Se souvenant de ce que Rurik attendait d'elle, Jodelle se tourna vers la femme du vannier.

— Accepterais-tu de tenir Daniel une seconde ?

— Bien sûr, où veux-tu aller ?

— Régler certaines choses une bonne fois pour toutes,

marmonna Jodelle en remontant ses manches. Hé ! espèce de vipère malfaisante, regarde-moi un peu et répète ce que tu viens de dire !

— Je n'ai dit que la vérité, se défendit la femme, hargneuse.

— Si tu étais un peu plus aimable, ton mari n'irait pas courir les catins dès que tu as le dos tourné ! lança Jodelle

— Pourquoi ? Il est allé te voir ? ajouta la femme d'une voix insultante.

Jodelle lui décocha un coup de poing si puissant qu'il l'envoya au sol. Sous les rires des témoins, la méchante femme se retrouva empêtrée dans ses jupes retroussées.

— Parfait, tu as trouvé ta place : dans le caniveau ! lança Jodelle, en réajustant ses manches, satisfaite. Tâche de te rappeler que lorsque tu m'insultes, c'est tout mon clan que tu insultes : Rurik, Sven, Kolstein, mes enfants et moi.

La terreur se lut sur le visage de la femme, qui s'enfuit en pleurant et en invoquant la miséricorde divine.

— Rurik avait raison, c'est salutaire ! s'exclama Jodelle en regardant son poing endolori, avant de reprendre son bébé des bras de la femme du vannier, qui n'en revenait toujours pas. Je n'hésiterai pas à recommencer.

— Tu les as bien fait taire, ces deux vipères. Mais sois sûre qu'elles vont aller se plaindre à Jehan qui sera obligé d'en parler au vicomte, dit la femme du vannier, inquiète pour Jodelle.

Jodelle se tourna vers la maison où avait disparu son adversaire.

— Tu as raison, je vais aller la tuer pour qu'elle se taise.

Elle mima un pas en avant et les deux femmes l'arrêtèrent en la saisissant par les bras.

— Jodelle ! crièrent les deux femmes, choquées.

— C'était une plaisanterie ! s'exclama-t-elle joyeusement. Rurik l'aurait trouvée très drôle, j'en suis sûre, ajouta-t-elle en gloussant.

— Qu'est-ce que j'aurais trouvé drôle ?

Jodelle se retourna pour voir arriver Rurik. Elle le trouva beau, et son allure guerrière l'émoustilla un peu.

— J'ai suivi tes conseils et j'ai demandé réparation pour une insulte.

— C'est-à-dire ? s'inquiéta Rurik en regardant les autres femmes qui avaient baissé prudemment la tête.

— Une femme du bourg m'a insultée. Elle a dit que seul un Barbare pourrait vouloir d'une pécheresse. Et je lui ai donné un coup de poing ! annonça-t-elle fièrement.

— Ça, c'est ma femme ! s'exclama Rurik en la soulevant dans ses bras et en l'embrassant devant tout le monde.

Jodelle rit de cette spectaculaire démonstration de fierté barbare et tapa le bras de Rurik pour la forme.

— Elle va sûrement se plaindre à Jehan et le vicomte en sera informé, dit-elle avec une grimace comique.

— Qu'elle vienne, je l'attends de pied ferme. De mon point de vue l'offense a été vengée. Il ne s'est donc rien passé…

Dame Aigline revint avec Jehan et tous passèrent l'incident sous silence.

— Vous êtes là, Rurik ?

— Oui, votre époux m'a donné ses consignes pour le moulin, et je vais me mettre à y travailler sans tarder. J'étais juste venu dire à Jodelle de me rejoindre à la forge quand elle en aurait fini au bourg.

— Je vous rends votre épouse au plus vite, Rurik, répondit Aigline d'une voix suffisamment forte pour que tout le monde entende.

Rurik la salua en ployant le buste et jeta un clin d'œil à Jodelle qui rougit.

— Eh bien, te voilà mariée ? demanda Jehan en venant saluer sa sœur affectueusement.

— Oui, aujourd'hui même : nous sortons de l'église. Tu pourras dire à Lise de ne plus changer de chemin quand elle me croise…

— Jodelle…

— Oui, je sais, ce n'est pas très charitable de ma part…

— En tout cas, je constate que ton mariage n'a pas encore adouci ton caractère.

Jodelle rit et ne se vexa pas. Elle prit le bras de son frère et celui-ci lui montra les tables pour le banquet et le feu où rôtissaient déjà des cochons de lait. Il y avait des tonneaux de bière et du cidre, et des pains frais ainsi que des tourtes aux fruits des vergers.

— Et où est Perrine ? demanda Jodelle qui n'avait pas vu son amie.

— Enfermée à double tour dans la tour des dames avec Marielle et ma bonne Claire, annonça Aigline en battant des mains. Il était hors de question que la mariée voit tout cela !

— Elle sera enchantée, c'est certain, dit Jodelle, qui était ravie pour son amie. Merci pour la visite, Jehan, et à ce soir. Quant à vous, madame, merci pour votre soutien.

Les deux femmes savaient très bien à qui elle faisait référence. Concernant les tractations avec Bertrand de Caen, Jodelle espérait vraiment que Dame Aigline ne prendrait aucune décision inconsidérée. Pour l'instant, la châtelaine semblait de son côté, mais qu'en serait-il si elle savait que son frère Cédric avait reconnu Daniel ?

Le mariage de Perrine et Sven fut très réussi et, alors

que tous félicitaient les jeunes mariés, Bjorn demanda à Marielle de l'épouser séance tenante, sans attendre la Saint-Michel. La jolie suivante de Dame Aigline accepta et, sous les vivats, les deux jeunes couples se mirent à danser. Jodelle regarda Eulalie qui était resplendissante, et remercia sa belle-sœur pour la robe qu'elle lui avait prêtée. Curieusement, Jodelle trouva toutes les femmes du bourg très cordiales et aimables pendant le dîner. Cela l'amusa car elle était persuadée que la leçon qu'elle avait donnée à la méchante villageoise n'y était pas pour rien.

— C'est une belle fête, dit Dame Aigline, en prenant place près d'elle, un gobelet de cidre à la main.

— Oui, c'est très réussi, madame, avoua Rurik, avant de tendre à Jodelle une chope de bière qu'elle but avec un évident plaisir.

— C'est excellent pour le lait ! lança joyeusement le guerrier en regardant Jodelle qui se délectait.

— Je n'en ai pas besoin, j'ai du lait pour deux enfants au moins !

— C'est Annette, la femme du potier, qui en aurait besoin, Perrine dit qu'elle n'a pas beaucoup de lait et que son bébé est maigre. Ses deux aînés sont malingres et de mauvaise constitution, je me fais du souci pour eux, dit Aigline.

Jodelle reposa sa chope et regarda en direction d'Annette, qui était assise près de son mari.

— N'est-ce pas la femme avec laquelle tu t'es battue ? demanda Rurik.

Il détailla la jeune femme, qui était très sèche et qui affichait une mine renfrognée. Mais c'était peut-être parce qu'un de ses yeux gardait encore la trace de sa rencontre avec Jodelle…

— Si, en effet, c'est elle, acquiesça Jodelle. Je ne savais pas pour son bébé. Je n'aurais pas dû m'emporter. Madame, pourriez-vous tenir Daniel ?

— Tu ne vas pas te battre de nouveau ? s'inquiéta la dame du château.

— Que nenni, madame. Au contraire, je veux essayer de réparer ce que j'ai fait. Annette ! Annette !

La femme du potier pâlit en l'entendant l'appeler et resta à côté de son mari, qui semblait mal à l'aise.

— N'aie pas peur, mes intentions sont pacifiques, cette fois. Je voudrais même que tu me pardonnes, je n'aurais pas dû te frapper. J'étais en colère… Perrine dit que tu n'as pas assez de lait, et j'en suis désolée. Daniel grossit bien et j'ai du lait pour deux, alors si tu veux de mon aide…

Annette la regarda avec perplexité et ne répondit rien. Mais son mari se montra plus pragmatique.

— Annette est une bonne épouse et une très bonne mère, mais c'est vrai qu'elle n'a jamais eu beaucoup de lait. Sa sœur nous a aidés pour les deux aînés, mais elle est morte en couches l'an passé.

— Donne-moi ton bébé, Annette, ne fais pas la fière.

— Mais ton mari…

— Rurik est d'accord.

Depuis sa place, Rurik eut un petit rire. Dame Aigline lui sourit, car elle avait compris que Jodelle avait engagé la parole de son mari sans le consulter.

— On ne va pas laisser ce bébé mourir de faim, n'est-ce pas ? lui demanda Aigline à voix basse.

— On n'empêche pas une louve d'allaiter, cela, c'est certain, répliqua Rurik en levant son verre à la santé de l'enfant.

Jodelle prit doucement le bébé des bras d'Annette et ouvrit le haut de sa robe.

— Elle s'appelle Marie, précisa Annette, qui semblait chercher un moyen d'engager la conversation.

— Ravie de faire ta connaissance, petite Marie, dit Jodelle en prenant contre son sein le nourrisson qui devait avoir à peu près six mois. Hé, doucement, ma fille, dit-elle à la petite qui s'était mise à téter goulûment.

— Je n'arrive pas à la nourrir autant que je le voudrais, se lamenta Annette, qui regardait avec envie la poitrine généreuse et gorgée de lait de la forgeronne.

— Perrine pourrait t'aider, il y a des plantes qui facilitent la lactation.

— J'ai déjà essayé, dit Annette sur un ton défaitiste. Je bois des tisanes et j'essaie de me reposer le plus possible, mais avec mes deux grands qui ne font que tousser jour et nuit, c'est difficile.

Alors Jodelle lui parla d'une technique qu'elle avait pu observer du temps de la vieille Rosa, l'ancienne guérisseuse du bourg. Il s'agissait de prendre une corne de bovin et de la percer en son extrémité pointue avec une aiguille, de la remplir de lait de vache, de la bourrer avec un peu de mie de pain pour ralentir le débit, et de la présenter au bébé afin qu'il y boive.

— Tu pourrais couper le lait de vache avec de l'eau ou du lait de brebis – c'est encore mieux. Tu peux aussi ajouter un peu d'huile et de miel pour le rendre plus nutritif.

— Merci de tes conseils, et merci d'avoir nourri ma petite, dit Annette en reprenant son bébé repu et gavé. Elle va dormir toute la nuit avec un dîner pareil, lança-t-elle, tout heureuse. Pardonne-moi, Jodelle, je regrette ce que j'ai dit tout à l'heure.

— Ce n'était pas tout à fait faux, répondit Jodelle en haussant les épaules.

Puis elle vint reprendre sa place sur le banc où elle avait laissé son mari et son fils.

— Je ne sais pas quelle facette de ta personnalité j'aime le plus : la guerrière ou la chrétienne charitable ? dit Rurik, fière de son épouse.

— Ne choisis pas, alors, car je suis les deux à la fois, je crois, répondit-elle en souriant, avant de réprimer un bâillement.

— Tu as l'air fatiguée. Et si nous rentrions ?

— Bonne idée.

Alors que la fête battait encore son plein, ils prirent le chemin de la forge. Jodelle était heureuse : elle avait fait un grand pas ce jour-là. Et comptait bien se rendre au marché dès le lendemain. Ces longues semaines de vie recluse l'avaient éprouvée. Comme tout le monde, Jodelle aspirait à de bonnes relations avec le reste du bourg et elle était heureuse d'y avoir repris sa place. Elle avait fait le plus dur et, pour que son bonheur soit entier, il lui restait à retrouver ses amies.

— Perrine m'a dit qu'elle comptait sur les filles du vannier, Catherine et Mélanie, ainsi que sur Eulalie et Marion pour venir l'aider à cueillir les fleurs fraîches et les racines dont elle avait besoin pour reconstituer les réserves de la maladrerie.

— Si tu veux te joindre à elles, tu le peux. Tu n'as pas à me demander la permission, Jodelle, tu n'es pas ma prisonnière, dit Rurik en posant le petit Daniel dans son berceau, car ils étaient déjà arrivés.

— Ma sœur Marion a parfois des réactions étranges, et j'aime mieux être auprès d'elle. La forêt semble avoir une curieuse influence sur elle. Elle semble voir et entendre des choses qui nous échappent.

— Ta sœur fait partie des simples. Chez nous, ils occupent une place à part sous la tutelle des *volür*.

— Qu'est-ce que les *volür* ?

— Ce sont des femmes qui possèdent certains pouvoirs. Elles interprètent la volonté des dieux à travers les runes. Elles sont un peu comme des prêtresses.

— Ce sont des sorcières ? demanda Jodelle, en se signant.

— Un peu, mais elles ne sont pas dotées de pouvoirs maléfiques. Je ne te dis pas que ce sont toutes des saintes selon vos critères chrétiens, mais elles vivent en harmonie avec la nature et essaient d'aider les gens à leur façon.

— Tu en as déjà rencontré ?

— Oui, j'en ai vu une un jour, et elle m'a dit que ma vie ne se ferait pas sur la terre de mes ancêtres. Mais sur le moment je ne l'ai pas crue. Pourquoi l'aurais-je fait ? À l'époque, j'avais tout ce qu'un homme pouvait désirer. Puis, comme tu le sais, j'ai tout perdu.

Jodelle s'approcha de son mari et prit son visage entre ses mains.

— Oui, je sais, répondit-elle en déposant un baiser consolateur sur ses lèvres.

— Tu ne souhaites plus que Bertrand de Caen vienne nous exterminer ? demanda-t-il, en la regardant avec une intensité qui fit battre le cœur de Jodelle plus vite.

— Non, dit-elle sincèrement. J'espère de tout mon cœur qu'il entendra raison et qu'il quittera la région pour se rallier au roi.

— Je doute que les choses se passent ainsi. Cet homme a défié son roi, il ne capitulera jamais sans se battre. Et je le comprends. Mais lorsqu'il arrivera, nous serons prêts à le recevoir. Wulfric n'est pas idiot, il sait qu'il est caché quelque part, prêt à bondir au moment venu.

— L'évêque ou Dame Aigline pourraient peut-être lui faire entendre raison.

— On ne fait pas entendre raison à un animal blessé, Jodelle. Au mieux, il mourra seul, au pire il nous faudra l'achever.

Rurik se dévêtit et Jodelle apporta une bassine d'eau claire. Elle lava son dos à l'aide d'un linge. Assis sur un banc, Rurik la laissa avec plaisir faire sa toilette.

— Serais-tu prêt à me parler de ces symboles ? demanda-t-elle après avoir longuement observé ses tatouages. Ou bien est-ce un secret ?

Rurik sourit et prit sa main avant de la faire asseoir sur ses genoux.

— Cela n'a rien de secret. J'ai juste peur que tu ne comprennes pas.

— Tu penses que je suis idiote ? demanda-t-elle, piquée.

— Non, bien sûr, mais nous n'avons pas les mêmes conceptions du bien et du mal. Si je t'explique, tu nous trouveras encore plus « barbares ».

— Et si je commençais à apprécier les mœurs barbares ? demanda-t-elle d'une voix coquine.

Le regard aguicheur qu'elle lui adressa suffit à l'embraser.

— Tu veux de la barbarie, c'est bien cela ? demanda-t-il.

— Peut-être… Je ne sais pas… Qu'aurais-tu à me proposer ?

Il ne se donna pas la peine de répondre. Il attrapa son poignet et l'attira sans ménagement à lui. Puis, saisissant ses fesses à pleines mains, il l'installa à califourchon sur lui. Il poussa un grognement satisfait et elle émit un petit rire qui l'excita. Il remonta ses jupes et alors que son désir pour elle était déjà ardent, il l'empala sur lui avec fermeté.

— Est-ce assez barbare pour toi, ma douce ?

En guise de réponse, elle soupira d'aise.

— C'est bien, tu peux continuer, dit-elle enfin.

Il enfouit son visage dans les boucles rousses et dans le cou de Jodelle, qui le serra contre elle. Il se trouvait à hauteur de ses seins blancs et, avec ses dents, défit son corsage. Il écarta les pans du vêtement et sortit ses deux seins pleins qu'il mordilla, embrassa et mordilla de nouveau.

— Depuis tout à l'heure, je n'ai envie que de cela, souffla-t-il.

Rurik continua ses affolantes caresses et Jodelle gémit en sentant ses seins réagir. Ses mamelons se durcirent et quelques gouttes de lait se mirent à perler. Alors la langue de Rurik se fit douce et caressante et il aspira avidement le liquide blanc et nourricier. Il glissa une main curieuse contre la douce toison qui couvrait sa féminité et joua de ses doigts pour lui donner du plaisir avant de la pénétrer de nouveau. Jodelle ne lui opposa aucune résistance : elle aimait trop ce qu'il lui donnait.

— Quand tu as nourri cet enfant, poursuivit-il, les hommes te regardaient… Je les ai vus te regarder et j'ai eu envie de les étriper.

— C'est vrai ? demanda Jodelle en relevant sa tête pour lire dans ses yeux. Tu aurais fait cela pour moi ?

— Et comment ! Pourtant, je ne peux pas leur en vouloir de te désirer. Puisque je fais la même chose.

— Tu me désires ?

L'intensité de son regard la laissa sans voix. Elle adorait cette impression de n'être qu'une petite chose devant un loup affamé et prêt à la dévorer. Pour le provoquer, elle lui adressa une moue dubitative.

— Si tu en doutes encore, Jodelle, tu vas voir…

Il la souleva de terre tout en restant en elle, et la plaqua contre le mur pour la prendre avec vigueur.

— Rurik…, gémit-elle en réclamant davantage.

— Je te veux, Jodelle ! cria-t-il en allant et venant en elle sans trêve. Tu me rends fou…

Ses coups de reins furieux la laissèrent pantoise et elle s'agrippa à lui de toutes ses forces, basculant dans la tempête et dans l'extase. Essoufflée, elle réclama ses lèvres de nouveau.

Mon Barbare, mon guerrier, je t'aime, cria-t-elle en elle-même, surprise de cette évidence.

Elle aimait la dureté de son corps martial, la rudesse de ses mains sur sa peau et l'ardeur de sa virilité. En elle quelque chose vrilla et elle eut envie de pleurer. Elle ne voulait pas le perdre. Cette prise de conscience soudaine la laissa sans voix : Rurik commençait à se faire une place dans sa vie et dans son cœur…

Une fois rassasiés l'un de l'autre, ils se couchèrent et soufflèrent la bougie de suif. La chaumière se trouva dans la pénombre, juste éclairée par la lumière rougeoyante de l'âtre où le feu se mourait.

— Raconte-moi tes tatouages, maintenant, demanda Jodelle, qui n'avait pas encore complètement repris son souffle.

Rurik éclata de rire.

— Toi, on peut dire que tu as de la suite dans les idées… Ce sont des entrelacs qui représentent Yggdrasil, l'arbre monde. J'y puise la force des neuf mondes qui constituent notre univers. Il y a celui des géants, des elfes, des nains, des hommes, des Ases…

— Les Ases ?

— Nos dieux font partie de deux familles, les Ases et les Vanes. Elles sont entrées en guerre et les Ases ont gagné. Mais les dieux Vanes n'en sont pas moins puissants. Freya, la déesse du foyer, fait partie des Vanes. La moitié des guerriers morts au combat lui revient. L'autre moitié revient à Odin.

— Et les Berserks ?

— Les Berseks sont des guerriers que choisissent les dieux de la guerre pour les incarner. Se faire posséder par l'un d'entre eux est un honneur, mais on n'en sort pas indemne. Lorsqu'on est un Bersek, on perd toute humanité, l'odeur du sang nous transforme en bête.

— As-tu été l'une de ces bêtes ? demanda-t-elle, un peu craintive.

— Oui. Lors d'une bataille, j'ai reçu cet honneur pour la première fois. Et j'ai été marqué de ces symboles.

— Était-ce la bataille contre ceux qui t'ont pris ta famille ?

— Oui. Et, depuis, l'esprit guerrier me prend lorsqu'il le décide au milieu des batailles. Quand cela se produit, malheur à celui qui se met en travers de mon chemin.

— Tu n'étais pas un Berserk quand tu m'as attrapée dans la forêt ?

— Non.

— M'aurais-tu tuée si cela avait été le cas ?

— Ton dieu a veillé à ce que cela n'arrive pas.

Jodelle hocha la tête et se lova contre lui.

— Je ne comprends pas vraiment ton peuple, ni tes

croyances, mais je crois que je commence à te comprendre un peu.

Rurik sourit dans la nuit et resserra son étreinte.

— Je crois que je peux répondre la même chose pour toi.

— C'est un bon début, alors, fit-elle en bâillant.

Allongé dans le noir, Rurik remercia le dieu des chrétiens du don qu'il lui avait fait. Il appréciait cette vie à Lisieux. La présence de Jodelle, le petit Daniel, Yvan et Kolstein qui étaient de plus en plus complices, Eulalie qui ferait une bonne épouse pour Kolstein le temps venu... Il était fier de Sven et de l'avenir qui lui était promis. Être le second de Wulfric était un honneur qu'il avait amplement mérité. Tout semblait se mettre en place paisiblement sous les meilleurs auspices.

Mais il espérait davantage : il voulait Jodelle tout entière. Il ne voulait pas seulement son corps. Il voulait aussi sa confiance et son cœur.

Les semaines s'écoulèrent dans une paix relative. Francs et Vikings faisaient de leur mieux pour construire un avenir serein à Lisieux. Le père Anthelme et Dame Aigline s'employaient d'arrache-pied à maintenir cet équilibre fragile. Jodelle devait avouer que la présence de Rurik à la forge la soulageait énormément et elle profitait de cette aide précieuse pour profiter de petits instants simples et essentiels avec ses enfants. Un après-midi de juillet, Jodelle sortit de chez elle en portant Daniel sur son dos, bien maintenu par un drap. Elle avait l'intention de se rendre au bourg pour proposer à Marion d'aller cueillir des baies sauvages avec elle.

— Pourrions-nous vous accompagner ? demanda Lise

timidement. Les enfants tournent en rond et je n'arrive pas à coudre.

La grossesse de Lise avançait et elle commençait à avoir du mal à rester en place. Étant passée par là récemment, Jodelle eut pitié de l'inconfort de sa belle-sœur et accepta.

— Mets un fichu sur ta tête, Marion, il fait chaud dehors, et prends une outre d'eau, dit Jodelle, toujours attentive à sa jeune sœur.

— Les enfants, mettez vos souliers, nous allons cueillir des baies ! lança Lise, heureuse de pouvoir s'échapper un moment de sa maison.

— Eulalie n'est pas là ? demanda Jodelle, surprise de ne pas voir sa fille.

— Elle est partie s'occuper de la vieille Anna avec Perrine.

— Comment se porte-t-elle ?

— Mal, je le crains, dit Lise qui avait eu des nouvelles par Perrine lorsque celle-ci était venue l'ausculter et prendre des nouvelles de sa grossesse.

Marion apporta un gros panier en osier et le tendit à Jodelle.

— J'en ai déjà un, merci, dit-elle en montrant le sien. Mais celui-ci sera parfait pour Lise et les enfants.

— On fera des tourtes, dit Marion, heureuse.

Non, dit Lise, qui organisait toujours tout. Nous ferions mieux de cuire notre récolte dans du miel dès notre retour, afin de pouvoir constituer des réserves pour l'hiver.

— Qu'est-ce qui nous empêche de faire les deux ? demanda Jodelle, enjouée. Les enfants, une tourte aux mûres, cela vous dirait ?

— Oh oui ! s'écria Yves, l'aîné de Jehan.

— Moi aussi, j'en veux ! répondit un des petits.

— Et moi aussi, ajouta Jehan qui, aussitôt, alla chercher un sac de farine dans la soupente de la pièce commune.

— Je crois que Marion a eu là une riche idée, dit Jodelle en ébouriffant les cheveux de son neveu.

— Très bien, vous avez gagné, céda Lise de bon cœur, avant de pousser ses enfants vers la porte.

Toute la famille laissa Jehan à ses activités de bourgmestre et partit en chantant vers la lisière de la forêt. Ils passèrent un agréable après-midi, et Jehan les rejoignit une heure plus tard.

— Père mange les mûres que nous avons cueillies ! protesta Yves qui s'était lui-même fait rabrouer par sa mère, car il mangeait autant de fruits qu'il en cueillait.

— Ce n'est pas vrai, mentit Jehan, la bouche pleine.

— Tu as des traces de mûres sur le menton, dit Jodelle en riant. Tu es pire qu'un enfant.

— Mère, où est Marion ?

Jodelle se leva de la souche où elle s'était assise après la cueillette et regarda autour d'elle. Une bouffée de panique l'envahit.

— Marion ! Marion ! cria-t-elle en s'élançant dans le sous-bois.

Elle courut droit devant elle en entendant Lise et Jehan appeler Marion à pleins poumons.

— Marion ! appela-t-elle après avoir couru une bonne minute en tenant son bébé contre elle.

Daniel se mit à pleurer et elle supplia tous les saints du ciel de l'aider à retrouver sa sœur. Ses prières furent peut-être entendues, car elle découvrit la jeune fille accroupie et cachée sous un tronc couché.

— Marion, ma chérie, tu n'as pas de mal ? Pourquoi es-tu partie ?

Marion pleurait et semblait terrifiée.

— Parle-moi, Marion. Qu'est-ce qui te fait pleurer ?

— Le cheval…

— Quel cheval ? Tu as vu un cavalier ? demanda Jodelle, craignant que les hommes de Bertrand de Caen soient entrés dans le bourg.

— Il a emporté Dame Aigline, le cheval. Et le cavalier, il avait l'air fâché de me voir.

— Dame Aigline ? Il l'a enlevée ?

— Non, elle est partie avec lui, elle avait l'air contente qu'il l'emmène.

— Ne parle de cela à personne, d'accord ?

— Sinon il va me gronder, le cavalier ?

— C'est possible, ma chérie… Nous dirons que tu as marché toute seule et que tu t'es perdue, d'accord ?

— Lise dit que mentir est un péché, elle va me gronder.

— Allons, viens manger des mûres, Marion. Nous allons faire de bonnes tourtes, tu vas m'aider à les préparer, n'est-ce pas ? dit Jodelle ne relevant sa sœur et en débarbouillant ses joues pleines de terre avec un des langes de Daniel.

Elle la prit par la main et la ramena vers la lisière du bois où Sven et Rurik venaient d'arriver.

— Plus de peur que de mal, dit Jodelle en essayant de faire bonne figure.

— Est-ce que tu vas bien, Marion ? demanda Jehan.

— Elle a de drôles de réactions parfois, dit Lise, un peu gênée que Sven et Rurik soient témoins de ces divagations.

Marion regarda la forêt et s'agita.

— Calme-toi, ma chérie, dit Jodelle en lui prenant la main.

— La forêt a des yeux, dit Marion en s'agitant. La forêt a des yeux ! Et le cheval…

— Viens t'asseoir, Marion, ordonna Jehan pour essayer de la raisonner.

— La forêt a des yeux, le cheval est parti avec Dame Aigline.

— Dame Aigline ? dit Yves en sursautant. Je devais donner un courrier de sa part à un homme près de la maladrerie et j'ai oublié, dit le garçon, désolé.

— Quel homme ? demanda Rurik, suspicieux, en s'approchant du garçon.

— Je ne sais pas, il portait une capuche. Je l'ai vu au bourg il y a longtemps, et puis il est revenu avec un courrier pour notre dame et je le lui ai donné. Mais je n'ai pas pensé à la réponse que je devais lui rendre, dit Yves en fouillant dans sa besace.

Le garçon tendit la lettre à Sven qui la décacheta et la lut.

— Je vais être puni ? s'inquiéta le garçon.

— Non, pas toi, Yves, tu n'as rien à te reprocher. Rentrez chez vous. Rurik, viens avec moi, il faut prévenir Wulfric.

Leur air grave ne laissait rien présager de bon pour la châtelaine de Lisieux.

— Elle est partie leur parler, pas les rejoindre ! cria Jodelle malgré elle.

— Comment le sais-tu ? demanda Rurik d'une voix trop calme.

— Je… Je…

— Tu savais que des hommes de Bertrand rôdaient au bourg et tu n'as rien dit ? demanda Rurik, furieux.

— Je leur ai demandé de partir et de nous laisser en paix. L'homme n'a pas voulu m'écouter alors je l'ai frappé avec le tisonnier.

— Le rat…, souffla Rurik, tout en secouant Jodelle sans ménagement. Rentre à la maison, femme, et ne bouge sous aucun prétexte. Jehan, veille à ce qu'elle obéisse. Nous réglerons cela, lança le guerrier, le regard noir.

— Mon Dieu, qu'ai-je fait ? se lamenta Jodelle, en voyant les deux hommes remonter à cheval et partir au galop vers le château.

Jehan demanda à Lise de ramener les enfants et Marion chez eux, au bourg, pendant qu'il raccompagnait Jodelle et Daniel.

— Jehan, je pensais bien faire en prévenant Dame Aigline de la présence de ces hommes. Ils étaient d'ailleurs déjà entrés en contact avec elle.

— Je comprends que Bertrand ait voulu parler à Dame Aigline : il va vouloir récupérer son fief et sûrement Lisieux. Mais toi, pourquoi ?

— Je n'en sais rien, mentit Jodelle, en déposant Daniel sur son lit pour le langer. Peut-être voulaient-ils savoir s'il y aurait des sympathisants parmi nous.

— En agressant une femme sur le point d'accoucher ?

— Qui t'a dit qu'ils m'avaient agressée ?

— Tu t'es défendue avec un tisonnier, tu l'as dit toi-même.

— Je voulais juste qu'ils s'en aillent, j'ai paniqué. Si Rurik avait été là…

— Il t'aurait défendue, coupa Jehan.

— Oui, et il les aurait tués. Il y a eu assez de morts comme cela, Jehan, dit-elle en se retournant, les yeux brillants. Dame Aigline veut juste éviter un bain de sang. Qu'y a-t-il de mal à cela ?

— J'espère juste que messire Wulfric sera de ton avis.

Jehan quitta la forge, inquiet pour sa dame, mais aussi pour sa sœur, car Rurik allait lui demander des comptes, c'était certain.

Chapitre 10

Rurik et une trentaine d'hommes en formation se tenaient autour du campement de Bertrand de Caen. Il avait fallu deux jours pour trouver le seigneur rebelle et ses troupes. Rurik avait été envoyé avec Sven pour rapporter toutes les informations possibles à Wulfric.

— Le campement se trouve en contrebas de la colline voisine, il y a des hommes qui gardent tous les points d'accès, expliqua Wulfric, qui s'était barbouillé de terre pour ne pas être repéré.

— On ne peut que les atteindre frontalement, ajouta Sven.

— Combien sont-ils ?

— Deux fois plus nombreux que nous, dit Rurik. Ou presque.

— Et Aigline ?

— Elle se trouve dans la tente de Bertrand, elle semble surveillée de près, dit Sven. Elle n'a pas l'air prisonnière, mais pas libre non plus.

— Bjorn, ta seule mission sera d'assurer sa sécurité, commanda Wulfric en faisant signe à ses hommes de se rassembler. Éloigne-la de la bataille et garde-la.

— Bien, dit l'Irlandais, en craignant des représailles pour la châtelaine, qui avait su s'attirer l'admiration de tous.

— Quels sont tes ordres ? demanda Sven qui savait que l'heure de la bataille était arrivée.

— Faites des prisonniers, nous aurons besoin de faire des exemples, dit le vicomte, froid et calculateur. Mais une dizaine, pas plus. Tuez tout le reste.

— À tes ordres, dit Rurik, en sortant sa hache de l'anneau qui l'attachait à sa ceinture.

Ils se rapprochèrent autant que possible puis fondirent comme des loups enragés sur le campement. La hache de Rurik envoya un certain nombre de guerriers francs dans l'au-delà. Il déversa sa rage et sa frustration sur les hommes de Bertrand. Jodelle savait et lui avait menti. Il rugit comme un lion et fonça tête baissée dans la bataille. Le sang se répandait sur le sol, et l'humus de la forêt s'imbibait de rouge. L'attaque fut rapide et efficace, tout fut fini en peu de temps, et Wulfric sonna sa trompe pour finir le combat. Il avait vu Bjorn s'emparer d'Aigline et la mettre à l'abri, mais, hélas, Bertrand de Caen avait fui avec une dizaine d'hommes. Les morts jonchaient le sol, mais le vicomte n'en avait cure. Sa hache tachée du sang des Francs réclamait justice. Il lui faudrait frapper fort et secouer vertement Lisieux pour éviter toute tentative d'insubordination. Et il devrait commencer par punir son épouse…

Rurik enchaîna les prisonniers et les fit mettre en ligne derrière les chevaux. Wulfric prit la tête du convoi sans un regard pour son épouse. Même Bjorn et Sven se gardèrent de lui adresser la parole avant que le Thing se réunisse pour décider du sort de la châtelaine. Ils rentrèrent à Lisieux dont tous les habitants tremblaient de peur pour leur dame et s'inquiétaient de ne pas voir revenir les troupes.

Jodelle regarda le soleil qui était haut dans le ciel. C'était le début de l'après-midi, elle avait nourri ses poules avec de vieux restes de pain et des épluchures de légumes. Elle profita de ce que Daniel dormait pour aller s'occuper des chèvres dans leur enclos. Une des bêtes lui donna un coup de tête sur la cuisse en bêlant.

— Il n'y a plus de foin ? Vous mangez trop vite, dit-elle en caressant la tête d'une petite chèvre noire. Très bien, faisons un marché : je vous redonne du foin et vous me faites de beaux chevreaux, dit la forgeronne, en observant les gros ventres de ses deux chèvres que le bouc du voisin avait saillies quelques semaines auparavant. Voilà, vous avez de quoi manger à présent.

Elle referma l'enclos et alla chercher le petit Daniel pour partir au bourg faire cuire ses pains, pétris et levés du matin. Elle s'inquiétait de ne pas voir revenir le vicomte et ses hommes. En arrivant après du four, elle vit son frère Jehan.

— Je relève le ban aujourd'hui, Jodelle, il faudrait me payer le mois précédent aussi.

— Je suis en retard, je sais, dit la forgeronne, qui savait que son frère avait passé sous silence les dettes qu'elle avait accumulées. Je verrai avec Rurik, il a beaucoup travaillé pour le vicomte, j'aurai de quoi payer dès son retour.

— Et s'ils ne reviennent pas ?

Jehan était nerveux et soucieux, lui aussi.

— C'est vrai qu'ils ne sont partis qu'à trente. Si l'armée de Bertrand de Caen est plus nombreuse…

— Je te demande pardon, Jodelle, je ne voulais pas t'alarmer davantage. Laisse, je vais les enfourner pour toi, dit le bourgmestre en plaçant habilement les pains plats sur les pierres chaudes du four.

Il referma la porte d'acier du four et remit du bois pour entretenir le feu.

— Merci dit Jodelle, qui regardait les habitants qui vaquaient à leurs tâches, tout aussi soucieux qu'eux.

— Que va-t-il faire à Dame Aigline ?

— De qui parles-tu, de Bertrand ou de Wulfric ? questionna Jehan, qui craignait tout autant la réaction des deux hommes.

— Crois-tu qu'elle risque sa vie ?

— Si elle rejette Bertrand, cet homme orgueilleux est bien capable de l'emprisonner ou de la faire taire. Et si Wulfric la ramène, elle devra répondre de trahison.

Jodelle secoua la tête, dépitée. Elle se sentait tellement responsable.

— Je regrette de ne pas avoir eu le courage d'en parler à Rurik.

— Crois-tu qu'il oserait t'accuser de trahison ?

Jodelle avait ressassé cette possibilité des heures durant. Mais que faire ? Fuir et être poursuivie ? Ou assumer et tâcher d'amadouer leurs vainqueurs ?

— Tu es la femme qu'il a choisie, Jodelle, je suis sûr que vous trouverez un terrain d'entente, la rassura Jehan, gentiment, mais sans trop de conviction.

— Je prie toute la journée pour cela, Jehan, avoua Jodelle, angoissée. Ne pourrions-nous pas faire intervenir l'évêque afin qu'il appelle à la clémence envers Dame Aigline ?

— L'évêque n'a plus tout pouvoir ici, c'est Wulfric le maître. J'espère que le père Anthelme aura une bonne influence.

— Comment va Yves ?

— Il a reçu une bonne correction dit Jehan, en fronçant les sourcils.

— Jehan ! Ce n'est qu'un enfant ! Il pensait obéir à sa dame !

— Il doit d'abord obéir à son seigneur et à son père. Crois-moi sur parole, il n'est pas près de recommencer.

— Que lui as-tu fait ? s'emporta Jodelle en regardant vers la maison du bourgmestre. Et à Marion ?

— Marion est une simple, elle n'est responsable de rien. Elle est toujours agitée et parle des yeux de la forêt. Mais Perrine lui a donné des tisanes calmantes, cela passera.

— Ne sois pas trop sévère avec Yves, s'il te plaît, supplia Jodelle, désolée pour son neveu.

— Il aide le père Anthelme à la chapelle aujourd'hui. S'il peut travailler, c'est que je n'ai pas frappé si fort que cela… Yvan est venu l'aider en cachette, je les ai vus, ajouta Jehan, attendri par le geste de son neveu. Je suis passé voir discrètement avant le repas de midi.

— Yvan a bon cœur, et ton fils est un bon garçon.

— Je sais, Jodelle, mais la sécurité de notre bourg est l'affaire de tous. Et Wulfric est notre maître sur ordre du roi et de l'évêque, il faut que nous nous y soumettions. Le temps de Cédric et Bertrand est révolu.

Daniel s'agita et réclama le sein de sa mère.

— Viens prendre un peu de repos chez nous. Tu nourriras ton fils tranquillement. Eulalie est avec Lise.

— Merci, dit Jodelle en acceptant.

— Tu reprendras tes pains au retour, dit Jehan en accompagnant sa sœur jusque chez lui.

Ils entrèrent dans la maison du bourgmestre, où Eulalie passait le balai. Lise vint les accueillir, elle s'arrondissait à vue d'œil. La maternité lui allait bien, elle avait pris des joues, de sorte que son visage longiligne paraissait moins sévère.

— Tu as l'air de bien te porter, Lise, tu fais plaisir à voir dit Jodelle en acceptant un peu d'eau.

— Kolstein nous apporte du gibier régulièrement. Héberger Eulalie nous vaut certains avantages, sourit la future mère, tout en regardant sa nièce qui savait parfaitement tenir une maison. Tu devrais laisser ces enfants se marier, chuchota-t-elle pour sa belle-sœur.

— Même si c'est un Barbare, pas encore baptisé ? ironisa Jodelle.

— Le père Anthelme dit que Kolstein est un homme bien, j'ai confiance en son jugement.

— Kol suit les enseignements du père, et il assiste à la messe presque tous les jours, ajouta Eulalie en rosissant. Il sera baptisé à Pâques, dit-elle, tout heureuse.

— Eh bien si vous êtes toujours décidés à vous marier à ce moment-là, je ne m'y opposerai pas, dit Jodelle en prenant la main de sa fille dans les siennes.

Eulalie poussa un petit cri de joie et sortit de chez son oncle en courant pour aller au château rejoindre son amoureux et lui annoncer la grande nouvelle.

— Les enfants grandissent trop vite, dit Jodelle en mettant Daniel au sein.

Ils parlèrent tous trois de choses et d'autres et se donnèrent des nouvelles de leurs voisins. Une heure passa quand soudain les cloches du château se mirent à sonner à toute volée en appelant au rassemblement sur la colline comme avant chaque catastrophe.

— Est-ce que nous sommes attaqués ? s'inquiéta Lise, en serrant ses enfants contre elle.

— Je vais aux nouvelles, dit Jehan en sortant précipitamment de chez lui.

Il gravit le chemin qui menait au château et vit la colonne de guerriers qui revenait des bois. Il y avait des blessés et des prisonniers. Il vit Dame Aigline, pâle comme la mort, juchée sur un cheval, devant Bjorn, les poings liés comme une prisonnière. L'air peu amène du vicomte ne laissait rien présager de bon. Sven s'arrêta devant le bourgmestre, il avait les bras tachés de sang et lui demanda de rassembler tous les habitants sur la colline.

Moins d'une minute plus tard, il revint blême chez lui.

— Ils sont rentrés…

Jodelle prit son fils dans ses bras et tous se dirigèrent vers la colline. Comme dans un cauchemar, Jodelle vit les habitants être encerclés de nouveau par les hommes de Wulfric. Elle chercha Rurik du regard, mais ne le trouva pas. Un vent de panique souffla sur son cœur. Était-il mort ? Elle se faufila parmi les rangs, cherchant si quelqu'un avait aperçu son mari.

Puis elle vit les prisonniers alignés comme du bétail et présentés à la foule.

— Le campement rebelle a été démantelé, commença Wulfric d'une voix forte. Ces hommes sont mes prisonniers et selon les lois en vigueur, ils seront exécutés pour haute trahison ! Aucune traîtrise, aucune rébellion ne seront tolérées sur mes terres ! Qu'on procède à la sentence !

La voix de Wulfric avait claqué comme un fouet au-dessus de la foule. Le vicomte paraissait immense et furieux. Jodelle aperçut sa dame, dont les poignets attachés la bouleversèrent.

Soudain, elle vit Rurik derrière les prisonniers avec d'autres soldats du vicomte. Il leva sa hache et fendit le crâne de celui qui se trouvait devant lui, puis du second, puis du troisième. Jodelle avait envie de vomir et sentit malgré elle les larmes couler le long de ses joues. Elle ferma les yeux et attendit que le vicomte donne aux soldats l'ordre d'enterrer ces malheureux et aux habitants celui de rentrer chez eux. Mais le pire restait à venir, car le vicomte fit appeler son épouse et la présenta à la foule qui, dans un silence pesant attendait le verdict.

Puis le conseil prit place. Wulfric rejoignit ses capitaines. Sur le côté se tenaient cinq hommes tirés au sort pour être jurés.

— Avancez, Aigline de L'Allier-Morel… Que chacun puisse voir et entendre…

Aigline inspira profondément et, d'un pas assuré et la tête haute, vint prendre la place qui lui était désignée.

— Vous êtes accusée de haute trahison, fit Wulfric d'une voix furieuse. Qu'avez-vous à répondre à cela ?

— J'ai accepté de rencontrer Bertrand de Caen pour tenter de le dissuader de persister dans sa folie de rébellion. Je voulais qu'il y renonce et qu'il rejoigne Charles à Paris. J'espérais juste éviter un bain de sang, dit-elle en fermant les yeux.

Elle restait digne malgré sa frayeur. Voir ces hommes se faire exécuter lui avait soulevé le cœur et elle avait le vertige. Son cœur cognait si fort dans sa poitrine qu'elle eut peur de s'évanouir. Le regard furieux de Wulfric lui glaçait le sang.

— Avez-vous, d'une façon ou d'une autre, apporté assistance et aide à cette rébellion ? demanda Sven à son tour.

— Non ! Je le jure ! Je n'ai rencontré Bertrand que pour lui conseiller de partir et de renoncer.

— Alors elle est coupable de désobéissance et non de trahison ! commenta Bjorn en se tournant vers les jurés.

Ces derniers se concertèrent et approuvèrent d'un signe de tête.

— Elle aura donc les cheveux coupés au-dessus des épaules, trancha un des hommes qui faisait office de juge.

— Non ! dit Aigline, droite et fière. Je demande l'ordalie.

Une vague de terreur secoua les Francs comme les Vikings.

— Madame, par pitié, revenez sur vos paroles, sinon ce sont dix coups de fouet qui vous attendent !

— Ne faites pas cela, Aigline, je vous en prie, dit Wulfric, à haute voix malgré lui.

Un long silence s'ensuivit, puis le juge statua en faveur du souhait de l'accusée. Sven et Bjorn, livides, regardèrent Wulfric, et le vicomte sut ce qui lui restait à faire. Il ne pouvait imposer de châtier sa femme à aucun de ses hommes, il devait donc le faire lui-même. La main tremblante de rage et de colère autant que de chagrin, il fit s'agenouiller la châtelaine.

Jodelle pleurait comme toutes les femmes du bourg. Certains hommes s'étaient agenouillés et priaient. Soudain la forgeronne sentit une main implacable sur son épaule. Elle essaya de se détourner du spectacle qui allait suivre, mais Rurik la maintenait fermement.

— Tu es aussi responsable qu'elle. Mais parce qu'elle est ta maîtresse, c'est elle qui va en payer le prix, dit-il froidement.

— Pitié, messire, ne faites pas cela ! cria Jodelle pour essayer d'infléchir le cours tragique que prenaient les événements.

Ce cri fut repris par toute l'assistance, mais cessa au premier coup de fouet.

— Oh ! mon Dieu, pleurait Jodelle en voyant sa dame terrassée par la douleur.

Aigline se redressa en tremblant et reprit place pour recevoir un deuxième puis un troisième coup.

— Fais arrêter ce supplice et laisse-moi prendre sa place, supplia Jodelle. Je suis aussi coupable qu'elle, tu l'as dit toi-même.

— Tu veux t'accaparer les palmes du martyre ? ricana le guerrier. Sûrement pas !

Rurik savait que Jodelle payait bien plus sa trahison en regardant la femme qu'elle admirait le plus être châtiée d'une si cruelle façon.

Au sixième coup, Wulfric arrêta le fouet. Il semblait écœuré et à deux doigts de tituber. Le dos de Dame Aigline saignait abondamment et sa peau d'ordinaire si blanche était zébrée par les marques du fouet. À bout de forces, elle s'évanouit.

— Si quelqu'un veut que je continue, qu'il le dise, déclara le vicomte en regardant la foule.

Ni les Francs ni les Vikings ne prirent la parole. Wulfric empoigna les longues tresses de son épouse et les coupa de moitié. Puis prit un linge et l'imprégna du sang de l'accusée. Il tendit le tout à Sven.

— Accrochez ça sur les portes de mon château, que chacun puisse savoir ce qu'il en coûte de trahir son maître.

Il souleva son épouse dans ses bras et partit au château, suivi de Marielle et Perrine qui pleuraient en silence. Rurik exigea que toute la maisonnée rentre à la forge et Jodelle qui tenait à peine sur ses jambes le suivit en silence. Elle entra dans sa maison sans se souvenir du chemin qu'ils avaient emprunté, elle était sous le choc et faillit tomber. Eulalie la rattrapa et lui prit Daniel des bras. La jeune fille le mit dans son berceau et le balança doucement en essayant de sécher ses larmes. Kolstein ne disait rien, pas plus qu'Yvan qui pleurait dans son coin.

— Il l'a fouetté lui-même dit Eulalie, dégoûtée. Comment a-t-il pu faire cela ?

— Si Wulfric n'avait pas lui-même exécuté la sentence, dit Kol en essuyant son front en sueur, il aurait demandé à Sven, Bjorn, Rurik, ou encore à moi de le faire. Je suis heureux de ne pas avoir été choisi pour cela. Wulfric doit être anéanti, il aime cette femme plus que de raison, c'est certain.

— C'est lui que tu plains ? demanda la jeune fille, choquée.

— Dame Aigline savait à quoi s'attendre et quels étaient les risques. Comme moi, d'ailleurs, dit Jodelle en reprenant ses esprits.

Elle alla chercher un flacon d'eau-de-vie et en but une bonne rasade au goulot.

— Buvez à votre tour, mes enfants, vous en avez besoin. Kol, je dois aller parler à Rurik, restez tous ici.

— Je n'irais pas si j'étais toi, essaya de dire le jeune guerrier au moment où elle passait la porte.

Jodelle savait qu'elle risquait gros, mais elle était d'une certaine façon aguerrie et rien n'aurait pu être pire que les corrections qu'elle avait reçues de Gontran. Être ivre de vin ou ivre de rage, c'était toujours être ivre. Elle entra dans la forge et saisit les rênes de sa jument.

Elle s'agenouilla contre le muret de la forge et les tendit à Rurik. Celui-ci les lui arracha des mains et les jeta à l'autre bout de la pièce, puis il saisit Jodelle par le bras avec brutalité et la plaqua au mur en lui enserrant le cou d'une main puissante.

Son visage furieux était proche du sien. Il serra sa main et Jodelle sentit l'air lui manquer, mais elle ne se défendit pas. Elle savait qu'elle avait mérité sa colère.

— Je t'ai donné ma confiance et tu m'as trahi, éructa-t-il, hors de lui.

Jodelle regarda ses avant-bras tachés de sang, il avait été l'exécuteur des basses œuvres de Wulfric. Tuer lui était familier. C'était un guerrier, pas un artisan, ni un simple villageois. S'il apprenait que Cédric avait reconnu Daniel, Dieu seul savait ce qui se passerait. Mais pourquoi personne ne semblait au courant ? Bertrand avait sûrement dû en parler à Dame Aigline. Gardait-elle le secret ? Un secret qui aurait peut-être pu lui éviter cette sanction si elle avait voulu marchander son immunité.

— Qu'as-tu à dire ?

— Rien, répondit Jodelle d'une voix étranglée, car Rurik ne l'avait pas lâchée.

Les larmes coulaient sur son visage, mais ne semblaient pas attendrir le cœur du Viking.

Il la relâcha et elle tomba par terre, elle massa sa gorge et reprit son souffle. Elle aurait probablement des marques, mais n'en avait cure. Jamais Rurik ne lui pardonnerait ce qu'elle lui avait caché et ce qu'elle lui cachait encore. Perdre son estime et son affection lui était insupportable, mais la vie de Daniel valait tous ces sacrifices. Rurik sortit de la forge sans un mot et prit la direction du château. Jodelle regarda la colline à travers la porte grande ouverte. Une épaisse fumée s'élevait : le vicomte faisait brûler les corps des condamnés, qui n'auraient pas de sépulture chrétienne.

Elle rentra chez elle, et Eulalie se précipita vers elle voyant les traces sur ses bras et son cou.

— Il t'a battue ?

— Non, dit Jodelle, en reprenant une rasade d'eau-de-vie. Eulalie, je veux que tu ailles chez Jehan. Yvan, va reprendre ta place au château. Avec Dame Aigline blessée, Simon aura besoin de ton aide. Kol… Garde un œil sur Rurik, je t'en prie.

— Tu lui as fait du mal, mère.

— Je sais, pleura Jodelle, amère.

Kolstein posa une main sur l'épaule de sa belle-mère, mais celle-ci, furieuse contre elle-même, refusait toute marque de sympathie, et elle le repoussa.

— Sois présent pour ton père, dit-elle seulement, en essuyant ses larmes d'un revers de manche. Partez, mes enfants, j'ai besoin d'être seule.

Kolstein hocha la tête et sortit avec Eulalie et Yvan. Ils croisèrent sur le chemin Jehan, qui apportait ses deux pains à Jodelle.

— Je ne crois pas qu'elle souhaite recevoir de la visite, mon oncle, dit Eulalie, les yeux encore rouges d'avoir tant pleuré.

— Elle a essayé de parler à mon père, mais je crois que ce fut un échec. Il est furieux contre elle.

— Elle est si triste, souffla Eulalie, inquiète pour sa mère.

— Peut-être, ma nièce, mais ta mère allaite, elle a besoin de se nourrir. Je dépose les pains et je pars, attendez-moi.

Jehan entra dans la chaumière et eut le cœur brisé d'entendre sa sœur pleurer de la sorte. Jodelle était de la race des survivants, il ne l'avait jamais entendue pleurer avec autant de chagrin. Que ce soit après la mort de leurs parents ou celle de ses maris. Ce Rurik avait sûrement dû toucher son cœur pour qu'elle soit à ce point anéantie.

— Père ne rentrera pas tant qu'il sera en colère, et c'est mieux comme cela, dit Kolstein, en aidant Eulalie à charger le linge sale de sa tante dans une carriole à bras.

— Il va répudier ma mère ?

— Je n'en sais rien, il pourrait être tenté de le faire.

— Oh ! Kol, que pouvons-nous faire ? demanda Eulalie, désolée.

— Être présents pour eux et tenir bon malgré tout. Et prier.

Les deux jeunes gens apportèrent le linge au lavoir, et Kol partit au château pour prendre des nouvelles afin de rassurer les villageois sur l'état de santé de leur maîtresse.

Jodelle resta chez elle et prépara la soupe pour le dîner, ne sachant pas si Rurik rentrerait ou pas. Elle coupa un chou et des raves et les mit à cuire avec un morceau de poitrine de porc fumé. Elle regarda les deux pains sur la table et supposa que Jehan était passé les lui déposer. Elle soupira tristement. Son cœur était lourd, lourd de chagrin, lourd de mensonges. Il n'y avait pas d'issue à ses problèmes, il fallait espérer que Bertrand de Caen ait quitté la région à tout jamais, emportant avec lui le secret de la reconnaissance de Daniel par Cédric. Personne ne pouvait lui apporter de l'aide. Elle devait porter ce fardeau seule et se taire à tout jamais.

Le crépuscule arriva, mais Rurik ne revint pas à la forge. Jodelle alla le guetter dehors à plusieurs reprises, mais aucune silhouette n'apparut sur le chemin. Rurik ne voulait sûrement plus d'elle. Son cœur saignait bien plus qu'elle ne voulait l'avouer. Elle était amoureuse de son mari, désespérément amoureuse d'un homme qui la méprisait et la haïssait sûrement. Elle se coucha comme une âme en peine et pria la Vierge pour ses enfants et pour Rurik.

Dans la nuit, Daniel se réveilla et elle ralluma une chandelle pour le nourrir. Bien calée contre le mur, elle fit boire son bébé et trouva du réconfort dans ces gestes affectueux, simples et essentiels. Daniel grandissait bien et était un beau petit bébé joufflu, brun comme la nuit, comme Cédric, comme Dame Aigline. Une pensée émue la traversa, leur dame devait souffrir le martyre, elle espérait que Perrine était à son chevet. Et ne doutait pas non plus de la dévotion de Marielle et de la vieille Claire. Soudain, un bruit au dehors lui fit tendre l'oreille. Était-ce une bête, un chien errant ou un sanglier venu manger les raves de son potager ? Elle perçut des bruits de pas, un pas mal assuré. Était-ce Rurik qui revenait à cette heure tardive ? Elle regarda par un interstice du volet et vit un homme. Ce n'était pas la silhouette de Rurik, elle l'avait observé à son insu bien trop souvent pour se tromper. Jodelle se leva doucement et recoucha Daniel dans son berceau. À tâtons elle alla prendre son tisonnier et se mit contre le mur à côté de la porte, prête à frapper l'intrus indésirable. Il pouvait s'agir de l'un des soldats de Bertrand qui, blessé, se serait réfugié dans la forêt et serait venu quérir l'aide et la pitié d'une âme bienveillante. Ou bien peut-être était-ce un soldat venu venger les siens en tuant des villageois sans défense…

Les pas se rapprochèrent et Jodelle sentit son cœur battre plus fort. Une main appuya sur la clave de la porte et l'ouvrit. Jodelle bondit et asséna un puissant coup de tisonnier à l'intrus qui, touché en pleine tête, s'effondra au sol. Elle approcha la chandelle, le cœur battant, et faillit crier de stupeur. Elle venait d'assommer le vicomte !

— Messire, pardonnez-moi, je ne savais pas que c'était vous, dit Jodelle, ahurie, en essayant de relever Wulfric, qui s'assit par terre en se balançant d'avant en arrière. Mais vous êtes ivre ! dit-elle en sentant l'haleine avinée du guerrier.

— Pas encore assez, puisque je ne suis pas mort, dit-il, la bouche pâteuse.

— Rurik n'est pas là, je suis désolée, j'ai cru à un vagabond ou à un soldat qui aurait fui… J'ai eu peur et j'ai frappé, pardonnez-moi.

— Tu frappes fort, femme, acquiesça Wulfric en portant la main à son crâne, qui saignait. Par Thor, tu n'as pas raté ton coup.

Puis, comme pour joindre le geste à la parole, il chancela et s'effondra de nouveau sur le sol.

— Messire, relevez-vous, supplia Jodelle, affolée. Faites un effort, je vais essayer de vous soigner.

— Donne-moi à boire, je ne veux plus penser à rien, dit-il, l'air malheureux.

— Comment va-t-elle ? demanda tout de même Jodelle, en espérant obtenir des nouvelles de Dame Aigline.

— Ne me parle pas d'elle, ni de ce que je lui ai fait, souffla-t-il, comme à la torture.

Jodelle eut pitié de lui et lui tendit le flacon d'eau-de-vie.

Wulfric en but une rasade et essaya de reprendre son souffle malgré sa douleur à la tête.

— Pourquoi a-t-elle fait cela ?

— Elle voulait juste convaincre Bertrand de s'en aller et d'obéir au roi. Pas vous trahir.

— Ce que j'ai fait à ses cheveux… Et tous ces coups de fouet… Je n'ai pas eu le courage de continuer…

— Vous avez eu raison, messire, elle n'y aurait peut-être pas survécu.

— Elle ne me le pardonnera jamais. Je ne voulais pas…

Rêvait-elle ou voyait-elle des larmes dans les yeux gris de Wulfric ? Kol avait vu juste, le vicomte aimait son épouse. Elle en fut touchée. Voir un homme aussi dur et fier que Wulfric s'épancher était sûrement chose rare.

— Alors nous sommes deux à être malheureux. Rurik est parti. Il me déteste à présent.

— Tu l'as bien cherché. Tu as un sale caractère et tu es butée comme une vieille mule, dit Wulfric à mi-voix, péniblement. Mais tu as aussi du caractère et tu n'es pas dénuée de charme. Je comprends que Rurik ait pu être séduit par toi. Ceci dit, il n'y a pas que Rurik… Rollon, lui aussi, a…

— Rollon ? fit-elle en rougissant violemment, de colère et de gêne. J'étais sûre qu'ils étaient de mèche tous les deux. Ils avaient tout prévu, dès le départ.

— Rurik n'y est pour rien, crois-moi, il voulait te laisser le temps de te faire à lui. Mais Rollon voulait que certaines choses soient réglées avant de rentrer à Rouen. Rurik a obéi à ses ordres.

Wulfric passa sa main sur son visage. Il semblait fort mal en point. La sueur coulait le long de ses tempes et ses mains tremblaient.

— Mais il te reviendra, rassure-toi, reprit-il avec une espèce de rictus douloureux. J'ai cru comprendre qu'il tenait vraiment à toi. Tu ne seras pas malheureuse longtemps. Moi, en revanche, j'ai perdu mon Aigline à tout jamais.

Il cacha son visage entre ses mains, puis laissa échapper un soupir pesant, presque un râle.

— J'ai essayé de la comprendre, de lui laisser sa place… Pourquoi n'est-elle pas venue me parler ? fit-il, en donnant un coup de pied rageur dans le tabouret situé devant lui.

Jodelle éloigna le mobilier prudemment et revint vers lui.

— Peut-être parce que vous auriez réglé cela de façon violente, comme avec ce tabouret, dit-elle, acide. Alors que Dame Aigline ne voulait que discuter avec Bertrand. Et éviter des morts. Finalement, ses efforts n'ont servi à rien et tout s'est retourné contre elle.

— Je le sais, dit Wulfric, ivre et blessé. J'ai échoué, et si elle voulait quitter Lisieux et m'abandonner à mon triste sort, je ne pourrais pas lui en vouloir.

Wulfric ferma les yeux.

— Je suis fatigué, Jodelle, tellement fatigué…

— Pourquoi êtes-vous venu me trouver moi, au lieu d'aller voir Sven ou Bjorn ?

— Ils me haïssent pour ce que j'ai fait subir à Aigline, qui avait si bien su conquérir leurs cœurs de Barbares. Et moi, j'ai trop… honte pour demander leur soutien et leur pardon. Toi, c'était plus facile, tu me détestes déjà…, dit le vicomte en s'affaissant davantage.

— Messire, je vous interdis de mourir par terre chez moi ! dit Jodelle en s'inquiétant de le voir sans réaction. Messire ?

Sa respiration était régulière, il s'était endormi. Une larme coula sur sa joue et il murmura le nom de son épouse. Jodelle l'installa du mieux qu'elle put, mais un homme de la taille de Wulfric était difficilement déplaçable. Que devait-elle faire ? Elle alla vérifier que Daniel dormait à poings fermés puis installa une couverture par terre et se coucha près du vicomte. Elle avait peur qu'il soit blessé plus grièvement qu'en apparence et décida de le veiller.

Lorsque le coq chanta à l'aube, les yeux de Jodelle s'étaient déjà fermés depuis longtemps. Elle se réveilla en sursaut et toucha le front de Wulfric qui dormait toujours.

— Il n'est pas mort, soupira-t-elle, rassurée. Aucune envie d'avoir à essuyer la fureur de Rollon… Wulfric mort, j'aurais probablement fini étripée, ou pendue la tête en bas, ou pire encore…

— Parles-tu toujours autant le matin ? gémit Wulfric en se redressant, malgré la douleur lancinante qui martelait son crâne. Qu'est-ce que je fais là ? demanda-t-il en regardant autour de lui.

— Cela, c'est à vous qu'il faut le demander. Vous êtes arrivé en pleine nuit, et je vous ai pris pour un vagabond.

— Tu m'as frappé à la tête ? demanda le vicomte, ahuri, en sentant la plaie sous ses doigts.

— Voyez-vous, je ne vous avais pas spécialement invité… Comment allez-vous ? demanda-t-elle sérieusement.

— J'ai connu mieux. Donne-moi à boire et à manger, mon estomac ne va pas me laisser tranquille.

Jodelle ne comptait pas le laisser s'en tirer à si bon compte.

— De l'eau-de-vie ? proposa-t-elle avec une moue acide.

— Vas-tu me torturer longtemps ? demanda Wulfric, en sentant son estomac se révulser à l'idée de boire de l'alcool.

— Je vous rassure, j'ai mieux que cela, dit Jodelle en allant préparer une tisane amère à base de plantes et de racines qu'elle connaissait bien, puisqu'elle l'avait maintes fois utilisée avec Gontran.

— Qu'est-ce que c'est ?

— Un remède idéal pour remettre les idées et l'estomac en place lorsque, comme vous, l'on a abusé de la boisson.

— Où as-tu appris cela ?

— Mon premier mari buvait plus que de raison.

— C'est infect, dit Wulfric, après avoir ingurgité la tisane amère.

— Le but est aussi de vous dissuader de recommencer, disait la vieille Rosa. C'était notre ancienne guérisseuse.

— Perrine est au chevet d'Aigline, dit Wulfric, en reprenant pied dans la réalité.

— Elle aura besoin de vous aussi.

— Cela m'étonnerait fort.

— Vous faites une erreur en vous éloignant d'elle, elle est plus forte et plus grande que vous ne le croyez.

— Tais-toi, je ne t'ai pas demandé ton avis, rugit Wulfric.

— Alors il ne fallait pas venir chez moi ! lança-t-elle, les mains sur les hanches.

Les entendant crier de bon matin, Daniel se mit à pleurer, et Jodelle pesta en regardant le vicomte mettre ses mains sur ses oreilles.

— Ce n'est rien, mon petit. Et le vicomte allait partir de toute façon.

Elle approcha volontairement le bébé qui criait des oreilles de Wulfric et eut la satisfaction de le voir grimacer de nouveau.

— Allez-vous reposer, vous avez une apparence épouvantable, dit-elle en mettant son bébé au sein.

Mais pendant la tétée, le vicomte se rendormit, et Jodelle regarda ce bel homme au destin déjà brisé, qui risquait de perdre la seule femme pour qui il éprouvait de beaux et nobles sentiments. Elle réfléchit et essaya de se mettre à sa place. Pouvait-il risquer de laisser les soldats de Bertrand tenter de reprendre Lisieux ? Si les rôles avaient été inversés, Cédric les aurait aussi exterminés jusqu'aux derniers. Wulfric devait se montrer fort et dur pour imposer sa loi. Même avec les gens qu'il aimait. Si, au contraire, il faisait montre de clémence, il risquerait de passer pour un faible, que d'autres n'hésiteraient pas à défier. Le pouvoir s'accompagnait d'impérieux devoirs qui étaient autant de fardeaux difficiles à porter. Elle repensa aux dispositions prises par Cédric pour Daniel. Elle ne voulait pas de cet avenir pour son fils. Elle savait que ce serait injuste vis-à-vis des enfants que Wulfric et Aigline auraient probablement un jour, et ne s'imaginait pas aller contre la volonté du roi. Ce serait de la folie d'exposer Daniel à la colère d'un personnage aussi puissant. Tout cela ne pourrait que mal finir.

Plus tard dans la matinée, Wulfric se réveilla enfin avec les idées plus claires. Il accepta de nouveau la tisane et la soupe que Jodelle lui servit en silence. Il mangea lentement, puis se leva et prit Daniel dans ses bras. Jodelle eut un mouvement vers eux, mais Wulfric l'arrêta d'un geste de la main. Il garda le petit dans ses bras et sourit quand Daniel lui tira la barbe.

— Tes enfants sont beaux, Jodelle, tu as de la chance, dit le vicomte en lui tendant l'enfant, quelques minutes plus tard.

Des coups de marteau et le bruit du soufflet leur indiquèrent que Rurik était à la forge.

— Tu ne vas pas saluer ton mari ? demanda le vicomte, étonné de la voir rester chez elle.

— Il n'a pas envie de me voir, messire, sinon il serait passé par la maison. Rentrez au château, votre absence doit déjà susciter l'inquiétude.

— J'avais besoin de paix.

— Et vous espériez la trouver chez moi ? demanda-t-elle

avec un petit rire incrédule. Je crois pourtant savoir que vous ne m'appréciez guère.

— Tu es une forte tête, mais je sais que tu ne fais que défendre les tiens.

— Tout comme votre épouse…

— Tu parles trop, femme, lança le vicomte en partant.

— Mais je vous en prie, messire Wulfric, votre visite a été un plaisir…, rétorqua-t-elle avec un sourire forcé pour le faire réagir.

Elle n'obtint pas de réponse, mais vit tout de même un petit sourire en coin se dessiner sur le visage de l'homme qui dirigeait le comté. Elle le vit bifurquer vers la forge où il resta peu de temps. Le vicomte avait beau être là, Rurik n'interrompit pas pour autant son travail, car les coups de marteau ne cessèrent jamais, ni pendant sa visite, ni après. Jodelle attendit son mari toute la journée, guettant à de nombreuses reprises son arrivée par la porte et par la fenêtre, mais lorsque la cloche du château sonna les vêpres, elle le vit remonter le sentier vers le château. Et comprit qu'il s'éloignait d'elle volontairement.

Chapitre 11

Les jours suivants, Rurik vint travailler à la forge, mais ne passa pas une seule fois à la maison, ni pour la voir, ni pour voir Daniel. Il l'évitait ostensiblement. Le matin elle trouvait du bois coupé sous le bûcher pour le feu et des seaux d'eau tirés au puits de la forge. Ne sachant quelle attitude adopter, elle avait décidé de respecter son besoin de silence et se contentait de déposer des écuelles de ragoût et de soupe, accompagnées de pain et du fromage qu'elle confectionnait avec le lait de ses chèvres. Les chevreaux étaient nés par une nuit claire et elle prenait soin de ces petits êtres avec Yvan qui, chaque jour, lui apportait des nouvelles rassurantes du château. Dame Aigline était sauve et Perrine la soignait du mieux qu'elle pouvait. Cependant, le maître du château n'avait pas pour autant repris sa place auprès d'elle. Et la pauvre blessée passait ses journées dans sa chambre. Heureusement, la compagnie de Perrine et de Marielle était douce, et la dame de Lisieux reprenait des forces.

Trois semaines plus tard, Jodelle alla à la messe un matin, elle avait besoin de réconfort, et la prière lui en apporta.

Elle n'avait pas entendu de coups de marteau ni le soufflet de la forge, et se demandait où se trouvait Rurik et surtout ce qu'il faisait. Elle espérait sans trop y croire qu'elle le verrait au château, et elle l'y vit bien. Il était assis sur un tonneau avec deux autres hommes occupés à rire d'une bonne plaisanterie, apparemment. Une servante qu'elle ne connaissait pas vint leur apporter à boire et Rurik se permit un geste déplacé qui ne lui ressemblait pas. La servante rougit et émit un petit cri avant de l'embrasser timidement sur la joue. Elle était jeune et jolie comme le printemps, et le cœur de Jodelle se brisa un peu plus. Elle vit un des compagnons de Rurik taper sur son épaule et la montrer du doigt. Elle se détourna alors brusquement pour ne pas montrer à son époux à quel point elle avait été blessée. Avait-il pris une maîtresse ? Et était-ce cette femme ?

Elle entra dans l'église avec son bébé et avança vers l'autel. Elle prit place sur un banc situé dans un renfoncement sur la droite de la nef et où elle pourrait passer inaperçue. Elle sentit le serpent de la jalousie s'enrouler autour de son cœur et supplia la Vierge de l'aider à affronter toutes ses difficultés avec courage pour Daniel. Avec toutes ces péripéties, Daniel n'était toujours pas baptisé, et Jodelle espérait que le père Anthelme pourrait peut-être intercéder en sa faveur auprès de son mari. Mais le bon prêtre n'était pas de cet avis.

— Vous devez vous parler et résoudre vos différends vous-mêmes.

— Il ne me parle plus et ne vit plus chez nous, dit Jodelle en baissant les yeux.

— Le baptême de Daniel servirait donc d'excuse pour lui parler ?

— Peut-être, admit Jodelle, désemparée. Je ne sais plus quoi faire. J'ai peur qu'il me rejette, qu'il ne veuille plus de nous. Alors Daniel grandira sans père, et moi, je serai de nouveau sans mari.

L'avenir sans Rurik lui paraissait morne et triste. Sans compter qu'elle aurait bien du mal, seule, à faire face aux dangers qui risquaient de la menacer, elle et ses enfants.

— Ne voudriez-vous pas baptiser Daniel tout de suite, mon père ? demanda-t-elle, dans un sursaut de panique et de piété mêlées. Nous avons trop tardé, déjà, et je crains pour le salut de son âme.

— Je ne le ferai pas en l'absence de son père, Jodelle, déclara fermement le père Anthelme. Vous devez faire la paix avant de présenter votre fils ensemble sur les fonts baptismaux.

Déçue, Jodelle sortit de la chapelle et se dirigea vers sa forge en évitant de regarder vers l'endroit où se trouvait Rurik un instant plutôt. Elle marcha d'un pas vif pour quitter la cour au plus vite et manqua de percuter Wulfric qui venait en tirant un cheval.

— Pardonnez-moi, messire, je ne vous avais pas vu, dit Jodelle, en retenant ses larmes.

Wulfric entendit sa voix se briser et leva son visage pour la regarder.

Elle secoua la tête et partit presque en courant. Elle ne voulait pas subir les moqueries ou les sarcasmes du vicomte. Pas aujourd'hui. Jodelle descendit le sentier et marcha droit devant elle sous le soleil. Elle marcha vers le sous-bois et y cueillit des fleurs tout en séchant ses larmes. De jolies fleurs violettes en longues tiges qui formèrent très vite une belle brassée parfumée. Ses pas la menèrent au cimetière hors du bourg, elle pouvait entendre le bruit de la rivière tout en ouvrant le petit portillon qui fermait l'enceinte. Elle avança et trouva sans mal la tombe de Cédric sur laquelle elle déposa les fleurs.

— Vous n'auriez pas dû faire cela. Vous auriez dû nous écouter. J'ai essayé de vous dire que votre entêtement aurait de graves conséquences et vous l'avez payé de votre vie. Cédric, vous aviez tant de belles choses à découvrir et à vivre, dit-elle à haute voix. Votre rire me manque, dit-elle tristement.

Puis elle présenta son enfant au défunt.

— Il s'appelle Daniel. Dame Aigline a raison, il vous ressemble. Je vous avais dit que je l'élèverais seule et que je refusais toute intervention de votre part. Mais vous n'avez rien écouté encore une fois, et maintenant nos vies sont menacées. Je suis obligée de mentir à ceux que j'aime pour défendre la vie de Daniel. Et si Bertrand arrive à me le prendre ? Je suis seule la nuit, maintenant, pleura Jodelle en serrant son bébé contre elle. Et je suis morte de peur… Nous n'avons plus personne pour nous protéger.

Jodelle passa une main un peu salie par la terre sur ses joues baignées de larmes.

— J'ai épousé un des hommes du Nord, Rurik. Il est forgeron en plus d'être guerrier. Je suis sûre que vous auriez été amis dans une autre vie. Il est aussi borné et dur que vous. Vous auriez fait une belle paire tous les deux, ajouta-t-elle en riant à travers ses larmes. J'avais un mari et j'ai tout gâché parce que j'ai eu peur de lui faire confiance, et peur qu'il trahisse Daniel. À cause de ce que vous avez fait ! Mais que vous est-il passé par la tête, ce jour-là ?

Jodelle criait presque à présent, heureuse de pouvoir épancher son cœur triste dans ce désert de pierres et de verdure. Même si elle savait que Cédric ne répondrait pas. Mais les morts savent écouter et nos secrets sont en sécurité avec eux.

— Je n'arrête pas de pleurer depuis qu'il est parti et je suis malheureuse. Je n'ai jamais été aussi malheureuse, se lamenta-t-elle. Mais vous vous en moquez bien. Tout ce qui comptait pour vous, c'était votre donjon ! J'espère que Bertrand pourrit dans la forêt et que personne ne connaîtra jamais la vérité, finit-elle en s'agenouillant dans l'herbe, éreintée. À moins que je t'emmène loin d'ici et de tout cela… dit-elle, en caressant la tête de son bébé.

Jodelle sentit le vent se lever et profita de la fraîcheur de la brise. Elle leva son visage pour l'offrir à l'air piquant et ferma les yeux un instant. Daniel se lova contre elle et elle l'enserra de ses bras. Cet instant aurait été parfait s'il avait été partagé avec Rurik.

Le soleil chauffait doucement sa peau, et le chant des oiseaux, comme le bourdonnement des abeilles qui butinaient, avait quelque chose d'apaisant. Une ombre voila son visage et Jodelle pensa à un nuage. Mais soudain elle sentit des lèvres sur les siennes. Des lèvres fermes, exigeantes, qu'elle connaissait bien. Elle n'avait pas envie d'ouvrir les yeux et de voir qu'elle s'était trompée, que ce n'était qu'un rêve ou une illusion. Mais Daniel se mit à gazouiller et à bouger contre elle et elle sentit quelqu'un ôter le bébé de sa bandoulière.

Elle finit par ouvrir doucement les yeux et vit Rurik qui se tenait debout devant elle, le petit Daniel dans les bras. Et elle sut que c'était cela qu'elle voulait, et pas autre chose. Elle le voulait lui, Rurik, comme mari et père de son fils.

— Je sais maintenant que tu as fait cela pour Daniel et non contre moi, dit Rurik d'une voix grave et profonde.

— Tu m'as entendue ? demanda-t-elle, sur la défensive, en croisant les bras.

— Oui, je t'ai suivie après ton passage au château. Je voulais savoir où tu irais quand j'ai compris que tu ne prenais pas le chemin de la maison.

— Je suis heureuse d'être venue le voir, et d'avoir eu l'occasion de lui dire au revoir.

Jodelle se leva et arrangea les fleurs sur la pierre tombale, avant de déposer un baiser sur le nom du défunt seigneur.

— Adieu, Cédric, puissiez-vous reposer en paix parmi les anges et les saints de Dieu. Je vais aller voir le vicomte et tout lui raconter. Si l'évêque veut prendre Daniel, j'irai vivre avec lui parmi les sœurs du couvent.

— Et nous ? Tu nous laisserais ici, sans remords ni regrets ? demanda le guerrier sombrement. Pense à Yvan, il est trop jeune pour perdre sa mère.

— Il pourra venir nous voir si le cœur lui en dit, fit Jodelle tristement.

Rurik lui rendit Daniel et la fixa sévèrement.

— Cet enfant est mon fils, combien de fois devrais-je te le répéter ? Tu es vraiment têtue comme une mule !

— Mais tu as pris cette décision avant de savoir que Cédric avait écrit à Bertrand.

— Je me moque de ce que Cédric a écrit à Bertrand ! Nous irons porter l'affaire devant le roi s'il le faut, mais cet enfant est à moi. Et tu es ma femme, Jodelle.

— Il y a pourtant une femme plus jeune et plus jolie que moi au château qui semble avoir retenu toute ton attention dit-elle, blessée, en pensant au baiser que la fille avait donné à Rurik.

Rurik sourit et lui saisit le menton.

— Tu es jalouse ?

— Pas du tout ! Je tiens juste à ma réputation ! Passer pour une femme délaissée et trompée aux yeux de tous ne me convient pas !

— Tu es jalouse, répondit Rurik en souriant, ravi de la voir réagir ainsi.

Jodelle ressentait encore l'aiguillon de la jalousie lui piquer le cœur. Bien sûr qu'elle était jalouse, mortellement jalouse même. Il lui avait tellement manqué. Le voir riant avec cette fille lui avait brisé le cœur.

— Oui, je suis jalouse, j'aurais voulu lui crever les yeux, admit-elle à voix basse, honteuse de sa réaction viscérale.

Rurik déposa un autre baiser sur ses lèvres, mais Jodelle voulait qu'il soit honnête avec elle.

— Tu veux cette fille ?

— Non, répondit-il en caressant sa joue.

— Alors pourquoi lui as-tu pincé les hanches, et pourquoi la laisses-tu t'embrasser ?

Une moue boudeuse tordait ses jolies lèvres, et Rurik lui prit la main.

— Cette fille vient de Rouen. Lors de l'attaque du château, un des hommes de Rollon l'a violée. Cet homme est mort aujourd'hui, Rollon avait exigé que les femmes soient choisies et épousées, pas violées et laissées pour mortes.

— Oh mon Dieu, la pauvre, je suis désolée, dit Jodelle un peu honteuse.

— Margaux est une fille courageuse et vaillante. Elle travaille dur, et Simon lui a trouvé une place de servante au château. Depuis son arrivée, il y a trois semaines, Arnulf lui tourne autour, mais sans oser lui parler.

— Il la convoite malgré la disgrâce ? demanda Jodelle, surprise.

— Chez nous, les femmes ne sont pas tenues pour responsables si elles se font violer. La honte revient sur l'homme qui les a prises par la force, pas sur elles.

— Arnulf voudrait qu'elle soit sa compagne ?

— Sa femme, corrigea-t-il en souriant. Ils se marient la semaine prochaine. Je n'ai servi que d'intermédiaire. D'où le baiser en guise de remerciement. Arnulf était près de moi tout à l'heure.

— Mais il est beaucoup plus vieux qu'elle !

— Et il connaît la vie. Et les blessures qui l'accompagnent. Margaux est intelligente, elle sait qu'une chance pareille ne se refuse pas. Peu d'hommes auraient voulu d'elle et de son enfant parmi les villageois. Et comme le disent certains chez vous, il n'y a qu'un Barbare pour épouser une femme enceinte d'un autre.

Jodelle secoua la tête, désolée. Il était évident que Rurik avait été blessé par les propos qu'Annette avait tenus avant le mariage de Perrine, et Jodelle regrettait de les lui avoir rapportés.

— J'ai douté de toi, j'ai cru que tu essayais de m'oublier dans les bras de cette fille… Et j'ai cru mourir quand je l'ai vue t'embrasser, avoua-t-elle, en essuyant une larme.

— Arrête de pleurer, ma douce, je ne veux plus que tu pleures. J'essaie de bien faire les choses avec la forge et les enfants. J'ai conscience que nous sommes différents, mais je n'ai jamais voulu te faire de mal, Jodelle.

Jodelle se jeta dans ses bras et pleura longtemps. Elle se sentait libérée d'un fardeau immense et son chagrin partit avec ses larmes. Le petit Daniel attrapa une mèche de ses cheveux et la porta à la bouche. Puis délaissant les cheveux de sa mère, il réclama le sein.

— Cet enfant ne pense qu'à manger.

— Je ne peux pas le lui reprocher, tes seins sont trop tentants pour qu'un homme digne de ce nom détourne le regard.

— Tu dis n'importe quoi, fit-elle en souriant, malgré le caractère osé du compliment. J'ai déjà trente-trois ans, et bientôt nous serons grands-parents, si Kol et Eulalie se marient bien au printemps prochain.

— Grand-mère Jodelle, ça sonne bien ! lança Rurik, moqueur.

Jodelle prit la mouche et le regarda, les sourcils froncés.

— Arnulf, Rollon, Wulfric, Sven, Bjorn... Tous m'ont complimenté sur ta beauté, avoua-t-il en passant ses doigts dans ses boucles pour défaire le lien de cuir qui les retenait. Et je leur ai à tous répondu la même chose.

— Qu'as-tu répondu ? demanda-t-elle, hypnotisée par son regard.

— Que le premier qui s'approcherait de toi, je l'enverrais dans l'enfer de Hell. Et crois-moi, à côté, l'enfer chrétien c'est une gentille farce...

— Depuis quand suis-je un sujet de conversation intéressant ? fit-elle, dubitative.

— Depuis qu'ils pensent que je suis un homme très chanceux, dit-il en regardant les courbes de sa femme avec gourmandise.

Jodelle ouvrit la bouche en grand et puis la referma dans un claquement.

— Décidément, les hommes sont tous des...

— Des hommes ! coupa Rurik en riant. Pourquoi en serait-il autrement ? Le plaisir et les femmes sont des sujets de conversation fort plaisants.

Elle eut une moue faussement sévère et se pencha pour embrasser la tête de son fils.

— Ne deviens jamais comme ça, Daniel. Ou je te couperai les oreilles en pointe comme un petit diable !

— Aimer la vie et contempler les femmes, quoi de plus naturel ? demanda Rurik avec un air faussement innocent.

Jodelle le poussa et il fit semblant de tomber, touché au cœur.

— Eh bien, contentez-vous de les contempler… de loin, si vous ne voulez pas dormir par terre ou mourir de faim. Pas de cochons dans ma maison !

— Message reçu, ma douce, mais tu n'as rien à craindre. Pourquoi voudrais-je une servante – aussi jolie soit-elle – quand je peux avoir le feu des forges ?

— Le feu des forges ?

Cette jolie comparaison la toucha et elle sentit son cœur battre un peu plus fort encore.

— Rentrons chez nous, dit-elle en lui donnant la main et en plongeant ses beaux yeux clairs dans ceux de son mari.

Rurik n'ajouta pas un mot, mais garda la main de Jodelle dans la sienne lorsqu'ils empruntèrent le chemin qui menait au bourg. Ils marchaient en silence, savourant cette paix fragile enfin revenue. Ils virent un cavalier à l'approche et reconnurent Wulfric qui venait avec Dame Aigline. La châtelaine était pâle, mais visiblement heureuse de quitter sa chambre. Ses cheveux raccourcis n'altéraient en rien sa beauté, ses tresses paraissaient même plus fournies ainsi. Le vicomte la tenait en selle devant lui et semblait l'entourer de toutes ses attentions. Jodelle fut heureuse de les voir ainsi. Elle leur adressa un signe de la main que la châtelaine lui rendit avec chaleur, puis elle regarda son mari et hocha la tête. Le visage de Rurik s'assombrit un peu, mais il parla honnêtement avec son seigneur.

— Cédric a envoyé un courrier à Bertrand de Caen

avant la prise du château. Dans ce courrier, il dit reconnaître l'enfant de Jodelle comme sien.

— Étais-tu au courant ? demanda Wulfric à la forgeronne.

— Pas avant la venue des hommes de Bertrand chez moi. Je n'y ai pas cru. Je n'y crois toujours pas. Mais…

— En avais-tu parlé avec Cédric ?

— Oui, bien sûr, et j'ai essayé de le convaincre de ne pas faire une chose pareille. Il disait vouloir m'épouser, mais j'ai cru qu'il essayait de s'accrocher à cette idée avant la bataille. Je n'ai jamais rien demandé, je vous le jure, dit Jodelle honnêtement. Madame, croyez-moi, je vous en supplie. Je ne vous mentirais jamais !

Dame Aigline la regarda avec bienveillance et accepta la main qu'elle lui tendait.

— Jodelle, tu n'es peut-être pas une sainte, mais tu es une femme de cœur et certainement pas une menteuse. Je te crois. Cédric te faisait confiance, je te fais confiance aussi. Nous nous rendons d'ailleurs sur sa tombe.

La forgeronne sourit, soulagée de savoir qu'elle était crue, et que plus aucune menace ne pesait sur son fils de ce côté-là.

— Nous en venons, j'y ai déposé des fleurs, dit Jodelle, le cœur soudain beaucoup plus léger.

— Faudra-t-il porter l'affaire devant le roi ? demanda Rurik.

Wulfric regarda son ami de toujours avec surprise, mais comprit qu'il avait réellement besoin de son appui et de son soutien.

— Toi, que veux-tu ? demanda le vicomte, qui ressentait le besoin d'y voir un peu plus clair.

— Que Daniel soit reconnu comme mon fils. Par les nôtres comme par les Francs.

— C'est déjà chose faite. Pour ma part, je considère que cet enfant est le vôtre et il sera toujours le bienvenu au château, sans jamais avoir à craindre pour sa vie.

— Merci, seigneur, dit Jodelle en embrassant la main du vicomte. Mais l'évêque pourrait me le prendre…

— Qu'il essaie ! lança Rurik avec des étincelles dans les yeux.

Il prit Daniel à sa mère et le leva vers le ciel.

— Pour en faire un moine ? Hors de question, mon fils sera forgeron comme son père. Et guerrier bien entendu.

— Si Bertrand porte l'affaire devant le roi, nous saurons répondre, dit Aigline plus sérieusement. Rurik est ton mari, Jodelle, et le père de Daniel selon nos lois. Je sais que Wulfric ne vous trahira pas. Lui comme moi avons à cœur de protéger les nôtres.

Voyant que ses maîtres la soutenaient, Jodelle décida d'ouvrir son cœur.

— Je ne vous ai pas tout dit, fit-elle en reprenant son fils contre elle. Lorsque j'ai refusé de suivre les hommes de Bertrand, ils ont essayé de me prendre Daniel, et j'ai peur qu'ils recommencent.

— Et tu as passé ces dernières nuits seule ? demanda Rurik, effaré que Jodelle ait pu mettre leur fils en danger.

— Ce n'est pas moi qui ai quitté la maison…, rétorqua Jodelle, piquée au vif.

Rurik soupira, mais au fond il s'en voulait de s'être emporté sans essayer de la comprendre.

— Ah ! La peste soit des femmes. Y a-t-il autre chose que tu nous caches ?

— Non. Je le promets, fit Jodelle, avec la gravité de quelqu'un prêtant serment. Vous savez tout.

Wulfric fronça les sourcils, mais Aigline posa la main sur son bras.

— Je suis désolée que tu aies porté ce fardeau toute seule ces dernières semaines, dit la châtelaine, toujours attentive aux siens.

— Je dormais avec le tisonnier près de moi, avoua-t-elle en souriant faiblement. Au cas où ils reviendraient. Et je barricadais la porte et les volets chaque soir.

Rurik la prit contre lui pour lui montrer qu'il était là pour la protéger envers et contre tous.

— Nous devrions patrouiller et voir s'il y a encore de fuyards ou des groupes d'hommes fidèles à Bertrand, suggéra-t-il.

— Tu as raison, répondit Wulfric en acquiesçant d'un signe de tête, nous organiserons des battues dès demain dans toute la région.

— Te voilà rassurée ? demanda Rurik en regardant la forgeronne qui berçait son fils.

— Oui, dit Jodelle, qui, en son for intérieur, espérait sincèrement qu'aucun homme de Bertrand n'errait dans les parages.

Néanmoins, les choses semblaient à présent très claires entre Rurik et le vicomte, et Jodelle en était vraiment soulagée.

Ils retournèrent chez eux et passèrent des moments simples, mais heureux, dans leur maison. Le soir venu, Rurik lui montra à quel point elle lui avait manqué et à quel point elle était belle. Jodelle s'ouvrait au bonheur dans les bras de son mari, essayant d'oublier tous ses soucis et tous ses doutes. Elle avait dit adieu à Cédric et à sa vie passée, elle pouvait maintenant tourner la page et ouvrir son cœur à Rurik.

L'été passa doucement sur Lisieux et avec le mois d'août vint la fin des cueillettes et des moissons. Les greniers remplis de seigle, de blé et d'avoine, les celliers garnis de réserves en tout genre nourriraient les habitants durant le prochain hiver. Les Francs et les hommes du Nord étaient mêlés et s'appelaient Normands, les lois avaient été promulguées et misent en application selon la volonté du roi et de Rollon. Ils accordaient leurs pratiques et leurs coutumes du mieux qu'ils pouvaient sous la houlette discrète mais efficace de Dame Aigline et du père Anthelme. Au début du mois de septembre, Rurik et Jodelle présentèrent leur petit Daniel, âgé de trois mois, sur les fonts baptismaux. Il fallut lui trouver un parrain et Jodelle choisit son frère Jehan. Le bourgmestre fut touché de cette intention, mais Rurik tint à porter son fils pendant toute la cérémonie. Durant la célébration, Jodelle vit beaucoup de choses passer dans les yeux de son époux. Des questions, des doutes, des incertitudes. Il appréhendait la nouvelle religion avec curiosité et difficulté, tout comme Sven et Wulfric. Ils avaient besoin d'être guidés, et le père Anthelme proposa de les catéchiser. Ce furent des réunions houleuses et intéressantes que présidait le bon père avec finesse. Il avait déjà prêché aux Orcades et avait déjà essuyé les réactions épidermiques des hommes du Nord. Mais les nouveaux maîtres de Lisieux fournissaient visiblement de gros efforts pour comprendre ce que le prêtre leur disait. Ce fut la notion de pardon qui fut la plus dure à accepter. La soumission à l'église aussi. Mais le père Anthelme sut trouver les mots pour leur faire comprendre les messages de l'Évangile.

— Je te baptise Daniel Jehan, au nom du Père, du Fils

et du Saint-Esprit, fit le prêtre en versant l'eau du baptême sur le front du bébé.

Daniel se mit à pleurer, et Rurik sourit en pensant que son fils avait tout de même quelque chose de païen s'il se rebellait devant ce rituel. Jodelle avait vu le petit sourire en coin de son mari et en rit après la cérémonie. Elle respectait ses réticences sans vouloir imposer ses croyances, et, de son côté, Rurik la laissait prier avec les enfants ou aller à la messe quand bon lui semblait sans jamais en prendre ombrage. Il écoutait attentivement ce qu'elle leur disait. Il aimait la voir parler avec ses enfants et les préparer à leur vie d'adultes. C'était une bonne mère et une maîtresse de maison attentive aux besoins de tous. Rurik se sentait apaisé et à sa place à leurs côtés.

Une seule chose l'inquiétait : Bertrand de Caen semblait s'être volatilisé. Mais Rurik savait qu'il devait bien se trouver quelque part, en train de ruminer sa défaite. Et il n'y avait rien de plus dangereux qu'un animal blessé voire agonisant : il se battrait sans retenue et par tous les moyens, car il n'avait rien à perdre. Lui, au contraire, avait tout à perdre…

À la fin de l'été, les orages s'installèrent. Alors que tous profitaient d'un repas dans la grande salle, les éclairs zébrèrent le ciel et le tonnerre fit trembler les murs. La foudre s'abattit non loin du donjon et, si les adultes étaient silencieux, les enfants se mirent à pleurer, inquiets.

La dame du château les rassura en leur racontant une histoire à propos des anges qui s'amusaient dans le ciel à cogner les nuages pour provoquer des éclairs. Les petits qui l'écoutaient s'apaisèrent. Soudain un des gardes entra et appela à l'aide.

— Au feu ! Une étable brûle !

Aussitôt les hommes se levèrent et sortirent pour aller puiser de l'eau. Rurik et Sven se ruèrent dehors et virent le toit de l'étable en proie aux flammes. À l'intérieur, les bêtes beuglaient de frayeur.

— Il faut les faire sortir ! Suis-moi, dit Rurik à son frère.

Ils entrèrent, mais l'air chargé de fumée les fit reculer, Wulfric arriva avec des linges trempés d'eau dont ils se servirent pour protéger leurs visages. Ils entrèrent dans l'étable et ouvrirent les portes des stalles. Les animaux, effrayés, se poussaient les uns les autres vers la sortie. Enfin, les trois hommes sortirent à leur tour, les yeux larmoyants, alors que les soldats commençaient à apporter de l'eau pour éteindre l'incendie.

— Allez ! Allez ! cria Wulfric en organisant la chaîne humaine qui portait les seaux d'eau depuis le puits.

Ils arrivèrent au bout de leur peine en quelques minutes. Et le vicomte put se satisfaire de n'avoir à déplorer aucune perte humaine ni animale.

— On a eu de la chance, dit Sven qui toussait toujours.

— Tu as raison, le vent souffle fort, et les choses auraient pu être bien pires, fit Rurik, qui regardait autour de lui.

Quelque chose le mettait mal à l'aise, sans qu'il sache ce dont il s'agissait. Était-ce l'orage qui le rendait nerveux, ou autre chose ? Il y avait dans l'air une sorte de pesanteur qui ne lui plaisait pas.

— Qu'est-ce qu'il y a ?

La voix de Sven vint jusqu'à ses oreilles et le tira de ses pensées.

— Les femmes sont en sécurité ? demanda-t-il en regardant la porte du donjon.

— Personne n'est sorti, le rassura Wulfric. J'ai demandé à Aigline d'y veiller avant de partir. Pourquoi ?

— Je dois sûrement être trop sur mes gardes, mais depuis que Jodelle nous a parlé des soldats qui ont essayé d'emmener Daniel, je suis constamment sur la défensive.

— Bertrand est sûrement loin, s'il n'est pas mort, à l'heure qu'il est.

— Tu as peut-être raison, répondit Rurik en se dirigeant vers le donjon.

Il y retrouva Jodelle et Yvan, ainsi que le petit Daniel qui dormait comme un ange dans les bras de sa mère, et soupira. Il ne trouverait le repos que lorsque le corps de Bertrand serait retrouvé mort.

— Messire Wulfric, dit un des soldats, un seau poisseux à la main. Voilà ce que j'ai retrouvé près de l'étable.

— Tes inquiétudes semblent fondées, Rurik, dit le vicomte, l'air sombre. Nous repartirons en patrouille dès demain.

— Et pourquoi pas tout de suite ? proposa Rurik, en se levant, prêt à partir. Les pisteurs trouveront sûrement des traces fraîches.

— Les chevaux s'emballeront sous cet orage, et tu le sais. Je comprends tes inquiétudes, Rurik, mais je ne mettrai pas en péril mes hommes par impatience.

— C'est de mon fils qu'il s'agit. Je suis libre d'y aller, coupa le guerrier, tendu.

Jodelle, qui avait entendu la conversation, vint vers eux et posa une main sur le bras de son mari. Elle leva ses jolis yeux inquiets vers Rurik.

— Tu penses que cet incendie était criminel ?

— C'est l'évidence même, Jodelle. Normalement, la poix est gardée dans les réserves du château. Il n'y a aucune raison pour que ce seau se soit retrouvé là par hasard.

— Peut-être était-ce un oubli, ou le résultat d'une inadvertance ? avança tout de même la forgeronne, qui préférait trouver une autre cause à ce sinistre.

Rurik secoua la tête, et Wulfric proposa à Jodelle et à son bébé de rester au château le temps des patrouilles, afin qu'ils garantissent leur sécurité.

— Mais la forge ? Si tu t'absentes, Rurik, je dois poursuivre le travail à ta place.

— Kolstein pourra travailler, et toi tu resteras au château, Wulfric a raison. Il vaut mieux être prudent.

— Bien, si c'est ce que tu veux, acquiesça Jodelle, qui pensait avant tout à son fils.

Ils passèrent la nuit dans la grande salle. Dame Aigline délogea des serfs qu'elle installa dans les cuisines afin que la mère et son bébé puissent dormir à leur place, dans les lits communs. Dans la pénombre du donjon, Jodelle donnait le sein à son fils, préoccupée par l'attitude de Rurik. Il semblait craindre que Bertrand de Caen s'en prenne de nouveau à Lisieux et à Daniel. Quel pouvait être le but de cet incendie ? Détourner l'attention des Normands l'espace d'un moment ? Mais à quelles fins ?

Au même moment, près des vieilles ruines de la forêt de Lisieux, un homme encapuchonné arriva près du feu de camp autour duquel étaient rassemblés Bertrand de Caen et ses soldats. Après l'attaque, ils n'étaient plus qu'une poignée.

— Que me rapportes-tu ? demanda Bertrand en voyant son espion arriver.

— Il n'y a rien à la chapelle ni dans les registres. Cédric n'a pas parlé de ses dernières volontés à qui que ce soit d'autre qu'à vous.

— La forgeronne ?

— Elle a épousé un des leurs. Un dénommé Rurik.

— Comment as-tu opéré ?

— J'ai déclenché un incendie dans l'étable. Le temps qu'ils l'éteignent, j'avais pu atteindre la chapelle et éplucher les registres.

— Quelqu'un t'a vu ?

— Non, personne. Dans la panique, ils étaient tous occupés. La foudre est tombée près du donjon, de sorte que l'incendie a très bien pu passer pour un accident.

— Peu importe, maintenant nous savons que nous détenons la seule preuve existante, dit Bertrand, satisfait.

— Quels sont vos ordres ?

Bertrand était rongé par la haine et le désir de vengeance. Plus que tout, il en voulait à Aigline.

— Nous allons continuer à les surveiller, à la première occasion, prenez l'enfant.

— Et sa mère ?

— Si elle résiste, tuez-la.

— Il nous faudra une femme pour nourrir l'enfant, dit l'espion en retirant sa capuche et en dévoilant un visage sombre.

Il prit place autour du feu et un de ses compagnons lui donna à boire de l'eau fraîche.

— Alors, ramenez-les-moi tous les deux, et faites en sorte que cette catin soit à peu près vaillante car nous en aurons besoin pour l'enfant… Jusqu'à ce que l'on trouve une nourrice, conclut Bertrand, avant d'avaler le repas frugal préparé par ses hommes. Quant à Aigline, je lui ferai regretter de m'avoir trahi... En attendant, nous allons faire en sorte que le mariage de la forgeronne tourne au cauchemar.

Les yeux de Bertrand s'assombrirent dangereusement.

Le lendemain matin, alors que Rurik revenait d'une corvée de bois, Jodelle était allée nourrir les chèvres avec Daniel. Un des chevreaux était venu lécher la tête du bébé et avait tenté de brouter ses cheveux encore clairsemés.

— Stupide animal ! lança Jodelle, amusée malgré elle. Tiens prends ça, c'est meilleur non ? lui dit-elle en lui tendant une petite botte de foin. Hé doucement, espèce de goinfre, si tu engloutis toutes nos réserves maintenant, qu'allez-vous manger cet hiver ?

Elle sortit de l'enclos et alla nourrir les poules. Le coq chanta et s'approcha en bougeant la tête d'avant en arrière.

— Je ne prends que les œufs, inutile de me faire les gros yeux, Wulfric !

Jodelle avait appelé son nouveau coq comme le vicomte, mais elle se gardait bien de le dire à quiconque. Ce petit secret qu'elle partageait avec Daniel la faisait rire.

— Rurik va nous acheter un bouc, dit-elle à son fils. Que dirais-tu de l'appeler Rollon ?

Le bébé se mit à gazouiller, et elle rit.

— Va pour Rollon, mais attention, Daniel, c'est un secret.

Elle entra dans sa maison en riant et sortit Daniel de sa bandoulière. Il était grand temps de changer le bébé. Lorsqu'elle tourna la tête en direction du lit, elle vit un lange qui dépassait du coffrage, comme s'il avait été refermé précipitamment. Elle haussa les épaules et se dit qu'elle avait dû être inattentive avant de partir faire ses corvées, un peu plus tôt dans la matinée. Elle posa Daniel dans son berceau le temps de préparer ce dont elle avait besoin pour laver le linge souillé et sortit de l'eau et du savon, ainsi qu'un pot de cendres pour faire une lessive.

Puis, une fois prête, elle se plaça devant le lit et tira le tiroir du coffre pour prendre des langes et une robe de bébé propres. Le tiroir résistait un peu comme s'il était trop plein. Elle tira d'un coup sec et finit par réussir à l'ouvrir. Une bourse remplie de pièces d'argent et des lettres décachetées s'y trouvaient. Elle regarda le sceau en manquant de suffoquer de surprise. C'était celui de Cédric, et d'autres lettres portaient celui de Bertrand de Caen. Mais d'où venaient ces papiers et cet argent ? Elle n'avait jamais vu autant de pièces, cela représentait une véritable fortune pour une humble femme comme elle.

Elle entendit les pas de Rurik à l'entrée et referma le tiroir précipitamment, avant de se relever à la hâte.

— Tout va bien ? demanda Rurik, qui trouvait que sa femme le regardait d'un air nerveux. Les chèvres ne te causent pas trop de souci ?

— Tout s'est bien passé, répondit-elle en déshabillant Daniel et en priant pour que son mari quitte la maison, afin qu'elle puisse se débarrasser de ce qu'elle venait de trouver.

En effet, s'il découvrait les lettres et l'argent, il allait sans doute l'accuser de trahison. Elle sentit une sueur froide lui parcourir le dos et les jambes.

— Tu voulais quelque chose ?

— Juste faire une pause et passer un peu de temps

avec vous deux. Sven arrive, nous repartirons ensemble pour rapporter les lames que j'ai forgées cette semaine.

— Je m'apprêtais à le changer, ce n'est pas forcément le moment le plus agréable pour faire une pause, dit-elle, en cherchant tous les moyens d'éloigner son mari.

Mais sa tentative ne fut pas couronnée de succès. Pire encore, Rurik se dirigea vers le tiroir du coffre et se pencha pour l'ouvrir, mais Jodelle s'interposa, livide.

— Laisse-moi faire, ce n'est pas à toi de t'occuper de cela.

— Tu te comportes bizarrement, Jodelle. Dis-moi ce qui se passe, exigea Rurik en sortant sa hache, persuadé que quelque chose se tramait autour de la maison.

Mais après avoir fait le tour des lieux il comprit vite que le problème se trouvait devant lui : Jodelle lui dissimulait quelque chose.

— Que me caches-tu ?

— Mais rien, voyons.

— Tu mens.

— Non… dit-elle, en évitant son regard.

— Arrête, Jodelle, dis-moi ce qui se passe !

Rurik la secoua sans ménagement et Daniel se mit à pleurer.

— Parle-moi !

— Je n'ai rien fait, je te le jure !

— Mais de quoi parles-tu ?

— De rien du tout.

Rurik vit les yeux effrayés de Jodelle se poser sur le tiroir et se souvint de sa réaction trop rapide pour être honnête.

— Pousse-toi.

— Non, dit-elle en essayant de l'empêcher d'approcher du lit.

Peine perdue, il l'écarta fermement et ouvrit le tiroir. Il découvrit les lettres et l'argent et se retourna vers elle.

— Ce n'est pas ce que tu crois, j'ai trouvé ça tout à l'heure ! Ça n'y était pas ce matin !

Le guerrier sortit les lettres et la bourse remplie d'argent et les posa sur la table.

— J'attends une explication, Jodelle, et fais en sorte qu'elle soit satisfaisante.

Elle secoua la tête, paniquée. Que dire ?

— Pourquoi aurais-je des lettres ? Je ne sais pas lire, dit-elle pour se défendre.

— Cédric t'a appris à lire et à écrire, tu l'as dit toi-même, rétorqua Rurik, le visage sombre.

— Seulement mon prénom. Je serais bien incapable de lire la moindre ligne de ce qu'il y a écrit là ! cria-t-elle désespérée.

Rurik, le cœur battant, sortit de la masure, espérant que Sven pourrait l'éclairer ; en effet, le jeune homme avait reçu une éducation plus poussée que la sienne et maîtrisait assez bien le latin, sans être érudit pour autant. Rurik vit un cavalier approcher au pas, l'air nonchalant. Il cria quelque chose que Jodelle ne comprit pas et fit signe à son cadet d'accélérer. Celui-ci, voyant son aîné lui faire signe, talonna son cheval et arriva au galop.

— Qu'est-ce qui se passe ? interrogea-t-il en démontant, surpris du regard noir de son frère. Qu'est-ce que c'est ? reprit le chevalier, en prenant les lettres que son frère lui tendait.

— Lis ça et dis-moi ! rugit Rurik comme un lion.

Sven lut à haute voix en butant sur quelques mots, mais le sens des courriers était assez clair.

Dans celui de Cédric, il était question de leur mariage

et de la reconnaissance de son enfant. Les lettres étaient datées des mois avant la naissance de Daniel, comme si Jodelle avait toujours connu les intentions de Cédric à l'égard du bébé. Les autres parlaient de son alliance avec Bertrand de Caen et de l'avenir à Lisieux de Daniel en tant que seigneur. Il y était fait référence à des paiements réguliers.

Rurik sentit son ventre se contracter. Était-il possible que Jodelle ait fomenté ce plan depuis le début ?

Dans l'entrebâillement de la porte, Jodelle avait tout entendu et sentait la terre s'ouvrir sous ses pieds. Tout cela était un tissu de mensonges !

— Je n'ai rien fait, ces lettres ne m'ont jamais été adressées ! Et je n'ai jamais reçu le moindre argent.

— Tout laisse pourtant à croire le contraire…, dit Rurik en entrant de nouveau dans la maison.

Jodelle recula prudemment mais sa fierté lui interdisait de baisser la tête.

— Si tu ne me crois pas, je m'en moque. J'ai ma conscience pour moi ! dit-elle, vexée d'être prise à partie devant Sven, surtout pour une faute qu'elle n'avait pas commise.

— Comment te faire confiance ? Tu ne cesses de me cacher des choses, l'accusa-t-il vertement.

— Confiance ? Et moi, que devrais-je dire ? Tu ne vois que ce que tu veux !

— C'est toi qui es accusée, n'inverse pas les rôles !

— Accusée ? Et tu parles de confiance ?

Rurik rugit et la colla au mur, il leva le poing et frappa dans une poutre, puis la lâcha et tourna le dos en essayant de prendre sur lui.

Elle grimaça, écœurée et déçue. Déçue de Rurik et déçue d'eux-mêmes.

— Avoue que tout cela ne joue pas en ta faveur, les soupçons de mon frère sont légitimes, intervint sévèrement Sven.

— Sors de chez moi ! cria-t-elle, furieuse de le voir intervenir.

— Sven, attends-moi dehors, ordonna Rurik, sans quitter son épouse du regard.

Jodelle se sentait transpercée par ses yeux clairs. Il la jugeait, sans prendre en compte ses arguments. Il lui avait fait mal, et elle lui rendit la monnaie de sa pièce.

— Tu parles de confiance ? fit-elle avec un rictus douloureux. Pour pouvoir nous faire mutuellement confiance, encore faudrait-il que nous ayons du respect et des sentiments l'un pour l'autre. Mais tout cela n'est que supercherie. Tout ce qui nous unit n'est que mensonge.

Rurik la regarda, blême. Puis il saisit les lettres et l'argent et repartit sans un mot à la forge récupérer les lames avec son frère. Jodelle entendit un vacarme de tous les diables. Il devait passer sa colère sur tout ce qui passait à sa portée. Elle les vit repartir avec les commandes du château et en ressentit un certain soulagement.

Elle pleura de longues minutes, épuisée de cette confrontation, et malheureuse. Que pouvait-il sortir de bon de tout cela ?

Le soir venu, Rurik prit ses quartiers à la forge et ne remit plus les pieds dans la chaumière.

Mais cette fois-ci, Jodelle n'était pas sûre de vouloir le voir revenir.

Quelques jours plus tard, au début du mois d'octobre, Jodelle alla prêter main-forte aux femmes du bourg qui, sous la conduite de leur dame, étaient allées ramasser des châtaignes et des noisettes près des grottes qui bordaient la rivière. Il y avait aussi des ruches un peu plus loin, mais seuls les hommes aguerris s'y risquaient.

— Attachez les ânes aux arbres, dit Jodelle aux enfants qui les accompagnaient. Yvan, prends un panier. Toi aussi, Yves.

— Je parie que j'en ramasserai plus que toi, dit Yvan, qui adorait défier son cousin.

— Aucune chance, répondit Yves, en courant déjà vers les premiers châtaigniers.

— J'aimerais avoir le quart de leur énergie, commenta, avec un sourire attendri, Lise, dont le ventre rond indiquait que la naissance était proche.

— Comment te sens-tu ? demanda Dame Aigline en approchant, un panier à la main.

— Lourde, répondit Lise, tout en caressant son ventre avec cette émotion heureuse qui rendait toujours les futures mères rayonnantes.

Aigline rougit et se confia à ses gens.

— Je vais avoir un enfant, Perrine me l'a confirmé il y a quelques jours.

— Oh ! madame, je suis si heureuse pour vous, dit Lise sincèrement.

— Notre maître doit être content, fit une autre femme.

— Je ne suis pas la seule à avoir succombé au charme des hommes du Nord, semble-t-il, dit Jodelle. Même si le mien ne m'adresse plus la parole depuis plus de huit jours. Mais c'est une autre histoire, reprit-elle après un petit soupir. Un héritier, voilà ce dont Lisieux a besoin ! Toutes mes félicitations, madame.

— Et si c'est une fille, vous n'aurez qu'à recommencer, fit Lise, taquine.

— Lise, voyons ! fit Dame Aigline, en rougissant de plus belle.

— Allons, nous sommes toutes mariées, nous connaissons les choses de la vie. Et le vicomte est très bel homme, avoua une femme.

— Oui, c'est vrai, renchérit Jodelle, il est très bien fait de sa personne.

— Jodelle... Je crois que notre dame est gênée de notre franc-parler, s'esclaffa l'autre femme en regardant les joues rouges de leur dame.

Ce fut dans la joie et la bonne humeur que passèrent les heures suivantes. La récolte fut abondante. Et Dame Aigline venait de décider que tout le monde avait suffisamment travaillé lorsque, vers la fin de l'après-midi, la pluie se mit à tomber.

— Abritons-nous dans les grottes le temps que cela passe, suggéra Jodelle.

Jodelle entra la première et pressa les petits de Lise de se mettre à l'abri. Puis elle porta son regard au loin et vit Yvan et Yves toujours en lisière de forêt.

— Les garçons ! appela-t-elle, en ressortant de la grotte, le petit Daniel dans les bras.

— Yves ! Yvan ! cria Lise, qui l'avait suivie.

Les deux mères arrivèrent près de leurs garçons et leur demandèrent de les suivre. Soudain, un bruit sourd les fit sursauter et, avec horreur, elles virent une des grottes s'ébouler et s'effondrer sur elle-même.

— Non ! hurla Lise dont les plus jeunes enfants étaient coincés à l'intérieur avec des femmes et Dame Aigline.

— Vite ! cria Jodelle en se précipitant et en tentant déjà de déplacer les premières pierres.

La bandoulière de Daniel la gênait dans ses mouvements et elle recula, alors que Lise continuait comme une forcenée à essayer de dégager ses petits.

— Yvan, cours au château et va chercher de l'aide ! Yves, va chercher des hommes du bourg et ramène ton père ! Courez ! ordonna-t-elle sèchement aux enfants qui restaient là, choqués.

Les deux garçons se ressaisirent et foncèrent, chacun dans sa direction.

Les hommes qui s'occupaient des ruches arrivèrent et relayèrent les deux pauvres femmes. Au prix de gros efforts, ils parvinrent à libérer deux enfants et Lise, le cœur battant, les serra contre elle, en larmes. Bientôt un troisième fut dégagé ainsi qu'une femme qui semblait avoir un bras cassé. Daniel se mit à pleurer, et Jodelle chercha un refuge à la pluie. Elle s'abrita sous les châtaigniers et allait proposer à Lise de venir la rejoindre quand elle sentit une lame se poser sur sa gorge.

— Ne crie pas si tu tiens à la vie.

Jodelle eut l'impression que son cœur allait cesser de battre.

— Bien, maintenant, écoute-moi attentivement. Tu viens de ton plein gré et je te laisse la vie ou j'emmène ton fils en laissant derrière moi le cadavre de sa mère. C'est toi qui choisis.

Jodelle serra Daniel contre elle, sous sa cape, tout en priant Dieu de lui venir en aide.

Chapitre 12

Jodelle avait été juchée sur un cheval devant un cavalier à l'air peu amène. Ses deux autres gardes s'étaient placés devant et derrière eux et ils reprirent la route en s'enfonçant dans la forêt.

— Où m'emmenez-vous ? demanda-t-elle, paniquée.

— Tais-toi, tu le sauras bien assez tôt, coupa l'homme derrière elle.

Ils partirent au petit trot, et Jodelle essaya de rester silencieuse par peur de déclencher leur colère. Ils traversèrent la rivière et, à la position du soleil dans le ciel, Jodelle comprit qu'ils se dirigeaient vers le nord-est. Leur chevauchée dura quelques heures selon son estimation, mais pouvait-elle compter sur sa perception, sûrement faussée par la frayeur ? Ils arrivèrent à un campement rustique, où une vingtaine d'hommes les regardèrent arriver avec curiosité. Un homme la fit descendre sans ménagement et tira sur sa cape pour l'ouvrir.

— Lâchez-moi ! Non, arrêtez ! Vous allez lui faire mal ! cria Jodelle, en essayant de se débattre.

— Lâchez cette femme ! cria un homme dans son dos.

Jodelle se retourna et reconnut Bertrand de Caen qu'elle avait déjà vu au château.

— Jodelle, c'est ça ? Je me souviens de toi… et de Cédric. Le défunt vicomte de Lisieux semblait te trouver à son goût, ajouta-t-il avec mépris. Mais passons cela, montre-moi plutôt son fils.

Jodelle sursauta. Son fils ? Cet homme avait-il vraiment la preuve de la reconnaissance de Daniel par Cédric ?

— Montre-moi cet enfant.

Lentement, Jodelle ouvrit sa cape et dévoila l'enfant retenu par la bandoulière.

— Il lui ressemble, aussi brun que lui, fit Bertrand, satisfait.

Jodelle repositionna la cape pour protéger son fils des courants d'air froids de l'automne.

— Ton enfant a été reconnu par Cédric. Il l'a écrit et m'a confié sa tutelle si quelque chose venait à lui arriver.

— Le vicomte n'aurait pas dû faire cela. Il a eu tort.

— Que dis-tu ? Te rends-tu compte que ton fils héritera de Lisieux et des terres qui vont avec ?

— J'ai dit à Cédric que je ne voulais rien de lui. Je lui ai dit que j'élèverais cet enfant seule.

— Et par chance il ne t'a pas écoutée. J'avoue que, s'il avait survécu, je lui aurais conseillé de se débarrasser de toi et de ton bâtard pour faire une alliance digne de ce nom, mais la guerre est venue changer la donne. Aujourd'hui, ton fils a de la valeur.

Bertrand s'approcha d'elle dangereusement.

— Mais toi tu n'es en vie que parce que cet enfant n'est pas sevré. Fais en sorte que je n'aie rien à te reprocher ou tu tâteras de ma lame, est-ce clair ? À cette heure, mes hommes sont aussi à la recherche de ton mari. Tu vas bientôt être veuve.

— Non !

Bertrand leva la main d'un geste menaçant, et elle baissa la tête en signe de soumission.

Jodelle devait se montrer docile, Daniel ne pouvait pas vivre sans elle, et Bertrand le savait.

— Mettez-les à l'abri du froid sous ma tente et gardez la porte. Qu'elle ne sorte sous aucun prétexte.

Jodelle entra sous la tente et prit place sur la couchette de l'écuyer de Bertrand.

— Trouve une nourrice, que je puisse me débarrasser d'elle, chuchota-il à un de ses hommes qui partit sur-le-champ.

— Où est Jodelle ? demanda Rurik, en voyant les hommes sortir les derniers blessés.

— Elle était avec moi, pleurait Lise, soulagée que ses enfants soient tous vivants.

— Yvan est venu nous chercher, dit Rurik, en cherchant parmi les villageois. Jodelle ? Jodelle ?

Mais seul le vent lui répondit. Il vit Wulfric porter Dame Aigline dans ses bras, elle était blessée ou souffrante.

— Avez-vous vu Jodelle et Daniel ? insista Rurik, qui pressentait le pire.

— Non, répondit Jehan en soutenant Lise.

— Nous ne l'avons pas vue depuis l'éboulement, dit un des hommes qui s'occupaient des ruches. Il pleuvait, elle s'est abritée sous les arbres, et après je ne sais pas. Je ne l'ai pas revue.

Rurik sortit sa hache et se précipita à la lisière de la forêt. Il entendit le cheval de Wulfric hennir et regarda le vicomte ramener Aigline au donjon. Il fit quelques pas et chercha des traces de lutte, mais n'en vit aucune. Il y avait en revanche des empreintes de sabots de chevaux, au moins trois à première vue. Il suivit cette piste et observa que l'un des chevaux semblait plus lourd, ce qui laissait supposer que Jodelle était montée avec un cavalier. Bertrand les avait enlevés, cette certitude viscérale enflamma le cœur du guerrier qui essayait de remonter la piste. Mais au bout d'un certain temps, il dut rebrousser chemin, car la nuit tombait et il devait aller chercher du renfort. Le souffle court, il rentra au donjon en courant aussi vite que possible, et lorsqu'il arriva dans la grande salle, il apprit que Dame Aigline venait de perdre l'enfant qu'elle portait.

— Perrine est à son chevet, dit Sven, désolé pour Wulfric et Aigline.

— J'ai trouvé des traces de chevaux. Trois cavaliers étaient là. Les traces s'enfoncent à certains endroits, un des chevaux était donc plus lourd. Ils l'ont enlevée. Ils *les* ont enlevés. Je dois prévenir Wulfric.

— Il ne veut voir personne, Rurik. Il a besoin d'être seul, dit Sven, désolé.

Rurik n'écouta pas son frère et entra dans la pièce où Wulfric s'était retranché. Malgré l'air agressif de celui-ci, Rurik prit la parole.

— Jodelle a été enlevée avec Daniel.

— Comment le sais-tu ?

— Il y a des traces de chevaux qui mènent au nord-est.

— Des traces de lutte ?

— Non, ils devaient la menacer. Comment veux-tu qu'elle se batte avec Daniel dans les bras ?

— Et qui te dit qu'elle n'est pas partie de son plein gré ? Ces lettres dont tu m'as parlé ont de quoi laisser songeur, avoue-le.

— J'ai douté aussi, jusqu'à ce que je lise la dernière

lettre, qui évoque la vente de son fils à Bertrand, contre quarante pièces d'argent ! Jodelle n'est pas une sainte, elle n'a ni la noblesse de ta femme ni la pureté d'un ange, mais c'est une mère dévouée et aimante qui préférerait perdre ses deux bras plutôt que de risquer la vie de ses enfants ! Quant à en vendre un ? C'est un non-sens absolu ! Jodelle est une louve jalouse et protectrice, pas une vipère mercantile et cupide.

— Son fils a été reconnu par Cédric. Elle a pu se laisser convaincre.

— Tu as dit que cette affaire était close. Manquerais-tu à ta parole, Wulfric ?

— Je t'interdis de me parler sur ce ton !

— Tu peux jouer au grand seigneur franc si cela t'amuse, mais je ne te laisserai pas insinuer que Jodelle nous a trahis ! Je vais prendre des hommes pour tout de suite organiser une battue.

— Tu ne prendras pas d'hommes et…

Rurik lui décocha un poing en pleine figure qui envoya Wulfric en arrière. Furieux, le vicomte se rua sur Rurik, et ils se battirent à mains nues. Les coups de poing et de pied s'enchaînèrent rapidement et avec une grande violence. Sven entra et tenta de les arrêter, mais il dut recourir à l'aide de trois gardes et de Bjorn pour les séparer.

— Collez-le au cachot ! cracha Wulfric, la bouche en sang.

— Non, laisse-moi partir, ils l'ont enlevée !

— Elle est partie, Rurik ! Fais-toi une raison, coupa Wulfric froidement. Sven, emmène-le se calmer. Et laissez-moi seul.

— Wulfric, Jodelle ne…, tenta Sven à son tour.

— Tais-toi et sors ! hurla le vicomte hors de lui, avant d'envoyer la table se fracasser contre le mur.

Bjorn dut assommer Rurik pour pouvoir l'enfermer au cachot. À cinq, ils avaient eu du mal à le contenir tant il se débattait, tel un fou furieux.

— En être réduit à frapper un compagnon par-derrière… C'est minable, dit Bjorn à Sven, écœuré par ce qu'ils venaient de faire.

— C'est mon frère, au cas où tu l'aurais oublié. Mais Wulfric est notre seigneur.

— Et… ?

— Il a interdit à Rurik de réquisitionner des hommes pour aller faire une battue.

— Mais cet ordre ne s'appliquait pas à nous, rétorqua l'Irlandais en souriant.

— Exactement…, dit Sven avec un air sombre et déterminé.

— N'en veux pas à Wulfric, tu sais ce que cet enfant à venir représentait pour lui, dit Bjorn, qui ne voulait pas que Sven se soulève contre le vicomte. Il est anéanti.

— J'ai une belle-sœur et un neveu à retrouver, Bjorn, nous nous occuperons de réconforter Wulfric plus tard.

Ils rassemblèrent une dizaine d'hommes et cherchèrent dans les bois du côté des grottes. Ils trouvèrent les empreintes dont Rurik avait parlé et essayèrent de les suivre, mais lorsqu'ils arrivèrent à la rivière, les traces se perdirent. La nuit était tombée à présent, et ils décidèrent de rentrer. Sven descendit dans les geôles en arrivant et vit son frère assis à terre, les yeux dans le vague.

— J'ai pisté les traces jusqu'à la rivière, nous les avons perdues ensuite.

Devant le mutisme de Rurik, Sven poursuivit.

— Je sais que Jodelle n'est pas partie de son plein gré. Wulfric ne sait plus ce qu'il dit. Il reviendra à la raison, j'en suis sûr.

— S'il leur arrive quelque chose, je le tuerai.

— Pour que je sois obligé de te tuer en retour ? Ce serait une bien mauvaise opération, Rurik. Je les retrouverai, j'irai par monts et par vaux s'il le faut. Sois patient, la colère de Wulfric s'éteindra d'elle-même.

— Qui te dit que nous avons le temps d'attendre que passent les états d'âme de messire Wulfric ?

— Il a perdu un enfant aujourd'hui !

— Est-ce une raison de me prendre le mien ?

— Non, bien sûr que non. Mais rassure-toi, j'y retourne dès demain. Et je les retrouverai.

Dans la nuit et le froid, Rurik se remémora chaque journée passée depuis sa rencontre avec le moine avant la rencontre de Saint-Clair-sur-Epte. Que faisait le dieu des chrétiens ? Il lui avait donné une femme, des enfants et les lui avait repris ? Comme ses dieux nordiques ? Tous les dieux étaient-ils pareillement cruels, au point de prendre un malin plaisir à le torturer indéfiniment ? Il hurla de rage en secouant ses fers comme un démon. C'était une torture d'imaginer que sa femme et son fils vivaient peut-être leurs derniers instants, alors même qu'il était enfermé là, impuissant.

Sven et Bjorn reprirent les traques de l'aurore au coucher du soleil trois jours durant sans succès. Lorsqu'ils revinrent, le troisième soir, Sven, furieux, entra dans la pièce où s'était retranché Wulfric. Il savait par Perrine qu'il ne se s'était pas rendu au chevet de son épouse, qu'il rongeait sa douleur comme un chien léchait ses plaies.

— J'ai fait une erreur, inutile de me la jeter en pleine face, dit très calmement Wulfric, en regardant ses deux fidèles lieutenants droit dans les yeux. Avez-vous trouvé quelque chose ?

— Que nous vaut ce revirement aussi inattendu que bienvenu ?

— Le père Anthelme m'a appris qu'on avait fouillé dans ses registres. J'ai donc compris que Bertrand cherchait à savoir ce que Cédric avait pu écrire et ce que nous avions pu découvrir. Selon le prêtre, Jodelle s'est montrée honnête depuis le début. Je suis suspicieux, je le sais.

— Trop suspicieux. Tu ne fais pas confiance à tes amis. Et Rurik croupit toujours en prison. Il n'est pas près de te le pardonner, dit Sven ne croisant les bras sur sa poitrine et en le défiant du regard.

Avec une sorte de grognement, le vicomte, pris de remords, quitta sa retraite.

— Attendez-moi ici, demanda-t-il à ses capitaines, avant de descendre aux geôles.

— Rurik a dit qu'il te tuerait si quelque chose arrivait à Jodelle et Daniel, le prévint Bjorn.

— Il ne leur arrivera rien, ils sont beaucoup trop importants pour Bertrand, répliqua Wulfric, tout en cherchant, parmi ses clés, celle qui ouvrait le cachot.

— L'enfant oui, mais Jodelle…

— Il suffit, taisez-vous ! ordonna Wulfric.

— Allez, Sven, laissons-les s'expliquer.

Wulfric entra dans la geôle et referma la grille à clé derrière lui, avant de lancer le trousseau dehors pour le placer hors d'atteinte.

— Bien, maintenant que nous sommes enfermés ensemble tous les deux, libre à toi de te battre si c'est ce que tu souhaites. Nous sommes de force équivalente et nos techniques de combat sont similaires, puisque j'ai été ton élève. Tu peux essayer de me tuer, mais Rollon dépêchera une armée pour me venger et cela ne te ramènera pas Jodelle, ni Daniel.

— J'ai quand même très envie de te faire payer tout ça, dit Rurik, toujours assis par terre.

— Je comprends. Qu'est-ce qui te rend si certain de la fidélité de Jodelle ? Je veux dire, je comprendrais qu'elle souhaite un avenir glorieux pour son fils. Honnêtement, à sa place, j'aurais été tenté…

— Tu n'es pas Jodelle. Elle est franche et honnête, elle agit avec son cœur et avec ses convictions. Et quand il est question de ses enfants… Elle n'agit que pour leur survie.

Wulfric regarda son compagnon avec attention.

— Justement, ma théorie n'est pas si stupide que cela, malgré la confiance aveugle que tu sembles porter à ton épouse.

— Défendre les intérêts de Daniel et sacrifier ceux d'Eulalie et d'Yvan ? Je n'y crois pas. Elle n'abandonnerait pas sciemment ses enfants. Quel que soit leur âge.

— Tu l'as toujours défendue, pourquoi ?

— Parce que j'aime cette femme, de tout mon cœur et de toute mon âme. Elle est à moi et en moi ! N'est-ce pas une raison valable à tes yeux ? s'emporta Rurik, emporté par la colère.

— Tu as déjà aimé une femme. Inga.

Rurik soupira et s'adossa au mur crasseux.

— Oui, je ne renie pas mon amour pour Inga et Jarlaug. Je les garde au fond de mon cœur pour l'éternité.

Mais je suis vivant, Wulfric, et une deuxième chance m'a été offerte. Je veux Jodelle, je l'ai voulue dès que j'ai posé les yeux sur elle.

— Je ne doute pas de ton amour. J'espère seulement que ce que tu dis sur la loyauté de Jodelle est vrai. Je ne peux m'empêcher de douter, je suis désolé.

— Comment va ta femme ? demanda tout à coup Rurik, en se levant et en se postant face à face à son seigneur.

— Comment veux-tu qu'elle aille ? demanda Wulfric avec un rictus amer.

— Elle irait mieux si tu étais à ses côtés.

— Sven parle trop… Sven ! cria Wulfric. Sven ! Viens ouvrir.

— Tu peux toujours hurler, ils sont loin. Personne ne sera surpris de ne pas te voir au dîner, puisque cela fait trois jours que tu vis reclus comme un ermite à te lamenter sur son sort.

— Qu'est-ce que tu racontes ? demanda Wulfric, sidéré.

Rurik ricana et reprit place par terre sur la paille.

— Que tu vas passer une nuit avec moi ici. Cela te permettra de réfléchir.

— Pour qui te prends-tu ?

— Pour ton maître d'armes. Je l'ai été et je le suis toujours. Il te manque encore certaines choses à apprendre, comme la confiance. Tu ne trouveras pas la paix si tu ne te pardonnes pas à toi-même. Crois-moi, j'ai eu le temps de réfléchir à cela, et si je peux t'éviter de faire les mêmes erreurs…

Wulfric regarda son compagnon et se souvint de toutes les leçons que lui avait déjà transmises son ami de longue date. Il soupira et prit place face à lui.

— Alors, Wulfric, que changerais-tu si tu le pouvais ?

— J'ai commis des erreurs avec Aigline. Je ne sais plus comment lui parler. J'ai l'impression de lui faire du mal en permanence, de lui porter malheur. J'ai tué son frère, je l'ai malmenée, j'ai dû la châtier… Et maintenant, elle vient de perdre l'enfant qu'elle portait. Mon enfant… Dis-moi à quel moment cette femme a pu ne pas regretter de m'avoir épousé ?

Wulfric leva la tête et l'appuya conte le mur en soupirant.

— Tu sembles tenir à elle pourtant.

— Oui, dit-il seulement. Mais je ne pensais pas que ce serait si dur.

Rurik comprit qu'il ne parlait pas que d'Aigline. Sur les épaules de Wulfric pesaient de lourdes responsabilités. C'était un bon jarl et un bon vicomte. Il fallait qu'il se fasse davantage confiance et qu'il s'ouvre aux autres pour être encore meilleur.

— Tu as une épouse qui fait ta fierté et l'admiration de tous. Tu as des amis fidèles qui mourraient au combat pour toi sans aucune hésitation et tu as des gens qui croient en toi. N'oublie jamais cela.

— J'ai compris, Rurik, merci pour la leçon, dit Wulfric avec humilité. Je vais aller parler à Aigline, et nous relancerons les recherches pour retrouver Jodelle demain.

— Demain, oui, dit Rurik en s'allongeant sur la paille.

Wulfric le regarda avec perplexité.

— Tu comptes passer une autre nuit ici ?

— Oui, et toi aussi… Une leçon n'est une leçon que si elle est vécue entièrement.

Wulfric s'approcha de la porte et appela Sven.

— Inutile, il doit être avec Perrine, et Bjorn avec Marielle. Aigline se passera de toi une nuit de plus, voilà tout.

— C'est mesquin et franchement bas de ta part !

— J'ai fait comme j'ai pu, rétorqua Rurik, sans ouvrir les yeux pour autant.

Beau joueur, Wulfric reprit place sur la paille et tâcha de fermer les yeux à son tour. Apprendre à faire confiance, à s'ouvrir aux autres… Tout cela était nouveau pour lui. Mais il devait bien cela à Rurik après tout.

Au beau milieu de la forêt de Lisieux se lamentait la nourrice, rouge d'énervement.

— Il ne veut pas boire, monseigneur ! Rien n'y fait.

Daniel hurlait et gesticulait dans tous les sens. Les hommes de Bertrand avaient trouvé une femme de charbonnier qui était en train de sevrer son enfant de deux ans. L'homme les fournissait en pain et les renseignait sur l'évêque Frédéric.

— Vous avez bien fait de garder la mère, dit l'écuyer de Bertrand en écartant le rideau de la tente.

Les yeux bruns du seigneur rebelle se portèrent près d'un chêne où se tenait Jodelle, dans un piètre état. Elle était assise à même le sol, ses vêtements étaient sales et déchirés. Son joli visage était tuméfié par les coups qu'elle avait reçus. Ses boucles rousses étaient sales et pleines de feuilles, ses joues noires de terre et striées par les larmes qu'elle avait versées. Elle avait l'air misérable, mais sa détresse ne semblait pas atteindre le cœur endurci de ses geôliers.

Bertrand perdit patience, irrité par les hurlements de Daniel, et ordonna qu'on lui amène Jodelle.

L'écuyer s'approcha d'elle et détacha la chaîne qui était passée dans un gros collier de cuir et qui la maintenait accrochée à l'arbre.

— Avance.

Trop heureuse de voir son fils, dont les pleurs lui déchiraient le cœur depuis plusieurs heures, elle avança docilement. Ses seins lourds de lait lui faisaient mal, elle était fatiguée et avait faim. Les nuits passées attachées à l'arbre avaient été longues, les soldats s'étaient montrés insultants et brutaux. Et elle avait peur de leur servir de défouloir. Affamée et épuisée par ces mauvais traitements, elle faisait peine à voir. Mais la sécurité de son fils et celle des siens valaient bien tous ces sacrifices. Elle avait été menacée de torture, affamée, battue pour qu'elle dise où était Dame Aigline, dans quelle chambre elle résidait, quelles étaient les défenses du château, mais elle n'avait rien répondu. Lorsqu'elle entra sous la tente, elle vit une femme dépoitraillée qui tentait de nourrir Daniel et sentit la haine et la colère envahir son cœur. Bertrand la regarda avec mépris. Il avait été tenté de la tuer et de se débarrasser d'elle, mais sur les conseils avisés de son écuyer, il avait attendu de voir si l'enfant accepterait le sein de la nourrice. Il avait donc encore besoin de cette rousse agaçante à la langue trop bien pendue à son goût. Ses insolences lui avaient valu une sévère correction. Mais il avait encore besoin d'elle.

— Nourris ton fils, ordonna Bertrand en sortant de la tente.

Jodelle s'approcha de la femme avec un regard meurtrier et celle-ci se hâta de lui rendre son fils. Elle serra son enfant contre elle et l'embrassa avec tendresse. Le petit, reconnaissant sa mère, s'apaisa et elle le mit au sein, trop heureuse de le voir téter tout son soûl. Une vive émotion emplit son cœur de mère. Elle aimait cet enfant plus que sa vie.

Au-dehors, des voix s'élevèrent, et parmi elles, elle

reconnut celle d'un des soldats de Bertrand qui l'avait molestée et de Bertrand, qui était toujours à l'affût du moindre renseignement.

— Le charbonnier est là, avec des nouvelles qui vous réjouiront, monseigneur.

— Parle, je t'écoute, fit Bertrand de Caen.

— La nièce de Frédéric a rejoint le couvent. Elle s'est enfuie de Lisieux.

— Se serait-elle rendue à l'évidence ?

— Non, apparemment, elle s'est querellée avec son mari et aurait perdu l'enfant qu'elle portait, suite à un accident dans les grottes.

— Elle attendait un enfant ? grogna Bertrand avec du dégoût dans la voix. Il ne faut surtout pas lui donner l'occasion de recommencer. Sans descendance, ce Viking aura du mal à justifier éternellement sa légitimité en tant que vicomte de Lisieux, alors que nous, nous avons un héritier. Il faut faire disparaître Aigline au plus vite.

Sous la tente, Jodelle sentit son cœur se serrer. Dame Aigline avait perdu son enfant ? Et voilà que ce traître de Bertrand voulait attenter à ses jours ?

Elle berça son fils en priant la Vierge de lui porter secours. Elle priait inlassablement jour et nuit pour que Rurik vienne les sauver, mais les jours défilaient les uns après les autres avec une lenteur infernale, sans que personne ne vienne à eux. Elle avait fini par comprendre qu'elle était un poids trop lourd pour sa communauté et qu'au fond tous préféraient les voir disparaître. Elle ne pouvait compter que sur elle-même pour se sortir de là. Seule la survie de Daniel importait. Son esprit s'envola jusqu'à la forge et elle pensa à Eulalie et Yvan. Sa grande fille saurait veiller sur Yvan si elle disparaissait. Sa gorge se serra lorsqu'elle songea qu'elle ne les embrasserait plus jamais. Elle devait sa survie à son fils, tant que Daniel refuserait un autre sein que le sien, elle serait épargnée. Mais une fois la bonne nourrice trouvée ou l'enfant sevré... elle savait que Bertrand n'hésiterait pas à la tuer. Quand la tétée fut finie, la femme vint reprendre l'enfant, sous le regard sévère de l'écuyer qui tira Jodelle par la chaîne et la fit sortir, dépenaillée et misérable, pour l'attacher de nouveau à son arbre comme un chien. La pluie se mit à tomber et le feuillage du chêne était une bien maigre protection. La forêt se mit à dégager une forte odeur d'humus. L'on n'entendit bientôt plus que le clapotis des gouttes d'eau et tous les hommes essayèrent de se mettre à l'abri. Le vent se leva et Jodelle sentit le froid de l'automne mordre sa peau. Elle ne savait pas combien de temps elle endurerait ce calvaire, mais elle devait se battre pour son fils coûte que coûte.

En fin de matinée les hommes de Bertrand partirent pour le monastère, avec pour ordre de tuer Dame Aigline et d'incendier les lieux. L'écuyer de Bertrand, resté au campement, lui apporta une écuelle de soupe et du pain.

— La femme dit que tu as besoin de manger pour avoir du lait. Alors mange.

Silencieuse, Jodelle approcha ses mains humides et sales de l'écuelle et ne se fit pas prier. La soupe chaude et le pain étaient les bienvenus.

— Ça suffit comme ça ! cria l'écuyer en donnant un coup de pied dans l'écuelle pour la lui faire lâcher. Tu dois rester vivante pour allaiter ton fils, mais tu n'en es pas moins prisonnière. Tu as des crimes à expier.

— Des crimes ? demanda Jodelle, amère.

— Trahison à l'égard de ton seigneur et fornication avec un païen.

— Tu connais ce mot ? Et moi qui pensais que tu n'étais pas encore pubère... Il ne m'avait pourtant pas semblé t'avoir vu de poil au menton.

L'écuyer rougit violemment et la regarda avec colère.

— Tu n'es qu'une catin.

— Et toi, un imbécile. Si tu avais deux sous de bon sens, tu ne moisirais pas ici, à servir un seigneur déchu qui ne retrouvera jamais son titre ni ses terres. À ta place, j'aurais fui dès la première occasion.

— Pourquoi ne l'as-tu pas fait, alors ?

— Parce que les hommes du Nord sont arrivés avant que je puisse partir. Parce que j'ai une famille et que j'étais enceinte. Mais si tu veux tout savoir, j'étais censée quitter Lisieux pour Rouen.

— Rouen appartient à Rollon à présent, cracha le jeune homme en regardant autour de lui.

— Et alors ? Et l'Anjou ? Et l'Aquitaine ? Et la Provence ? Tu as l'embarras du choix. Ce sera toujours mieux que de vivre comme un chien aux abois au fin fond d'une forêt.

— C'est toi qui es attachée comme un chien, n'inverse pas les rôles. Seigneur Bertrand nous rendra nos terres.

Il la laissa là sans rien ajouter. Jodelle fut rappelée sous la tente à chaque fois que Daniel avait besoin de boire. Ces petits moments de répit et de douceur lui étaient précieux et nécessaires pour continuer d'espérer.

Wulfric et Rurik avaient galopé jusqu'au monastère dont l'évêque Frédéric avait été abbé, il y trouvait parfois un peu plus de tranquillité qu'au palais épiscopal de Lisieux qu'il occupait à présent. Mais les vieilles habitudes étaient difficiles à quitter, et malgré la nomination d'un nouveau père abbé, l'évêque passait une bonne partie de son temps au monastère. Loin des tentations du monde et des aspects parfois peu reluisants des accords politiques. Le roi lui ayant confié la rédaction de certains documents officiels, le scriptorium du monastère se trouvait donc être son lieu de prédilection en cette période mouvementée.

Aigline devait être à la porterie, même nièce d'évêque, elle ne serait pas autorisée à passer la clôture des moines, pensa le comte, en talonnant son cheval de plus belle à la vue du monastère.

Wulfric n'aspirait qu'à une chose, retrouver Aigline. Elle s'était enfuie, terrassée par le chagrin et désespérée de ne pas avoir trouvé un terrain d'entente, ni l'harmonie, avec son mari. Rurik avait suivi son seigneur afin de se mettre en contact avec Alaric qui occupait les terres voisines, dans le but de lever une armée suffisamment importante pour organiser une battue gigantesque qui permettrait de débusquer Bertrand de Caen et de ramener Jodelle et Daniel à Lisieux.

— Et si Aigline ne voulait pas me parler…

— Avoue que tu l'aurais bien cherché, dit sincèrement Rurik.

— C'est de ton soutien dont j'ai besoin, pas de tes sarcasmes !

— Sois honnête avec elle et dis-lui que tu l'aimes.

— Comme tu l'as fait avec Jodelle ?

— Et c'est moi qui suis sarcastique ? reprit Rurik, avec une grimace agacée.

— Et toi ? Que comptes-tu dire à Jodelle lorsqu'on la retrouvera ?

Rurik réfléchit en silence un moment. Honnêtement, il ne savait pas du tout comment se réconcilier avec Jodelle ni ce qu'il allait pouvoir lui dire. Tout ce qu'il savait c'était qu'elle lui manquait atrocement et qu'il était inquiet pour elle et Daniel.

— Je l'ignore. Peut-être ne veut-elle pas que je la retrouve.

— Si elle accepte de pactiser avec Bertrand, cela fera d'elle une traîtresse à son roi. Crois-tu qu'elle ait pu se laisser corrompre ?

— Jodelle a dû se battre toute sa vie. Il est évident qu'à sa place, toute autre personne qu'elle aurait pu se laisser tenter par la perspective d'un avenir plus facile et glorieux. Mais je reste persuadé qu'elle n'est pas partie de son plein gré.

— Pour ma part, je ne peux m'empêcher de douter.

— J'ai confiance en elle.

Wulfric se présenta devant le frère portier qui lui ouvrit la porte et le salua avec respect. Ils furent conduits dans un parloir où les rejoignit l'évêque. Cependant, Rurik fut invité à attendre aux cuisines où on lui servit une chope de bière. L'évêque voulait parler à Wulfric, et Rurik aimait autant s'en aller pour ne pas gêner son ami, à qui le prélat ne manquerait pas d'administrer un sermon digne de ce nom. Les cuisines du monastère étaient immenses et Rurik fut aimablement accueilli des serviteurs et des jeunes moines, qui œuvraient sous la férule du frère responsable des réserves de nourriture et de la confection des repas. Il but sa bière avec un évident plaisir et patienta près d'une heure.

— Voudriez-vous vous joindre à l'office ?

Rurik sortit de ses pensées et regarda le moinillon qui lui parlait. C'était un gamin souriant, à l'air aimable.

— Sais-tu si Frédéric et Wulfric en ont encore pour longtemps ?

— Ils sont encore au parloir.

— Et Dame Aigline ?

— Elle se trouve au scriptorium. L'évêque ne lui a encore rien dit de votre venue, mais je suis sûre qu'elle sera heureuse de voir son époux.

— Crois-tu ?

— Elle prie pour lui tous les jours. Et quand on prie pour quelqu'un, c'est qu'on l'aime, ne croyez-vous pas ?

— Je n'ai jamais prié pour Jodelle et Daniel, souffla Rurik.

— Qui sont-ils ?

— Ma femme et mon fils.

— Vous pourriez le faire à l'office, proposa le garçon en lui montrant la sortie qui menait à l'abbatiale.

— Je ne suis pas sûr de savoir quoi dire.

— Laissez Dieu trouver les mots pour vous.

Comme subjugué par le jeune homme et la paix sereine qui émanait de sa personne, Rurik se laissa guider jusqu'à l'abbatiale. Il y régnait une quiétude qu'il avait rarement ressentie. Il prit place sur le banc que lui désigna le moine. Un des moines se leva et alla chanter un psaume tiré de la Bible, que le jeune garçon lui traduisit.

— « Dieu est lent à la colère, mais grand par sa puissance. L'impunité jamais ne donne. Dans l'ouragan de sa colère, dans la tempête, il fait sa route, les nuées sont la poussière qui se soulève sous ses pas. Son courroux, qui pourrait le soutenir ? Qui tiendrait devant son ardente colère ? Il poursuivra ses ennemis jusque dans les ténèbres.

Justes, sachez que Dieu est bon, il est une citadelle au jour de la détresse. Il aime et protège le cœur de ceux qui viennent à lui. »

— Crois-tu que ton dieu protège ma femme et mon fils ?

— Demandez-le-lui. Confiez-vous à lui.

Rurik se leva et regarda l'immense croix qui surplombait l'autel. Il sortit sa hache et la brandit devant les moines, stupéfaits.

— Dieu des chrétiens, si tu me rends ma femme et mon fils, je me ferai baptiser.

Il entailla sa main et fit couler quelques gouttes de sang sur le sol de l'abbatiale pour sceller son serment, puis sortit pour respirer et surtout pour retrouver Wulfric. Mais soudain, les cloches de la porterie se mirent à sonner à toute volée. Le spectacle qui l'attendait dehors le laissa sans voix durant une seconde. Un immense incendie embrasait une des ailes du monastère.

— Au feu, vite ! cria-t-il aux moines qui sortirent précipitamment de l'église.

Ils coordonnèrent leurs efforts pour éteindre le feu en créant une chaîne humaine efficace. Les laissant à l'œuvre, Rurik se précipita vers le parloir et ouvrit la porte avec fracas.

— Dame Aigline ? demanda-t-il, surpris de la voir là. Wulfric n'est pas avec vous ?

— Non, dit-elle, inquiète. Il croit que ce sont les hommes de Bertrand qui ont mis le feu lorsque j'étais au scriptorium. Il est parti faire une ronde. Wulfric me disait que tu es toujours sans nouvelle de Jodelle et de Daniel, et j'en suis sincèrement désolée.

— Êtes-vous blessée ? demanda le guerrier en remarquant la mise noircie de la dame.

— Non, j'ai eu de la chance, Wulfric m'a sortie du

bâtiment en flammes. Pour l'amour du ciel, Rurik, je sais que j'ai promis de l'attendre ici, mais cela fait plus d'un quart d'heure et je suis folle d'inquiétude.

— Venez, nous allons ensemble faire à cheval le tour des bâtiments.

— Merci, acquiesça-t-elle, heureuse de pouvoir se rendre utile.

Ils longèrent le scriptorium, où les moines ramassaient déjà deux morts et un blessé. Aigline était triste de cette violence qui s'était déversée à l'encontre de ces hommes de paix. Ils ne trouvèrent aucune trace de Wulfric ni de l'évêque, et décidèrent de poursuivre un peu plus loin. Dans un renfoncement de la haie se trouvaient des bancs où les moines pouvaient venir prier ou lire la Bible paisiblement. Rurik vit une silhouette adossée à la pierre et se dirigea vers elle. Un pauvre moine agonisait, le flanc percé par une lame.

— Seigneur Dieu, frère Ambroise !

La dame sauta de cheval en soulevant ses jupes et se précipita vers le mourant.

— Notre évêque… Votre mari… C'est Bertrand de Caen qui a fait ça.

— Où sont-ils ?

— Ils ont été attaqués par-derrière, j'ai tenté de les arrêter… Les anciennes ruines… Les anciennes ruines…, souffla le pauvre frère Ambroise avant de rendre son dernier souffle.

Dame Aigline ferma les yeux du pauvre moine qui avait été un professeur patient avec elle, au scriptorium, des heures durant.

— Il ne méritait pas une fin pareille, se lamenta la châtelaine, triste de perdre un ami.

— Nous n'avons pas le temps de chercher les renforts d'Alaric, coupa Rurik. Rentrons à Lisieux et ramenons nos hommes. Savez-vous où se trouvent ces ruines ? Jodelle et Daniel doivent y être aussi.

— Oui, je le sais, et Bertrand me paiera cher cet affront ! cria Aigline sans chercher, pour une fois, à maîtriser sa colère.

Rurik la regarda, surpris, puis sourit.

— « Dieu est lent à la colère » se rappela le guerrier. Au fond il y a peut-être des Berserks chez les chrétiens aussi…

— Vous ne croyez pas si bien dire, Rurik, dit Aigline en se hissant agilement en selle. Allez ! Ya ! lança-t-elle en talonnant son cheval.

Ils galopèrent à bride abattue à travers la campagne jusqu'à en épuiser leurs chevaux. Le temps pressait, Bertrand n'allait pas garder ses prisonniers en vie bien longtemps.

Lorsqu'ils arrivèrent au galop dans la cour du château, les oies et les poules se mirent à voleter dans tous les sens, effrayées par les sabots des chevaux hors d'haleine.

— Sven ! Bjorn ! Sellez d'autres chevaux ! Rassemblez les hommes ! ordonna Aigline, bien décidée à prendre les choses en main. Wulfric et Frédéric ont été enlevés par Bertrand, et je sais où il les retient prisonniers.

— Vous devriez rester ici et nous laisser nous charger de les retrouver, dit respectueusement Sven, heureux de voir sa dame de retour, mais préoccupé par le sort de Wulfric.

— Hors de question. Faites ce que je dis, rassemblez vos hommes, nous partirons pour les vieilles ruines dans l'heure !

Aigline souleva ses jupes et entra dans le donjon en pressant le pas.

— Et toi, Rurik, qu'en dis-tu ? demanda Sven.

— J'en dis qu'il ne faut pas contredire Dame Aigline, répondit Rurik en souriant.

— Wulfric va nous tuer s'il lui arrive quelque chose.

— Et c'est moi qui vais vous tuer si vous ne m'obéissez pas ! fit la châtelaine, en revenant armée de son arc et de ses flèches.

Tous la regardèrent avec étonnement. Vêtue en homme, Aigline avait tressé ses cheveux au plus près de son crâne et son attitude sombre et belliqueuse lui donnait des airs de guerrière au bouclier.

— Cette femme me plaît de plus en plus, dit Rurik en montant à cheval

— Alors, qu'attendez-vous ? cria-t-elle en passant le pont-levis, déjà loin devant les autres cavaliers.

Sven et Bjorn soupirèrent et partirent au galop pour la rejoindre. Ils avaient l'avantage de la surprise, le tout était de lancer une attaque éclair afin de conserver cet atout. Aigline savait qu'elle n'avait que son courage, mais aucune expérience de combat, mais elle se refusait à rester en arrière et voir sans réagir l'homme qu'elle aimait être lâchement assassiné. Elle avait aussi pour elle de bien maîtriser le terrain et connaissait un raccourci pour arriver jusqu'aux ruines. Une route escarpée et rocailleuse, périlleuse pour leurs montures, mais qui leur ferait gagner des minutes précieuses. Rurik sentait l'ardeur du combat courir dans ses veines, il avait à ses côtés le dieu vengeur et se sentait invincible. Il voulait délivrer les prisonniers et se venger des ravisseurs de Jodelle et Daniel. Il espérait qu'il n'arriverait pas trop tard.

Chapitre 13

Lorsqu'il arriva au camp, ligoté et impuissant, Wulfric vit Jodelle attachée à un arbre. Elle se leva et tenta de venir vers eux, mais un soldat lui faucha les jambes et l'insulta en hurlant. Le vicomte la regarda, elle était vivante mais semblait en mauvais état. Il regrettait d'avoir douté d'elle. Il fut roué de coups, tout comme le vieil évêque, et attaché lui aussi. Wulfric cracha au sol, la bouche en sang et vit Bertrand de Caen sortir de la tente avec le bébé dans les bras. Il fit signe à un homme pour qu'il détache Jodelle et la traîne jusqu'à eux.

Wulfric fit donc connaissance avec Bertrand de Caen ou plutôt, pour commencer, avec sa botte qu'il reçut dans l'estomac.

— Alors voilà celui qui a tué Cédric et usurpé le vicomté de Lisieux.

— Tu devrais avoir honte, Bertrand, dit l'évêque, essoufflé. Tu as trahi ton roi, et maintenant tu renies ton serment de chevalier ?

— Je m'occuperai bientôt de toi, vieil hypocrite ! Quant à toi, scélérat de Viking, je vais prendre un malin plaisir à te faire souffrir avant de t'envoyer en enfer.

— Non, arrêtez, dit Jodelle en essayant de se redresser.

Bertrand de Caen la saisit par les cheveux et lui assena un coup de poing qui la fit saigner du nez de nouveau. Il la jeta par terre et lui administra un violent coup de pied dans les jambes. Levant sa botte pour recommencer, il atteignit les côtes de Wulfric qui s'était interposé entre lui et Jodelle.

— Tu protèges cette femme alors que son rejeton va prendre ta place ?

— Tu frappes cette femme alors que tu veux cet enfant ? Comment crois-tu que Daniel te regardera ? Comme le chien qui frappait sa mère ?

Bertrand sortit de ses gonds et passa sa colère sur Wulfric qui couvrait toujours Jodelle de son corps.

À demi assommé, il fut attaché à l'arbre, à côté de Jodelle et de l'évêque.

— Vous allez mourir tous les deux, et toi, espèce de catin, tu vas les regarder agoniser. Je te réserverai le même sort le jour où ton fils sera sevré !

Bertrand sortit son épée de son fourreau et la posa sur l'épaule de Wulfric qu'il entailla doucement avec une évidente satisfaction.

— Je vais te découper comme du gibier et je rapporterai ta tête à Rollon.

— Aigline n'est pas morte, tu as manqué ton coup, dit Wulfric, qui n'avait plus rien à perdre.

— Elle paiera tôt ou tard.

— Tu la sous-estimes, elle n'a pas peur de toi.

— Elle va bientôt se retrouver veuve, et je l'obligerai à m'épouser.

— Je serai toujours l'homme qui sera passé avant toi. C'est valable pour Lisieux, mais aussi pour Aigline, lança

Wulfric en riant. À chaque fois que tu la toucheras, ce sera à moi qu'elle pensera.

— Je lui ferai passer ce triste souvenir à coups de poing s'il le faut !

— Elle ne m'oubliera pas, je le sais, car elle m'aime d'un amour sincère.

— Bertrand enfonça encore davantage la lame dans l'épaule de Wulfric, lui arrachant un grognement de douleur.

— Je vous en prie, arrêtez, dit Jodelle, bouleversée.

Bertrand allait encore lever la main sur elle, lorsqu'un de ses hommes, parmi ceux qui n'étaient pas encore de retour au campement, arriva du monastère en l'informant que Dame Aigline était repartie avec un cavalier en direction de Lisieux.

— Aie confiance, Jodelle, Rurik était avec moi, dit Wulfric, en grimaçant sous l'effet de la douleur causée par son épaule entaillée et de ses côtes meurtries.

— Je croyais que vous ne viendriez pas me chercher…, dit-elle sincèrement.

— J'avoue avoir douté de toi. Mais pas lui. Il a toujours défendu ta cause, envers et contre tous.

— Je lui ai dit des choses horribles, pleura-t-elle en ouvrant son cœur. J'ai été méchante et je regrette chacune de mes paroles.

Le vicomte regardait les larmes qui coulaient sur les joues sales de la forgeronne. Elle semblait plus atteinte par la peine qu'elle avait pu causer à son époux que par tous les mauvais traitements qu'elle avait subis. Il comprit que Jodelle aimait Rurik d'un amour sincère et il ne put s'empêcher, en son for intérieur, d'être ému et ébranlé. Lui aussi aurait pu aimer et être aimé. Malheureusement, le destin s'était retourné contre lui.

— Tu pourras le lui dire bientôt, femme. Quant à moi je jure de ne jamais porter atteinte aux intérêts de ton fils. Ni même à sa vie.

Wulfric s'affaissa quelques secondes.

— Non, messire, l'implora Jodelle lorsqu'il revint à lui, vous ne devez pas baisser les bras. C'est vous le seigneur de Lisieux, nous avons besoin de vous.

— Ne t'en fais pas pour ça, je ne compte pas laisser cette charogne reprendre ce qui me revient de droit. Et rassure-toi, je crois que nous pourrions trouver un compromis pour Daniel.

— Daniel est le fils de Rurik par la volonté de Rollon et la sienne. Je ne demande rien d'autre quant à moi.

— Ton fils devra faire ses preuves, par la force de son bras et celle de sa volonté. Mais Rurik était maître d'armes chez mon père, il pourrait le devenir de nouveau à Lisieux. Daniel et Yvan seraient entraînés et formés, comme mes fils et ceux de mes chevaliers.

— Rurik est forgeron, pas chevalier.

— Je sais. Mais tes enfants auront de nobles cousins.

— Ce n'est pas à moi que revient le droit de choisir l'avenir de mes fils. Ils prendront leur propre décision le moment venu.

— Marché conclu. En attendant, tâchons de ne pas nous faire tuer.

À peine Wulfric avait-il fini ses paroles que l'évêque perdit connaissance à son tour. Il était âgé et fragile, et les coups qu'il avait reçus auraient eu raison de plus d'un vieillard. Bertrand revint vers eux. Il avait retrouvé son air mauvais et féroce et pointa son épée de nouveau vers Wulfric.

— Prépare-toi à mourir, païen. Et sache qu'Aigline sera mienne avant la fin de la semaine.

Bertrand leva son épée et Wulfric le regarda droit dans les yeux avec haine et mépris.

— Attendez ! Si vous le laissez vivre, je ferai ce que vous me demandez ! supplia Jodelle pour gagner du temps. Vous pourrez garder Daniel auprès de vous et je l'élèverai pour qu'il obéisse à votre volonté !

— Tu perds ton temps, femme, Daniel m'appartient déjà. Ton seul rôle consiste à le nourrir.

— Et lorsqu'il grandira, que lui direz-vous ? Que vous avez tué sa mère ? Comment gagnerez-vous sa confiance ?

Bertrand s'accroupit devant elle et attrapa ses cheveux avec rudesse, approchant son visage du sien.

— Laisse-moi te raconter ma version des faits. Les hommes du Nord ont attaqué son château, sa mère enceinte a dû fuir et elle est morte en lui donnant naissance. Quant à moi, je l'ai sauvé pour lui rendre le fief de son père.

— Il y a de sérieuses incohérences dans cette histoire : tout Lisieux sait que cet enfant a eu comme père adoptif mon mari. Et que dans les registres de la chapelle du château sont apposées nos signatures, attestant de notre mariage et de son baptême.

— Tu as raison, dit Bertrand avec un rire mesquin. Je lui dirai que sa mère était une traîtresse et qu'elle a essayé de le tuer pour l'empêcher d'obtenir son héritage. Il grandira en te haïssant. La haine est un précieux soutien pour obtenir ce que l'on veut.

Bertrand leva son épée une seconde fois au-dessus de la tête de Wulfric, mais le bruit caractéristique d'une flèche en pleine course siffla à leurs oreilles. Sa pointe vint se planter dans le bras du seigneur déchu de Caen, au moment précis où celui-ci s'apprêtait à porter un coup fatal à Wulfric.

— Nous sommes attaqués ! crièrent les hommes de Bertrand, en voyant déferler sur eux une horde de soldats féroces et déterminés.

Le combat s'engagea, et Jodelle reconnut Sven et Bjorn qui s'empressèrent d'envoyer *ad patres* tous ceux qui avaient la mauvaise idée d'avancer vers eux. Rurik arriva, la hache levée, en hurlant comme une bête sauvage et tua deux hommes à l'aide de deux gestes rapides. Trois autres se jetèrent sur lui et connurent le même sort. La hache tachée de sang brillait sous la lumière du soleil et s'abattit, encore et encore. Deux flèches délivrèrent Wulfric qui se releva, blessé mais plus déterminé que jamais. En rugissant, il attrapa l'épée abandonnée de Bertrand, qui recula.

— Bats-toi, espèce de lâche !

Le Franc saisit l'épée d'un mort et se lança dans le combat, mais une flèche l'atteignit en pleine poitrine, puis une seconde lui fit fléchir le genou. Enfin le traître s'effondra, et Dame Aigline accourut.

— Tu es vivant, Dieu merci, dit-elle en serrant son mari contre elle.

— Ils n'auraient jamais dû te laisser venir.

— Jamais je ne t'aurais abandonné, je t'aime, Wulfric.

Le vicomte embrassa sa courageuse épouse et regarda autour de lui.

Les soldats normands achevaient les derniers rebelles. Rurik approcha de Jodelle, il sentit son cœur se serrer en la voyant assise à même le sol, enchaînée comme un animal et un vague de rage submergea tout son être. Il se sentait pris d'une haine incommensurable envers ceux qui avaient levé la main sur elle et qui lui avait pris Daniel. Il n'osait même pas imaginer la frayeur et le déchirement que Jodelle avait dû ressentir en les voyant prendre son bébé. Son air sévère inquiéta la forgeronne et il se reprit. Elle avait déjà eu son lot de frayeur, inutile d'en rajouter. Jodelle rampa vers lui et tira sur la chaîne qui l'entravait.

— Daniel est sous la tente lui, dit-elle en lui montrant sa chaîne. Va le chercher, je t'en prie.

Sans un mot, il frappa à grands coups de hache la chaîne qui finit par céder. Jodelle se leva et le regarda, un peu apeurée par la violence et l'imprévisibilité de ses réactions. Puis, entendant Daniel pleurer, elle courut sous la tente et vit la femme du charbonnier qui, terrorisée, était recroquevillée dans un coin. Daniel était à même le sol et pleurait, elle se précipita pour prendre son fils dans ses bras et le serra contre elle.

— Tout est fini, mon chéri. Ne pleure plus, je t'en prie.

Rurik entra et fit sortir la femme qui tremblait de tous ses membres.

Jodelle fixa l'extraordinaire et inquiétant guerrier qui se trouvait devant elle.

— Je te demande pardon. Je regrette tout ce que je t'ai dit. Je t'ai fait du mal, je nous ai fait du mal.

— Est-ce que tu vas bien ? demanda Rurik, en vérifiant si elle avait des blessures graves.

— Non, je ne vais pas bien, dit-elle en se mettant à pleurer. Ils m'ont pris Daniel, m'ont attachée comme un animal sans me donner à boire ni à manger, j'ai passé des nuits entières dehors à l'entendre pleurer. Et tu n'étais pas là… J'ai eu si peur…

— Mais tu t'es battue pour notre fils, dit-il avec une voix grave et douce qui fit chavirer son cœur.

Elle se jeta dans les bras ouverts de son mari et remercia

Dieu de lui accorder enfin ce réconfort tant attendu. Avec Rurik à ses côtés, elle se sentait enfin complète, entière et… hors de danger.

— Personne ne touche à mes enfants sans en payer le prix, déclara-t-elle avec rage et ferveur. D'ailleurs, je n'ai pas encore réglé tous mes comptes. Tiens-moi Daniel.

Rurik prit son fils et regarda, dubitatif, sa femme sortir de la tente d'un pas décidé. Elle avisa un petit groupe de prisonniers, dont faisait partie la femme du charbonnier qui n'en menait pas large.

Elle lui décocha un coup en pleine figure et en fit de même avec l'écuyer qui l'avait si mal traitée.

— Cela faisait des jours que je ne rêvais que de cela, dit-elle en guise d'excuses, en voyant Rurik arriver avec Daniel.

Elle asséna un dernier coup de pied dans les côtes de l'écuyer et lui cracha au visage.

— Très élégant, persifla Wulfric, en arrivant avec Aigline.

— Peut-être pas, mais ça lui apprendra de m'avoir traitée de catin. Mon fils a un père, espèce de traître, et c'est cet homme ! Il vaut mille fois plus que vous tous réunis.

— Ça, c'est ma femme ! lança joyeusement Rurik en attirant Jodelle à lui.

— Et maintenant, est-ce qu'on peut rentrer à la maison ? demanda Jodelle, terrassée par les efforts qu'elle venait de fournir et par toute la souffrance endurée durant de si longs jours.

— Oui, mon amour, rentrons à la maison.

Jodelle le regarda, émue. Elle se hissa sur la pointe des pieds et l'embrassa tendrement.

Il lui confia le bébé, puis il les porta tous les deux

jusqu'aux chevaux. Jodelle était blessée, mais elle se sentait enfin en sécurité. Rurik l'avait appelée « mon amour », et elle en était bouleversée. Lovée contre ce grand corps robuste, elle sentait son cœur battre la chamade. Était-ce cela l'amour ? Ce sentiment puissant qui vous enflammait et vous animait ? Elle avait failli perdre cet homme, perdre son estime et son amour. Mais à présent elle était sauve. Ils étaient tous saufs. Ils rentrèrent à Lisieux, et Perrine se pressa au chevet des blessés qui furent rassemblés dans la grande salle. L'évêque était mal en point, mais ses jours n'étaient pas en danger. Si Jodelle souffrait de multiples contusions, Wulfric quant à lui avait perdu beaucoup de sang, et Rurik aida Perrine à cautériser son épaule.

— Ma pauvre Jodelle, tu es couverte d'ecchymoses, dit Perrine pleine de compassion. Mais tu n'as pas de fracture.

— Je meurs de soif et de faim, pour être honnête.

— Claire, pourrais-tu demander de la soupe, du pain et du fromage pour tout le monde ? demanda Dame Aigline.

— Nous avons aussi du ragoût de mouton et de la bière, dit la vieille servante en souriant à sa maîtresse.

— Dieu te bénisse, Claire, soupira Jodelle en imaginant déjà le merveilleux repas qu'elle allait faire.

— Ne mange pas trop vite, conseilla Perrine, tu as été secouée et malmenée.

Après que Jodelle eut enfin avalé un repas digne de ce nom, Perrine lui donna un baume de sa fabrication à appliquer sur ses contusions et banda ses côtes, car elle avait peur qu'une d'elles soit fêlée. Ce fut Rurik qui se chargea d'étaler le baume et, en dénudant partiellement Jodelle, il découvrit avec révulsion et horreur le spectacle de son corps meurtri. Ce qu'elle avait subi était d'une violence inouïe qui s'apparentait presque à un lynchage.

— Pourquoi t'ont-ils frappée comme cela ?

— Ils voulaient connaître l'étendue des forces en présence à Lisieux, et l'emplacement des appartements de Dame Aigline. Ils m'ont posé un tas de questions sur vous tous, mais j'ai refusé de répondre.

— Je suis désolé, Sven et Bjorn ont organisé plusieurs battues après ton départ, mais ils sont revenus bredouilles à chaque fois.

— Après mon enlèvement, corrigea-t-elle. Je ne suis pas partie de mon plein gré. Je ne t'aurais jamais trahi.

— Je sais. Je ne les ai pas accompagnés parce que j'étais enfermé dans les geôles du château pour insubordination.

La surprise se peignit sur les traits tuméfiés de Jodelle.

— Un petit règlement de compte avec Wulfric à ton sujet... Suivi d'une petite mise au point entre vieux amis, expliqua Rurik. Tout est réglé à présent, n'aie crainte.

— Wulfric pensait que j'étais partie pour assurer un avenir glorieux à Daniel, dit-elle en souriant faiblement. Il me l'a avoué dans la forêt. Mais dès qu'il est arrivé au campement, il a essayé de me protéger autant qu'il l'a pu de la fureur de Bertrand. Cela, je ne l'oublierai pas.

Rurik aida Jodelle à s'installer confortablement et installa Daniel entre ses bras.

— Il a proposé d'éduquer Yvan et Daniel avec les enfants de Sven et de Bjorn. Qu'en penses-tu ?

— Nos fils auront le choix, répondit Rurik d'une voix calme. Ce sera à eux de décider.

— C'est ce que je lui ai répondu aussi, répondit-elle, heureuse d'être en accord avec lui.

Le guerrier s'allongea à côté d'eux et ferma les yeux un instant. Il avait retrouvé sa femme et son fils et pouvait enfin de reposer.

Dans l'après-midi, Kolstein et Eulalie vinrent, accompagnés d'Yvan, pour rendre visite à Jodelle malgré les mises en garde de Perrine qui souhaitait que les blessés puissent se reposer.

— Tout va bien, les enfants, ne vous inquiétez plus, dit Jodelle en embrassant ses aînés.

— Nous avons eu tellement peur, tu sais, renifla Yvan, ému. Je t'aime, mère.

— Moi aussi, je vous aime de tout mon cœur, dit Jodelle en serrant tous ses enfants contre elle.

— Comme tout ceci a dû être horrible..., ajouta Eulalie, épouvantée.

— Votre mère a été très courageuse et a affronté ses ennemis avec détermination. Vous pouvez être fiers d'elle, dit Rurik sincèrement.

— Il y avait Daniel, je n'avais pas le choix, je devais être forte pour lui, ajouta modestement Jodelle, en secouant la tête comme pour chasser tous ces mauvais souvenirs. Vous êtes ce que j'ai de plus précieux au monde, mes enfants.

Jodelle sentit la main de Rurik prendre la sienne et elle s'y accrocha pour ne pas se laisser submerger par ses émotions. Les derniers jours avaient été un supplice, et elle n'aspirait qu'à une chose : rentrer à la forge et dormir.

Deux jours plus tard, la grande salle quitta ses airs de maladrerie improvisée, et Perrine autorisa tous les blessés à regagner leurs maisons ou quartiers. Frédéric prolongea son séjour à Lisieux, car il était encore fatigué, et Wulfric, qui refusait de garder le lit, pestait de se voir amoindri.

— Notre seigneur est d'une humeur de dogue..., dit Eulalie, qui apportait des légumes et de la farine du bourg.

— C'est peu dire, fit Kolstein, en donnant de l'eau pour

la soupe. Il essaye de reprendre l'entraînement, autant vous dire qu'avec ses blessures, il lui faudra un peu de temps.

— Un guerrier ne vaut rien sans son épée, mes enfants. Je crois qu'il n'y a rien de pire que le repos forcé pour des hommes comme nous, dit Rurik, un fagot de bois entre les bras.

Jodelle regardait sa maisonnée en souriant, depuis sa couche où elle allaitait le petit Daniel qui grossissait à vue d'œil.

— Où est Yvan ? demanda Jodelle, curieuse.

— Au château, répondit Eulalie.

— Avec Simon ?

— Non, avec messire Wulfric. Il est à l'entraînement.

Jodelle esquissa une grimace qui, bien que presque imperceptible, n'échappa pas à Rurik. Il vint prendre place près d'elle en faisant attention à ne pas gêner Daniel dans sa tétée.

— Cela t'ennuie ?

— Yvan est assez grand pour faire ses propres choix. Je dois juste m'y faire. Après tout, son père était soldat, et tu l'es aussi, comme Kol et Sven. Il vous admire tous.

— Sven est exigeant et dit qu'Yvan a de bonnes aptitudes pour l'entraînement.

— Je ne m'y opposerai pas, Rurik. Je suis fière d'Yvan.

Eulalie coupait les légumes en cubes grossiers sur une planche de bois, à l'aide d'un couteau tranchant que Rurik avait passé à la meule.

— Il ne jure que par Sven et Bjorn, renchérit la jeune fille, amusée de l'enthousiasme de son petit frère. Il a affronté le vicomte ce matin.

— Et comment cela s'est-il passé ? s'inquiéta Jodelle,

toujours sur le qui-vive dès qu'un de ses enfants était en présence de Wulfric.

— Bien, la rassura Kolstein, qui avait assisté à l'entraînement lui aussi. Yvan a de bons appuis, le reste viendra en son temps. Mais il était fier des encouragements que lui a donnés Wulfric.

La jeune fille continua de s'occuper de la préparation du repas. Elle découpa le filet de porc et l'enduisit d'herbes et d'ail, avant de faire griller les morceaux obtenus sur une pierre chaude bien graissée. De délicieux parfums s'élevèrent dans la chaumière et Rurik, attiré par l'odeur, ne put s'empêcher de goûter une lamelle de viande bien saisie.

— Pas mal du tout, ma fille. Kol, me voilà rassuré, tu ne mourras pas de faim, dit le guerrier, avant de taquiner les deux jeunes gens au sujet de leur mariage prochain.

— Eulalie a beaucoup mûri ces derniers temps, c'est vrai. Et je suis sûre qu'elle tiendra très bien sa maison, acquiesça Jodelle, avec un petit clin d'œil pour sa fille, dont les joues roses montraient la satisfaction.

— En revanche, Kol, tu n'es pas encore très doué à la forge, ajouta Rurik en riant.

— Tout le monde ne peut pas être doué comme toi, père. En ce qui me concerne, j'aurais été bien incapable de fabriquer ces anneaux et…

— Kol ! pesta Eulalie en le foudroyant du regard.

Jodelle regarda les enfants et Rurik. Apparemment, quelque chose lui avait échappé.

— C'est malin ! continua Eulalie en réprimandant sévèrement son fiancé.

— Désolé, répondit le jeune homme, penaud, tout en regardant Jodelle.

— Et si vous m'expliquiez ? demanda Jodelle, en couchant Daniel dans son joli berceau.

Rurik alla fouiller dans un coffre et en sortit une petite boîte en bois qu'il ouvrit. Elle contenait deux anneaux en argent finement ciselé.

— Je les ai faits il y a quelque temps déjà, mais je n'avais pas trouvé le bon moment pour te les montrer.

— C'est magnifique, dit Jodelle, en prenant entre ses doigts le plus gros des anneaux. Ce sont des alliances, n'est-ce pas ?

— Oui. Les nôtres si tu le veux.

Jodelle sourit, admirative. Elle prit la main de Rurik et lui glissa l'anneau au doigt sans le quitter du regard.

— Je te choisis, Rurik, comme époux et père de mes enfants. Et je t'aime de tout mon cœur.

Le guerrier fit de même et glissa le bijou d'argent à l'annulaire gauche de Jodelle. Puis il se contenta de déposer un baiser sur ses lèvres. Son serment, il l'avait déjà prononcé quelques mois auparavant, et rien n'avait entamé sa résolution.

Ils finirent de mettre le couvert et attendirent le retour d'Yvan pour déjeuner en famille. Soudain, la porte s'ouvrit et Yvan, hors d'haleine, entra dans la maison.

— Eh bien, tu en fais une tête ! dit Jodelle, en le regardant reprendre son souffle.

— Vous ne devinerez jamais qui s'annonce à Lisieux ! Notre seigneur m'a fait vous mander séance tenante ! Un cavalier est arrivé au château pour annoncer leur venue. Ils sont à moins de deux lieues !

Yvan était tout excité et sautait presque sur place.

— Mais je viens de préparer le déjeuner, pesta Eulalie, fière du plat qu'elle proposait. À notre retour, ce sera froid !

— De qui s'agit-il, Yvan ? coupa Rurik, impatient d'en arriver aux faits.

— De Rollon, mais pas seulement.

— Eh bien, vas-y, dis-nous qui est attendu à Lisieux ! le pressa sa mère.

— Le roi ! lâcha Yvan, sachant que son annonce ferait son effet. Il veut te rencontrer, mère. Avec Daniel.

Jodelle ouvrit la bouche, et la referma aussitôt.

— Comment ? Le roi veut me voir ? Mais je ne suis que forgeronne. S'il a une question, Dame Aigline et notre vicomte sont mieux placés pour y répondre.

Jodelle se sentait nerveuse. Le roi aurait-il changé d'avis au sujet des dernières volontés de Cédric ? Rurik vint la rassurer d'une simple pression de la main sur l'épaule.

— L'évêque Frédéric est attendu lui aussi, ajouta Yvan. Tout le monde s'affaire en cuisine pour les accueillir dignement. Mais c'est un peu la panique, et Simon réclame ton aide, Eulalie, si c'est possible.

— Bien sûr, j'arrive tout de suite, acquiesça la jeune fille, en plaçant le repas dans le garde-manger afin de le conserver.

Toute la famille se prépara rapidement et ils se dirigèrent vers le château. Dans la grande salle, tous s'affairaient. Dame Aigline donnait des ordres, et semblait sereine. Jodelle envia sa quiétude d'esprit. Comment faisait-elle, alors que son cœur à elle battait la chamade ?

— Ah, vous êtes là ! Très bien ! dit une voix grave derrière eux.

Jodelle sut tout de suite qui se trouvait dans son dos et se retourna pour saluer Rollon.

— Messire duc, dit-elle, en effectuant une respectueuse révérence.

— C'est ton fils ? demanda-t-il, en voyant le petit garçon potelé qu'elle tenait dans les bras.

— Il s'appelle Daniel, répondit-elle en regardant Rurik, les sourcils froncés.

— Détends-toi, Jodelle, Charles visite ses domaines, rien de plus normal, la rassura Rurik. Il a confié ses terres aux hommes de Rollon et il veut juste s'assurer que ceux-ci sont dignes de la confiance qu'il a placée en eux.

— Ton mari dit vrai, Jodelle. J'ai appris par Wulfric que tu avais subi de mauvais traitements et que Daniel et toi aviez été enlevés.

— Je préfère oublier tout cela, dit Jodelle en détournant le regard. Rurik est venu nous sauver, c'est tout ce qui compte.

— Comment aurait-il pu en être autrement ? fit Rollon, avec un sourire entendu, en portant son regard alternativement sur les deux époux. Une femme comme toi sait capter l'attention d'un homme.

— Une femme comme moi ? demanda Jodelle qui ne savait pas bien comment prendre cette réflexion.

— Flamboyante, bien faite de sa personne, sensuelle… Une chevelure de feu, des lèvres charnues…

— Je crois qu'elle a compris, coupa Rurik, en voyant les joues de sa femme virer au rouge.

— Je suis désolée, dit-elle sans bien savoir pourquoi.

— Pas moi, tu me conviens parfaitement, et je suis le plus heureux et le plus comblé des hommes, dit Rurik. D'ailleurs, ce cochon de Rollon est jaloux de moi, chuchota-t-il à son oreille, juste avant d'aller saluer Wulfric et Aigline.

Alors qu'elle était restée seule avec le duc, elle se sentait observée sans vergogne par un grand homme aux cheveux noirs, qui finit par s'approcher.

— Tu ne nous présentes pas, Rollon ? demanda l'homme en la détaillant avec une évidente admiration.

— Ne la dévore pas des yeux ainsi, c'est l'épouse de Rurik, lança Rollon en riant. Jodelle, je te présente Alaric, un de mes seigneurs.

— Soyez le bienvenu à Lisieux, messire, dit-elle poliment, en fléchissant le buste.

— J'ai deux excellentes raisons d'apprécier ce salut, répliqua l'insolent personnage en osant poser les yeux sur sa poitrine.

Gênée, elle eut en se redressant le réflexe de poser la main sur son décolleté pour se protéger des regards insistants d'Alaric et de Rollon. Puis elle eut honte. Pourquoi serait-elle obligée de se laisser avilir de la sorte ? Elle était l'épouse de Rurik, et ce dernier lui avait enseigné que se faire respecter était la première des priorités si elle voulait faire sa fierté et la fierté de ses enfants. Cela n'allait pas se passer ainsi. Et tant pis si ces seigneurs prenaient ombrage de sa réaction, elle était prête à en assumer les conséquences.

— Pardonnez-moi, seigneur, mais je suis mariée, et pas à n'importe qui, fulmina la rousse forgeronne, dont les yeux lançaient des éclairs. Je vous prierais donc de surveiller vos manières.

Alaric sembla décontenancé un moment, comme s'il hésitait au sujet de l'attitude qu'il devait adopter. Jodelle eut d'abord peur qu'il se fâche, mais son expression finit par se radoucir et, contre toute attente, il lui adressa un sourire bienveillant.

— Rurik est chanceux, c'est tout ce que je voulais dire. Et comme en plus d'être belle, tu me parais être fière et courageuse, il est doublement comblé. Pardonne-moi si je t'ai gênée, ajouta-t-il avec un sourire charmeur, ce n'était nullement mon intention.

Menteur ! pensa Jodelle, toujours en colère, en cherchant Rurik du regard.

— Laisse donc Rurik, intervint Rollon, et montre-moi plutôt cet enfant. Daniel, est-ce bien cela ?

Rollon lui prit le bébé des bras et le souleva en l'air.

— Il vient de boire, messire, et j'ai peur que…

Jodelle ne put finir sa phrase, le bébé régurgita un peu de lait caillé sur l'habit du duc.

— Je suis désolée, dit-elle, en essayant dans un premier temps de réprimer un fou rire, ce qu'elle ne parvint pas à faire longtemps. Vraiment désolée, poursuivit-elle, franchement hilare en reprenant son fils. Pardonnez-moi, c'est juste que…

— Je reconnais bien là le fils de Rurik ! lança joyeusement Alaric. Encore nourrisson, mais déjà prêt à défendre l'honneur des siens.

— Sachez, messire, reprit Jodelle, piquée dans sa fierté, que je suis tout à fait capable de défendre moi-même mon honneur.

— Je n'en doute pas un seul instant, répliqua Alaric, avant de se tourner vers Rurik. Hé, l'interpella-t-il, quel tempérament de feu, ton épouse ! Et quelle famille vous formez, tous les trois !

Rurik, surpris par cette remarque, revint vers le petit groupe.

— Aurais-je manqué quelque chose ? demanda-t-il.

— Rien du tout, mon guerrier, répondit Jodelle, en se hissant sur la pointe des pieds pour l'embrasser rapidement, avant d'aller saluer la châtelaine, heureuse de pouvoir échapper aux deux seigneurs vikings.

— Ta femme me plaît beaucoup, dit Alaric en suivant Jodelle du regard, avec dans les yeux, cette fois, bien plus de respect et d'admiration que de concupiscence.

— Je suis sûr qu'elle n'a pas hésité à te remettre à ta place, avança le guerrier.

— Oui, en effet.

— Elle ne s'est pas gênée avec moi non plus, répondit Rurik en riant, avant de regarder dans la direction de Jodelle qui était en grande conversation avec Dame Aigline. Elle a du tempérament, c'est certain, ajouta-t-il.

Puis, redevenant sérieux, Rurik se tourna vers Rollon.

— Y a-t-il quelque chose à savoir au sujet du déplacement de Charles ? demanda-t-il.

— Rien qui ne doive t'inquiéter, mon ami. Simple visite politique.

— Tant mieux. Jodelle a eu son lot de frayeurs pour un moment.

— Oui, j'ai appris qu'elle avait été enlevée par Bertrand de Caen et ses hommes. Que lui ont-ils fait subir ?

— Elle a été battue, rouée de coups, affamée et attachée à une chaîne dehors pendant des jours. Mais je crois que le pire pour elle a été quand ils lui ont pris Daniel. Elle a tenu bon pour notre fils et, heureusement, pour se consoler, elle a pu assouvir une petite vengeance personnelle. Ma femme commence à jouer des poings assez efficacement, je dois dire, ajouta Rurik en se souvenant de la nourrice et de l'écuyer qu'elle avait rossés.

— Avez-vous fait des prisonniers ?

— Non. Les hommes de Wulfric les ont tous tués sur place et enterrés au milieu de la forêt.

— Une bonne chose de faite.

— Y a-t-il d'autres révoltes en cours ?

— Quelques-unes au nord, mais rien de bien inquiétant. Ces rebelles, nous n'en ferons qu'une bouchée, crois-moi !

Des cornes annoncèrent l'arrivée du roi, et tous suivirent Rollon, Wulfric et Dame Aigline, afin d'accueillir cet illustre invité. Jodelle resta auprès de Rurik et berça Daniel qui babillait et bavait copieusement sur son épaule.

Le roi entra dans la cour, monté sur un cheval blanc, et mit pied à terre. Le duc et le vicomte mirent un genou à terre pour le saluer, et Dame Aigline exécuta une profonde révérence.

— Soyez le bienvenu à Lisieux, Votre Majesté, dit Wulfric en se relevant.

Le roi lui sourit et vint prendre la main d'Aigline pour la relever.

— Je suis heureux de vous rencontrer, madame, le duc vous tient en très haute estime. Je me fie à son jugement et à celui de Frédéric. Belle et courageuse, voilà deux qualificatifs qui ne peuvent qu'honorer votre époux.

— Je vous remercie, sire, notre seule ambition est de répondre favorablement aux vœux de paix de Votre Majesté, répondit élégamment Dame Aigline, en acceptant la main du roi, qui la prit à part.

— Je vous avoue que je suis curieux, ma chère. Rollon m'a vanté les qualités d'une de vos forgeronnes.

— Nous n'avons qu'une forgeronne à Lisieux, Votre Majesté. Maîtresse Jodelle. Elle maîtrise son art comme personne.

Aigline désigna Jodelle au roi. La jeune mère salua son souverain avec respect, mais resta derrière son mari.

— Et cet homme vigoureux est Rurik. Forgeron aussi de son état. Et très doué avec une hache sur le champ de bataille, ajouta Rollon en regardant Jodelle. Lui et son épouse forment un couple plein de courage et d'ardeur.

— Ardeur dont tu m'as déjà parlé, Rollon, si je me souviens bien, dit le roi, amusé de voir Jodelle se cacher encore davantage derrière les larges épaules de Rurik. Approche, maîtresse Jodelle, n'aie pas peur.

Le silence s'installa, et Rurik regarda sa femme en lui adressant un signe de la tête, afin qu'elle s'avance vers son roi.

Tenant son bébé contre elle, elle fit quelques pas timides en avant, sans rien dire.

— Frédéric m'a fait part de tes malheurs et de ta bravoure. Sache que je me soucie du sort de tous mes sujets. Je te remercie, Jodelle, pour avoir tenu tête à nos ennemis alors même que ta vie et celle de ton fils étaient en danger.

— Merci, Votre Majesté, répondit modestement Jodelle.

Être mise en avant devant tous la touchait énormément. Elle se sentait plus forte entourée des siens et fière d'appartenir à cette communauté.

— Si Dieu nous donne un autre fils, nous l'appellerons Charles, dit-elle à son mari en souriant.

— Et pourquoi pas Alaric, plutôt, suggéra le seigneur viking en se mêlant à la conversation.

— Cela ne risque pas de se produire, marmonna Jodelle.

Rurik éclata de rire et prit Jodelle par le bras pour la mener vers la grande salle où commençait le banquet.

Épilogue

— Tu es belle comme un ange, ma fille, dit Jodelle, émue, tout en piquant des fleurs dans les cheveux d'Eulalie.

Celle-ci avait revêtu la jolie robe verte promise par Jodelle et elle était radieuse.

— Tu feras une très belle mariée.

— Kol trépigne d'impatience, dit Rurik en entrant dans la chaumière. Tu es magnifique, Eulalie, vraiment.

— Tu crois qu'il me trouvera jolie ? demanda la mariée, nerveuse.

— J'en suis persuadé.

Eulalie s'approcha du maître de maison et le regarda avec un joli sourire timide.

— Rurik, je voulais te demander de m'accompagner à l'autel, si tu le veux bien.

— J'en serais très fier, Eulalie, répondit Rurik qui cachait mal son émotion. Je viens de finir les claves de la porte d'entrée de ta maison. Tu as officiellement un chez-toi. Et l'on peut dire que Kol s'est donné du mal.

Non loin de la forge s'était dressée une chaumière spacieuse et confortable, que Kol et Rurik avaient bâtie de leurs propres mains.

— Ce soir, tu seras femme, et moi j'aurai perdu ma petite fille, dit Jodelle en faisant semblant de se lamenter.

Néanmoins, au fond de son cœur, c'était un peu cela qu'elle ressentait.

Eulalie prit sa mère dans ses bras et l'embrassa affectueusement.

— Je serai toujours ta petite fille. Tu es ma mère et je suis si fière de toi.

— Moi aussi, je suis fière de toi, ma chérie.

— J'espère être digne de toi et te prouver que j'ai fait le bon choix.

— Tu n'as rien à me prouver, Eulalie. Kol est ton choix, et cela me va très bien. Je suis fière de la femme que tu es devenue.

— Merci pour tout, conclut la future mariée, émue.

Rurik attrapa Daniel qui marchait tout juste depuis une semaine et le débarbouilla pour laisser les femmes partager ce moment de complicité. Il regarda la mère et la fille avec joie. Elles étaient superbes. Jodelle lui avait appris la veille qu'elle attendait un enfant, et il était le plus heureux des hommes. Il bâtissait un nouveau clan.

Il avait tenu sa promesse et avait reçu le baptême, quelques semaines auparavant. Concilier ses anciennes et ses nouvelles croyances ne lui avait pas posé de problème. Il priait à sa façon les dieux de ses ancêtres et le sien, heureux de cette nouvelle chance de bonheur qui lui était donnée.

Jodelle le tira de ses pensées en venant s'asseoir sur ses genoux. Rurik posa une main amoureuse sur son ventre qui portait de nouveau la vie.

— C'est l'heure, mon beau guerrier, allons marier nos enfants.

Le regard qu'ils échangèrent était empli d'amour et de

joie. Pour leur plus grand bonheur, leur maisonnée allait s'agrandir de nouveau.

— Ton dieu a tenu ses promesses, je te promets de tenir les miennes en retour, dit Rurik en embrassant son épouse.

— Alors, aime-moi encore, dit-elle en lui offrant ses lèvres.

Retrouvez prochainement,
dans votre collection

Victoria

Julia London
Quand la flamme s'éveille
Série : Royales alliances
Londres, XIXe siècle

Trois ans de ragots et de délicieuses rumeurs en tous genres. Trois ans que Hollis occupe son quotidien de jeune veuve en cultivant le scandale dans la gazette que son défunt époux lui a léguée. Pourtant cela ne fait pas son bonheur… Et si, pour une fois, elle rendait service à la société en dévoilant les méfaits du mystérieux et séduisant Marek Brendan, prince héritier du royaume de Wesloria ?

Christina Dodd
Courtois chevalier… ou presque
Angleterre, 1485

Bannie de la cour de Henri VII, objet des plus viles rumeurs qui lui attribuent la naissance d'un enfant illégitime, Lady Marian a pris l'habitude de cultiver le silence pour protéger le tout jeune Lionel, ainsi qu'elle en a fait la promesse au précédent souverain. Pourtant, face à Griffith – preux chevalier qui a mis son âme en émoi dès le premier regard –, elle sent ses défenses faiblir. Même lorsque la prudence exige qu'elle tienne cet inconnu à distance pour mener à bien sa mission…

La romance historique n'a jamais été aussi moderne.

Retrouvez prochainement,
dans votre collection

Victoria

Audrey Perri
L'oubliée de Thornwood
Londres, 1885

Des missives disparues ? Esme n'en croit pas un mot. Pourquoi Victor Hadden – l'homme qu'elle a autrefois aimé, avant qu'il fasse d'elle la risée de la société – ne peut-il la laisser profiter du bal entre les bras du séduisant Richard Thorne, au lieu de prétendre lui avoir écrit de nombreuses lettres ? Qu'a-t-il donc à la tourmenter, alors qu'elle a eu tant de mal à mettre en sommeil ses sentiments pour lui ? Esme a bien le droit de goûter au bonheur, après six ans de sacrifice à veiller sa sœur désormais disparue… Et ce n'est pas Victor, aussi déstabilisant soit-il devenu dans son costume de riche négociant, qui détruira son bonheur une fois de plus !

PRIX DES BLOGUEURS 2020

En avril, découvrez le lauréat du Prix des blogueurs 2020 de la collection Victoria.

Une romance Victoria plébiscitée par notre cercle de blogueurs.

Pour tout savoir en avant-première rendez-vous sur la page Facebook Harlequin et sur notre site internet !

La romance historique n'a jamais été aussi moderne.